U0909602

叶兆言-著

苏珊的微笑

男人眼中的妻子和情人……

Susan's Smile

凤凰出版传媒集团
江苏文艺出版社
JIANGSU LITERATURE AND ART
PUBLISHING HOUSE

跪敷衽以陈词兮，耿吾既得中正，
驷玉虬以乘鹥兮，溘埃风余上征。

——屈原：《离骚》

笑了吗？你真的觉得我是在笑？

——苏珊

目录

第一章/007
第二章/041
第三章/071
第四章/115
第五章/153
第六章/191
第七章/229
后记/269

第一章

小秦说："如果你和苏珊是真的相爱，你们是真的有感情，你真的准备跟你老婆离婚，我就成全你们。如果不是，如果不是这样，那么就请你悬崖勒马，不要再破坏我们了，我要跟苏珊结婚，我会娶她的，我要跟她在一起过一辈子。"

杨道远又好气又好笑，他不得不再一次认真地问：

"谁是苏珊呢？"

1

春天轰轰烈烈地来了，车窗外风和日丽，沿路的海棠正在怒放。桃花也开了，杏花也开了，姹紫嫣红十分妖娆。前面就是医院大门，路边的车位已停满，杨道远打算把车子直接开进去。由于车上放着一块电视新闻采访的标牌，守护大门的保安见了杨道远非常客气，低下头来很随意地往车里望一眼，就行了个不太标准的敬礼，大大咧咧地放行了。杨道远很习惯享受这种特权，门卫既然不愿意为难过问，他便径直把小车往里开，开进了医院的院区，穿过并不宽畅的通道，穿过小花园，穿过大水池，沿着住院大楼绕了一大圈，打算寻找一个合适的地方把车停下来。

随着一记沉闷的撞击，砰的一声，一道黑黑的阴影闪现在眼前，杨道远连忙使出了全身的力气踩下刹车。好在车速本来就缓慢，汽车立刻生根似的站住了，身着花布长裙的苏珊一下子扑了过来，就像只大花蝴蝶那样落在了风挡车窗玻璃上。杨道远还没有反应过来怎么回事，又是砰的一声巨响，苏珊随身携带的挎包也跟着砸了下来，这是一个不大不小的布包，幸好里面没什么硬实的东西。杨道远着实被吓了一大跳，眼前黑糊糊的一个人，一个身影活生生地就躺在面前，尽管隔着一层厚厚的车窗玻璃，他们相互之间的距离却显得那么近，仿佛一伸手就能触摸得到。

突如其来的事故让杨道远惊慌不已，刹那间，时间完全静止了，空间也不再成为空间。他并不知道面临的情况有多严重，苏珊一动不动，整个身体就瘫软在挡风玻璃上，动作有些僵硬，保持着一个非常奇特的造型。杨道远的双手死死地抓住方向盘，半天也没能缓过神来，他不明白自己怎么就冒冒失失撞着人了，也不明白为什么眼前会横躺着一个女人。事情发生得太突然了，看上去就仿佛不太真实。由于他们两个人挨得实在是[illegible]的那只小手，非常的纤细和白净，重重地按在玻璃上，用力支撑着整个身体，手心的纹路清晰可见，因为挤压有些变形和怪异。

终于苏珊把脸也转了过来，在这之前，杨道远看到的只是她的一头秀发，既飘逸又长短适中。苏珊的发型看上去很有层次，乌黑中夹杂着几缕棕红，有一点点波浪，看似漫不经心，却显然出自美发名师之手。仅从这一点细节看，就可以断定苏珊十分时尚，而且相当有品位。杨道远仍然惊魂未定，仍然不知所措。趴在车窗上的苏珊终于把脸转了过来，正对着杨道远，她的脸紧贴在玻璃上，瞪大了眼睛。

苏珊这么做，只是为了看清楚车里的情况，看看里面究竟是什么人在开车。在她往车里张望的时候，忐忑不安的杨道远也在打量眼前这位美女，神色十分慌张。苏珊有一张很漂亮的脸，长得十分干净，细皮嫩肉，毕竟是距离太近了，杨道远可以清晰地看见她脸上细细的绒毛。苏珊显然也看到了杨道远，很快，他们相互看清楚了对方的模样。这是杨道远与苏珊的第一次正式见面，他们谁也没有想到，竟然会以这么一种夸张的方式相识。

一时间，杨道远脑子里闪过许多可怕的念头，他并不知道情况有多严重。在驾驶学校，他接受的第一个教训就是，汽车是一架纯粹用金属构成的机器，一旦和人发生碰撞，即使最轻微的一次接触，都可能会产生致命的后果。虽然他并不明白事故是怎么发生的，然而眼前的一切，都在明白无误地告诉他，事故已经发生了，无可避免地发生了。围观者正在迅速聚集，一位年轻美貌的女子此刻正躺在他的车头上，他的车撞人了，他作为一个开车的驾驶员已闯了祸。

杨道远拥有驾照已经三年了，却还是个不折不扣的新手。集团的老总副老总都有专车和专职司机。除了老邢，其他几位高层都会开车，虽然有明文规定公车不能私用，领导自己开车正在成为时尚。与其他几位领导相比，杨道远自己开车的历史最短，用车也最为收敛和小心谨慎，今天是他转为正职后的第一次驾驶，没想到第一次便出了意外。一时间杨道远想到很多，事情可大可小，深浅暂时还不能确定，看到人们带着各种各样的表情拥过来，杨道远很担心这事会被新闻界曝光。他自己是做媒体的，对公众影响特别在乎，深知一旦传开，事情就会非同小可。

杨道远松开了保险带，拔下车钥匙，走下车，十分关心地问候苏珊。让人稍微感到放心的是情况并不很严重，苏珊竟然还在咧着嘴微笑。笑容看上十分勉强，显然是带着痛苦地强作欢颜，却给了杨道远极大的安慰。苏珊天生了一张微笑的脸，虽然很疼很痛，但她脸上仍然有几分笑意。后来回想起来，这次碰撞真的有些诡异，事后的处理也有几分滑稽，他们都记不清楚对方在第一时间说了些什么，能记住的就是对方似乎什么也没说。还有就是都觉得对方长得好看、漂亮，男的觉得对方是靓女，女的觉得对方是俊男。既没有太多责怪，也没有相互推诿责任，他们都出自本能地说了一声“对不起”，都觉得自己有过错，然后就无话可说。

接下来，很长一段时间都是沉默，围观的人被这近乎荒唐的冷场弄得莫名其妙，吃不准两人到底是什么关系。他们的表现更像是一对相识的熟人，看热闹的人有些不知所措。苏珊从车头上直起了身体，颤巍巍地站在那儿，手按着被撞痛的地方，一边抚摸，一边使劲咧嘴，时不时还苦笑。

终于，在大家的等待中，苏珊开始发话了，她深深叹了一口气，看着杨道远，充满哀怨地说：“今天真是倒霉，我怎么会遇到你！”

2

杨道远是一家文化集团的老总，主持工作已好几年，过去的很多年，他都是挂着副职干着一把手的差事。熟悉官场游戏规则的老邢在正式退休 [illegible]

结束，她老人家终于正式退休了回家了。2000年大家乐于要讨论的话题，是这一年究竟意味着什么，是新世纪的开始？还是上个世纪的结束？对于很多人来说，新世纪从哪天开始并没有什么太大意义，但是对杨道远却不一样，多年的媳妇熬成婆，杨道远终于真正地扶正了，终于真正地大权在握。

正像苏珊抱怨自己很不幸地遇到他一样，杨道远在内心深处也有同感。今天本来是个非同寻常的好日子，上午与张慰芳通电话，他不无得意地告诉妻子，自己担任正职的文件已经正式下达，虽然这是预料中的事情，事到临头，杨道远还是有些暗暗高兴，忍不住要对她通报一声。名正而言顺，他主持工作好几年了，大权早就在握，然而官场的游戏规则就是这样，只要正式的任命还没生效，只要一天没有正式扶正，另一个替代老邢的人就有可能随时出现，而这一直是张慰芳隐隐约约的担心，现在她终于可以放心了。

电话里的张慰芳显得非常高兴，连声说要好好庆祝一下，煮熟的鸭子这下子可真是不会再飞走了。杨道远告诉她下午出门正好要经过医院，是不是有什么东西可以顺道代取。张慰芳说用不着，然而就在挂电话前，突然想到了还有张化验单。她也只是随口一说，其实这事完全可以让小艾去做，骑自行车跑一趟很方便。张慰芳开玩笑地说，你现在货真价实的集团大老总，还要亲自屁颠屁颠地去为老婆取化验单，这个怕也是不太合适，大材小用了。杨道远笑着说反正是顺路，他自己开车，去一下也很容易。张慰芳听说他要开车，有些担心，说你不经常开车，千千万万要小心。

撞人事故发生以后，杨道远立刻就想到张慰芳的叮嘱，没想到真让她不幸而言中。好在情况还不严重，看起来并不难对付，经过一段时间的沉默，苏珊也不过是不轻不重地抱怨了一句。事情似乎很快就可以搞定，接下来，苏珊也没有过多地指责杨道远，看得出她很疼，为了掩饰痛苦，又是一阵阵苦笑，泪水却在眼眶里打转。

“对不起，”杨道远向苏珊表示歉意，“我没想到会撞到人。”

“要是想到，”苏珊对这样的开场白显然不满意，“那你不就是存心想杀人了吗？”

旁的围观者听了这话都笑了，杨道远也忍不住要笑，苏珊更是自己把自己逗乐了，这一乐，身上疼得更厉害，便又龇牙咧嘴地做痛苦状。既然事情看上去并不严重，杨道远觉得自己不妨姿态高一点，主动问苏珊有没有受伤，要不要陪她去检查一下。苏珊说你看呢，你觉得应该怎么样，你是不是觉得人家一点事都没有。她要么不说话，要么一说就是一连串。苏珊说你要是真觉得我没事，那你就尽管走开好了，对不起，你走吧，我告诉你，我一点事都没有，你不用担心。苏珊的这些话让杨道远摸不着头脑，尤其她说出“对不起”这三个字的时候，他完全被搞糊涂了。

不只杨道远糊涂，围在一旁看热闹的也是目瞪口呆，一位新来的观众发表了他的看法：

“这事很简单，是这女的故意往车上撞的。”

“没看见不要瞎说好不好，”一位目击者立刻反驳，“什么叫故意撞的，明明是这车子撞了她。”

“就是，我们看得清清楚楚。”

“好了，好了，人没事就好。”

“不能让这个男的随随便便地就走了。”

围观者七嘴八舌，有人注意到了杨道远车上的“电视新闻采访”标牌，起哄说这会不会是在偷拍电视剧。有人立刻反驳，说电视剧和电视新闻根本就是两回事。一个老太太不耐烦了，走到苏珊面前，十分认真地问道：

“姑娘，好好想想，你到底有没有什么事？”

苏珊经老太太这么一提醒，果然是做出了认真思考的样子，她扭了扭身体，晃了晃脑袋，把长裙往上撩起一截，露出一段白晃晃的腿肚，说大概不会有什么事。老太太说，你可千万别年轻不懂事，现在是没事，待会这人跑了，你再发现有事就晚了，就来不及了，你到哪儿去找他。老太太 [illegible] 果他们不认识，根本就是陌生人，大家你也不认识我，我也不认识你，就千万别客气，不能让这个人随随便便地就跑了。

苏珊就对杨道远说：“听见没有，你不能跑。”

杨道远做出很委屈的样子，摆了摆手说：“我什么时候想跑了？”

苏珊说：“你当然是想跑，可惜你跑不了。”

老太太让苏珊记下杨道远的车牌号码，让杨道远带苏珊去做全身检查。她的见义勇为立刻引起了反响，人们七嘴八舌开始声讨，群情激昂，有人建议苏珊就便把所有能拍的片子都拍一遍，什么 CT 和核磁共振，都要拣最贵的进口设备去做，然后还要开最好的药，还要跟他算营养费误工费精神损失费。一位干部模样的人十分愤慨，说这年头开车的实在太横行霸道，光天化日之下，在大马路上撞个人也就算了，竟然还跑到这医院的病区来行凶惹事。

形势对杨道远突然不利起来，有人建议苏珊干脆先报了警再说。在过路群众的热心支持下，苏珊现在占据了十分有利的地位，杨道远知道自己此时的态度很重要，要想大事化小，小事化了，首先就是不能激怒大家，不能把观众给惹火了，于是他用商量的口吻问苏珊：“这样行不行，我们先让医生去看一看，怎么样？”

苏珊这时候的感觉已经好多了，显然她并没有什么大碍。毕竟车速不是很快，事实上，这次看似严重的碰撞，说白了也只是吃些皮肉之苦。苏珊小时候练过舞蹈，身体比一般人灵活轻巧得多，在碰撞发生的一瞬间，她一个出于本能的闪身翻滚，把自己可能受到的伤害降到了最低点。

杨道远见苏珊不表态，又补充了一句："让医生检查一下最好，这样我们都可以放心。"

大家都在等苏珊表态，然而她迟迟不说话，最后总算回答了，却让在场的所有人感到意外。苏珊说她没事，让杨道远也别再紧张了，她身上现在还有些疼，很可能还会疼好几天，不过她知道自己没事，不会有什么大事。人生就是这样，你在路上走，祸从天上降，很多事情就只能自认倒霉。苏珊感谢大家对她的关心，庆幸自己没受重伤，总算是不幸中的大幸，是有惊无险，说自己真要是受到了什么伤害，绝不会放过眼前的这个人。不过现在还有更要紧的事，她并不需要杨道远带自己去验伤，更不需要他的什么这费那费的赔偿。这事就这么算了，大家该去什么地方就去什么地方吧。

苏珊的宽宏大量，让围观者感到自己的见义勇为有些多余，好心都成了驴肝肺。有人立刻愤愤不平，说你这姑娘既然如此不知好歹，别人也就没什么话好说了，大家赶紧走人。反倒是那老太太心平气和，她显然是个喜欢讲道理的人，觉得苏珊如此大度，说明她确实不会有什么事。说来说去，今天还是杨道远运气好，这是遇上了腿脚利索的年轻人，要是撞到像自己这样的老年人，来不及躲闪，骨头又硬，那可就真是要吃不了兜着走了。

围观的人一哄而散，杨道远如释重负，既然苏珊没有为难，既然她已经答应让自己走，他还是再次表明了自己愿意负责任的态度。他再次向苏珊表示歉意，并声明如果以后她发现了什么问题，身上真有什么伤是与这次碰撞有关，他也绝不会赖账。

苏珊有些不屑，说："你以为我会相信你说的这话吗？"

“你可以不信，”杨道远和颜悦色地说，“不过我相信，我相信我会是这样的人。”

苏珊听了这话笑了，那是一种非常灿烂的笑，这样的笑容绽放在一个女孩子的脸上，尤其是一位美丽的女孩子，无疑十分动人。杨道远此时已经准备离去，已经从口袋里掏出了车钥匙，却突然有了一种暂时还不想离开的冲动。在事业方面，杨道远是一个很成功的中年男人，但他绝不是一个好色的登徒子，现在，他只是想再跟苏珊说几句话，想跟她在一起再多待一会。

“如果你要去什么地方的话，我可以送你去，”杨道远讨好地说，“我[illegible]

苏珊似乎不太明白这话是什么意思，瞪大了眼睛看着杨道远。杨道远的态度显得非常诚恳，他迎着她透彻的目光，面带微笑，一副愿意助人为乐的样子。苏珊的眼神渐渐开始迷惘，有些走神，仿佛是在琢磨什么问题，又好像是突然想到了什么，心事重重。

“真的，我可以送你一段，当然你得敢坐我的车才行，不瞒你说，我确实是个糟糕的新手。”

苏珊说：“谢谢，你说对了，我确实不敢。”

事情至此差不多就要结束了，杨道远正准备离去，苏珊突然又喊住了他。她说你先别走，我有话要跟你说，你能不能帮我一个小忙。看得出，虽然她已把他喊住了，虽然她希望能得到他的帮助，内心深处还是有几分犹豫，显然是有什么难言之隐说不出口。杨道远显得十分大度，说有什么事你尽管吩咐好了，我说不定很乐意效劳。苏珊听他这么一说，立刻放下了思想包袱，说，这话可得当真，你真的愿意帮我这个小忙？你真的愿意？

3

如果一开始就知道苏珊希望帮什么忙，杨道远很可能会理智并且非常有礼貌地一口拒绝。如果杨道远仍然还在集团当副老总的话，如果他仍然还没有拿到那张担任正职的任命书的话，以他一贯奉行的谨慎行事的态度，也还是完全可能会婉言谢绝这件荒唐事的。很显然，今天的情况有些特殊，因为特殊，发生一些预料之外的事，也就在情理之中了。杨道远显然是被苏珊灿烂的微笑给迷惑住了，他被她微笑中透露出的那种殷切希望给弄糊涂了，完全放松了警惕，不知不觉地便落入了一个温柔的陷阱之中。

结果杨道远和苏珊一起去了妇产科，在一开始，她并没有直截了当地说清楚到底要干什么。苏珊只说自己要去那里做一个小小的检查，动一个小小的手术。她希望这时候能有个看上去还比较帅的男人在一旁陪着，说我只希望占用你一点点时间，只希望你像一个木偶或者机器人那样跟着我。苏珊说你根本不用说任何话，也不用做任何事，你扮演的角色实在是太简单了，就像我花钱请的钟点工一样，时间一到，你走你的路，我走我的道，我们从此毫无瓜葛。

这事显然是不太靠谱，杨道远也鬼使神差地就答应下来了，他隐隐地有种不太好的预感，终于开始明白苏珊是想让自己干什么。这事真的是很不靠谱，他居然会答应下来，就更是匪夷所思了。苏珊似乎有一种别人天生应该为她做些什么的自信，一旦真开了口，她显得若无其事，原来的那点犹豫早已无影无踪。后悔已经有些晚了，一踏进妇产科，杨道远胸口忍不住扑通扑通乱跳，心跳像擂鼓一样。万一要是碰到什么熟人，看到自己和这么一位如花似玉的女子在一起，而且是在这个地方，他根本就别想再解释清楚。杨道远毫无疑问地有些不谨慎，他一边后悔，一边在内心深处揣测着她的身份，事已如此，这女人的身份似乎也不难猜到。杨道远意识到自己可能是在玩火，尽管苏珊已向他明确许诺，尽管她一再强调，只是让他帮个小忙，只是演戏，杨道远对自己的角色还是有些担心。妇产科的人出奇的多，来做人流的女人排着长队，苏珊显然早就来这里做过预约，护士小姐一看见她，便远远地埋怨她怎么到现在才来，又问家属来了没有，赶快把字签了。转眼之间，杨道远还在犹豫，苏珊已拿了一张单子过来，让他在上面签字。

杨道远吃了一惊，接过单子，匆匆看了一眼，坚定地说："这个字，我怕是不能签！"

"不签字你来干什么？"苏珊的脸色显得不太好看，没想到他会临时变

"你不是说我什么也不用做吗？"

"就签个名，我又没让你用真名！"

护士小姐走了过来，劝他们快一点。

杨道远还在犹豫。

苏珊的小嘴撅了起来，很委屈的样子："那好，你走吧，没你的事了，你走。"

杨道远想反正是签个假的名字，那就签吧，他随手写下了老邢的名字。这个玩笑有点过分，完全不是杨道远的为人风格。首先老邢是个女的，虽然她的名字看上去很男性化，其次岁数也不对了，到了老邢这个年纪，还想要把女人的肚子弄大，就算是烈士暮年壮心未已，怕也是不太容易。杨道远随手恶作剧地写下老邢的名字，写了就后悔，怕这事万一传出去影响不好，别人会怎么想呢？老邢又会怎么想呢。

护士小姐接过单子，根本就没细看，立刻关照苏珊跟自己走，同时回过头来，看了一眼杨道远，冷冰冰地指示他就在原地等待，不要随便走开。杨道远无奈地点点头，又忍不住摇了摇头，这时候，他注意到苏珊正在十分调皮地对自己微笑。很快，苏珊跟着护士小姐进了手术室，手术室的大门拉开又关上了，门上写着醒目的"男宾止步"，门后边还有一道门

帘。不一会，苏珊又推门出来，急匆匆地走到杨道远面前，轻声说了句谢谢，说今天的事就到此为止，你有事可以先走了，这里已经没你的事了。杨道远没想到会是这样，脱口而出地问她待会儿怎么回去。苏珊说自己可以打车，杨道远意犹未尽，又随口说，如果时间不是太久，干脆好事做到底，他可以送她。

苏珊说："有人乐意做好事，我当然十分愿意。"

在苏珊做手术的时候，杨道远接到了张慰芳的电话，问他正在干什么。杨道远说我现在人已经在医院里了，马上就可以去拿化验单，问她有什么吩咐。张慰芳说我没什么事，只是突然想到你，就打个电话问问，对了，今天晚上怎么安排，你是不是又有饭局，如果没有，我们自己好好地庆祝一下。杨道远一时没反应过来，问庆祝什么，张慰芳说你是真糊涂还是假糊涂，总不至于一干上了什么正职，记性就突然变坏吧。杨道远笑了，说这有什么可庆祝的，看来你比我还更在乎这个职位，好吧，今天晚上我回来吃饭。打完电话，杨道远便去化验处，很快就拿到了张慰芳的化验单，然后又回到妇产科，继续等待苏珊。

因为闲着没事，杨道远掏出手机，打电话给张慰芳，告诉她化验结果基本正常。张慰芳说，就知道不会有什么事，对了，我又想起来了，不妨提醒你一句，家里的那玩意可是没了，你是不是应该去一次药店了，我想今天这样的好日子，你不会没有什么想法吧。杨道远笑了，是苦笑，说想法当然会有，既然你已经提醒了，这事我一定会记着，一定放在心上。杨道远把手机放进口袋，不知怎么的，他突然觉得情绪低落，脸色变得有些阴沉。

一个肚子很大的年轻女子从杨道远面前走过，在她旁边，是一个傻乎乎的胖小伙子，愣头愣脑，一点都不像一个快做父亲的人。杨道远觉得自己现在很无聊，手术室的门每次被拉开，他都忍不住往里面看一眼。大肚子年轻女人已经到了手术室门口，大大咧咧地就进去了，那位年轻的小丈夫也不管三七二十一跟着进去，不一会，便被一位年长的护士给狠狠地轰了出来。年长护士指着门上的警示，问他读没读过书，识不识字。她的嗓子很响亮，声音在大堂回荡着，吸引了大家的目光，小伙子被弄得很不好意思。

接下来，杨道远只能靠看墙上的公益广告来打发时间，闲着也是闲着，总得找点事做，他很认真地研究着广告上的内容，从文字到图片，看得十分仔细。走廊这边的一长条都与各式各样的流产有关，什么无痛人流，药物人流，名目繁多五花八门，看了也不是很明白。走廊的另一边，是如何治疗不孕症，挂了好几张专家的照片在上面，这一次他看得更加认真和仔细。虽然杨道远已经三十多岁，这个岁数的男人，大多数都做了父亲，[illegible]

杨道远的思绪忽然转到了苏珊身上，想到了她此刻正躺在手术室里，像图片显示的那样，赤裸着下身，敞开了白花花的大腿，正在进行人工流产。他并不知道她会采取哪一种人流方式，只是情不自禁地想到她，想到她先前趴在车窗上的姿态，想到前不久刚发生的不可思议的碰撞，想到了她有些神秘的微笑，想到她因为疼痛眼眶里打转的泪水，想到她又如何把自己哄到这里来。想着想着，杨道远不由得笑起来，因为今天的这件事情不仅是出格，而且荒唐到了不太好对别人说的地步了，起码是不能对张慰芳说的。

苏珊终于从手术室里出来了，比预料的时间要短一些，打乱了杨道远的原定计划。看到他仍然还等在那里，苏珊的表情有些意外，怔了一下，接着便笑了，还是那种杨道远已熟悉的微笑。她并没有走过来，而是站在门口不动，仿佛是在等他过去，于是杨道远便往那边走。苏珊的脸色通红，看上去并没什么不好，杨道远不知道这种手术过后应该怎么样，能不能立刻下地走路，他根本就没有这方面的经验。先前领苏珊进手术室的那位护士小姐也出来了，她对苏珊吩咐着什么，将手上的药递给她，然后转过头关照杨道远，让苏珊在旁边的椅子上稍稍坐一会再回去，回家以后，要好好照顾她，得让她卧床休息，要适当地增加营养，而且千万不要急着做那件事。

虽然护士小姐最后那句话已经绕了弯，杨道远还是觉得太直截了当，太过唐突，不由得有些脸红，感到很不自在。他担心苏珊会不高兴，会觉得自己在占她便宜，没想到她倒根本不在乎，正在一边偷笑。既然她不在乎，杨道远也就不再感到不自在。戏也已经演到了这一步，索性就再接再厉，把剩下来的戏演完。护士小姐扭头走了，她对他们之间的关系显然深信不疑，杨道远很想知道，苏珊是怎么向医生和护士描述她和自己的关系的。

杨道远陪苏珊去走廊尽头的椅子那里，遵从医嘱先让她休息一会。

杨道远说："不着急，我还可以等你一会。"

苏珊小心翼翼地坐下了。

苏珊说："我以为你已经走了。"

苏珊又说："你为什么不走？"

她是带着微笑对杨道远说的，说完了这两句话，苏珊的脸色突然变了，变得非常忧郁，变得极度失望。在此之前，她的脸色还是很好看，红红的，白里透红的那种红，突然间，所有的血色都没了，人一下子变得憔悴起来。

"你怎么了？"面对这突如其来的变化，杨道远有些担心她的身体，"是不是有什么不舒服？"

苏珊沉默了一会，嘴角抽搐了一下，突然发作说："我这是心里不舒服，一个弱小稚嫩的生命，一个无辜的孩子，刚刚被我亲手扼杀了，你说我心里能舒服吗？我是一个凶手，一个不折不扣的杀人犯，你说我还能若无其事吗？"

面对这同样是突如其来的一番话，杨道远无言以对。站在他面前的这个女人，是一个让人捉摸不透的女人，有着许多不为人知的秘密。杨道远并不想过多地知道苏珊的事，毕竟他们只是萍水相逢，一分手就是陌生人，犯不着知根知底。苏珊也在尽量地使自己平静下来，很快，她站了起来，说你送我回去吧，今天这日子真不错，总算是不幸中的万幸，她遇上了一个好人。接下来，便站起身要回家，两人一路无话，苏珊一个人十分孤独地坐在后座上暗自神伤，好像已把该说的话说完了。杨道远原准备把她送到小区门口，快要到时，苏珊却说，就让她在这下车吧，她要去超市里买点东西。杨道远回过头来，看着她那张因为失血而苍白的脸，内心充满了同情。他问她还需要不需要帮忙，要不要他陪她去超市，要不要送她上楼。一个女人在这种关键时候，身边没有个人照顾，显然是很不幸的。

苏珊将车门打开，苦笑着说：“看来你很乐意做好人好事，不过谢谢了，我自己能行。”

杨道远[illegible]步，看着她将头低下来，看着她捋了捋头发，隔着车窗与他挥手告别：“再见！”

杨道远也回敬了一句：“再见。”

苏珊扭头走了，杨道远通过后视镜，看着她一路走去，根本就没回过头。事情看来真是要结束了，刚刚发生的这一切。似乎都不太真实。杨道远低头看了看车上的计时器，已是下午四点多钟。时间显然耽误得太多了，他必须赶紧回自己办公室，在下班前把一些必须要办的事情处理完。

4

晚上有杨道远最爱吃的红烧肉，在张慰芳的悉心指导下，小艾这些年烧菜的手艺大有长进。作为一个经常有饭局的领导，杨道远对家里的菜肴向来不太挑剔，事实上，自从主持工作以后，他已经很少在家吃饭。因为少，张慰芳很在乎共同进餐的机会，早在她还是一个小女孩的时候，母亲就谆谆教导过她，男人都是贪吃的主，要想牢牢地抓住自己老公，首先要伺候好男人的那张嘴。

转眼间，杨道远的婚姻已经持续了十二年，张慰芳高位截瘫也已经八年了。过去的这些年，他对妻子的不离不弃，得到了众人的一致好评。路遥方知马力，日久才见人心，杨道远早已是大家心目中的模范丈夫，随着他地位一天天提高，张慰芳身体一天天不见好转，大家都觉得他还能继续和妻子厮守很不容易。婚姻从来就是自己的事，冷暖自知甘苦自尝，杨道远并不在乎别人会怎么评价，也不想成为人们说事的口碑，他从来没想过要放弃张慰芳，八年前，第一次听到她可能会高位截瘫的时候，杨道远并太不相信这事会真的发生，但是结果就是这样。他不相信，但是事情的发展从来不以人的意志为转移。

因为红烧肉好吃，加上肚子有些饿，杨道远就多吃了几块。张慰芳一个劲地表扬小艾，还让杨道远也说几句好话以资鼓励，杨道远就顺着张慰芳的话表扬，说小艾烧得比高档馆子的红烧肉还要好吃。小艾听了十分高兴，谦虚地说这都是小婶的功劳，说她在电脑上看来看去，一会说要这样烧，一会说要那样烧，把我都绕糊涂了。

张慰芳笑着说："就是要糊涂才好，不糊涂你还烧不好呢。"

杨道远笑着摇了摇头，他知道张慰芳喜欢上网，喜欢成天在网上遨游。电脑已经成了她最重要的生活顾问，事无巨细都会在网上寻找答案。他可以想象她如何在网上研究红烧肉，如何与网友交流切磋，如何让小艾根据网络提供的帮助一次又一次做烹饪试验。小艾没有读过几天书，这个来自农村的女孩并不是很聪明，做事也不太知道动脑子，离开了张慰芳的指导她什么也做不成。她对自己做的红烧肉还是有些信心不足，突然十分真诚地问杨道远："杨叔，这红烧肉是不是真的很好吃？"

杨道远看了一眼张慰芳，说："确实是很好吃。"

小艾说："你们可不要骗我？"

杨道远说："干吗要骗你？"

"杨叔是不喜欢骗人，可是小婶喜欢，"小艾看了看张慰芳，傻乎乎地说着，"这肉刚烧好的时候，小婶尝了一口，哇的一声，说这肉不好吃，吓了我一大跳。"

张慰芳不屑地说："你也太没用了，这么不禁吓。"

小艾把头转向杨道远，说："杨叔，你不知道，我真的是让小婶吓了一跳。"

"喂，小艾，以后你别杨叔小婶地乱叫了，"张慰芳突然扭转了话题，很认真地说，"不是跟你说了，不要再这么叫。"

小艾说："不叫杨叔叫什么？"

[illegible]着杨道远乐不可支，"对了，以后我是不是也该叫你杨总？"

小艾天真地问："真的要叫杨总？"

张慰芳一本正经地说："叫不叫杨总随便你，反正不能再叫杨叔了，这不合适，不能老是杨叔杨叔的，听着别扭。"

小艾说："人家都习惯了叫杨叔。"

张慰芳很暧昧地说："习惯也可以改嘛。"

"为什么？"

"你说为什么？"

张慰芳的反问让小艾满脸通红，她的脸色渐渐变成了猪肝色，血液仿佛要从皮肤后面喷涌而出。进城当小保姆已经很多年了，小艾还是一个黑糊糊的姑娘，经常还要冒点傻气，或许是因为缺少护肤品的保养，她的肤色看上去还是像一个干农活的姑娘，而且总是不断地要长出青春痘来。这时候，张慰芳的话里显然有特定含义，有着耐人寻味的潜台词。看似漫不经心，但是随口这么一说，却等于当着两个人的面，把那层暂时还不应该戳破的薄纸给捅破了。在这之前，张慰芳也曾和他们分别开过玩笑，可那毕竟只是私下里的单独谈话。

现在，不仅是小艾觉得不白在，杨道远也觉得有些尴尬。张慰芳是个喜欢自作主张的女人，她曾一再向他暗示过自己的想法，公开表明过自己的态度。近一年来，她屡屡表示要成全他和小艾，不止一次地主动跟他讨论方案的可行性。这当然只是张慰芳的一相情愿，杨道远从来也没有把这事当过真，他根本就不准备接受张慰芳的安排。

现在，小艾一声不吭，杨道远无话可说。

张慰芳却还是不依不饶，索性继续旁敲侧击，说："怎么了，大家突然都不说话？"

晚饭以后，小艾收拾桌子洗碗，杨道远推张慰芳下楼散步，同时也遛遛狗。一年前因为医生的建议，他们收养了一条京巴犬，并为它取名叫"小杨"，其实无论是杨道远还是张慰芳，都不喜欢小狗，平时照料小杨都是小艾的差事。进电梯间的时候，张慰芳让杨道远先把小杨抱住，免得它一进电梯间就跷起后腿撒尿。所有的公狗都喜欢在电梯间里尿尿，以至于物业不得不贴出醒目的公告，希望业主能管好自己的宠物。

坐在轮椅上的张慰芳与小区里许多人都认识，杨道远推她下楼散步，一路上都有人与他们打招呼。在公众的面前，作为一个高位截瘫的残疾人，张慰芳总是表现得非常乐观，给人的感觉是她的心态十分健康。因为小杨的缘故，张慰芳还有一批养狗的熟人，每天狗主人们都会在小区的一片草地上聚会。刚出楼道，杨道远放下小杨，还没来得及拴上狗链子，它已经迫不及待地往聚会地点飞奔而去，张慰芳连声招呼都喊不住它。

杨道远很担心自家的狗会再次咬到人，自己家的狗调教得不好，没有养成好习惯，小杨喜欢往别人身上扑，其实它并不是想咬人，只是和人闹着玩，但是别人会害怕，特别是小孩，经常被它吓得连躲带跑，一不小心就会被抓伤。这样的事情已发生过两次，最后都是赔钱了事，带人去医院打针，还要付营养费和精神损失费。小区里养狗的人不算少，大家天天晚上聚在一起，说不完的狗故事。张慰芳很少参加这种讨论，她只是兴致勃勃地听人家说。

大大小小的狗在草地上奔来奔去，围绕着狗的话题可以没完没了。杨道远知道张慰芳每天都会在这里消磨不少时间，因此也就捺着性子听人聊天。张慰芳能叫出这里每一条狗的名字，或许是因为坐在轮椅上的缘故，那些狗时常会跑过来问候她，它们跑到她面前来，友好地在她膝盖上闻来闻去。每到这时候，小杨就会表现出一种强烈的嫉妒，冲每一条试图向张慰芳献殷勤的狗狂吠，并做出准备进攻的姿态。事实上，小杨的胆子很小，它不仅不是大狗的对手，还常常会被别的比它更小的狗欺负。前楼一户人家养的一只小吉娃娃，虽然个头只有小杨的一半大，却似乎与它天生有仇，见到小杨便追着咬，两只狗围着张慰芳的轮椅绕圈子绕得没完没了。

一个多小时以后，杨道远与张慰芳带着小杨，一起来到小区外面的一家药房。虽然张慰芳曾打电话提醒过他，但是杨道远还是忘了买避孕工具。说老实话，杨道远并不愿意与张慰芳一起出现在药店，在这方面他显得非常传统，总觉得买这些玩意有些难为情，自家门口的药店，大家彼此都认识，就难以启齿了。倒是张慰芳显得非常大方，她根本就不在乎别人会怎么想，坚持要和他一起进药店，而且还把小杨也一起带了进去。

好在药店里空空荡荡，除了他们没有一位顾客。营业员是两位中年妇女，坐在角落里聊着天，看见他们，不冷不热地问想买什么。杨道远推着张慰芳来到避孕工具柜台前，一位营业员走了过来，眼睛扫了一眼坐在轮椅上的张慰芳，又踮起脚看了看小杨，接下来，就是爱理不理地站在那。

张慰芳看出了对方的不友好，不慌不忙地说："你给推荐一下吧，哪种最好？"

营业员怔了一下，说："那得看采取什么样的避孕方式。"

张慰芳说："这话什么意思？"

"是用工具，还是服药？"

"工具？"

"就是避孕套。"

“对呀，我们就买避孕套，你说哪一种好。”

“这个就不好说了，谁用谁知道，这一排都是，你们自己选吧。”

杨道远觉得这样的对话有些怪异，两个女人都不动声色，都很认真执著，并且很严肃地讨论着，就好像是在超市购物，在菜场上买蔬菜。杨道远忍不住想笑，他提醒自己，可千万别笑出来。张慰芳与营业员共同研究，为什么同一种品牌价格也不一样，为什么有的用了外国名字，生产厂家却还是中国，究竟是进口的好，还是国产的实惠，为什么价格要相差那么多。女营业员闲着也是闲着，面对这些追问，不仅没有不耐烦，还一本正经地介绍开了：“这玩意嘛，一等价钱一等货，只有买错的，没有卖错的，人家外国人多讲究生活质量啊，当然是进口的好。你看这个是带刺的，这些是带颜色的，这是草莓色，这是菠萝色，这个呢，噢，这个是带润滑剂的。”

最后，他们在营业员的建议下，买了两盒进口的避孕套，一盒是透明无色的，另一盒是草莓色的，又买了一盒含有精华素的润滑剂，根据说明书介绍，这种高级润滑剂是用纳米技术生产的。营业员为他们开了小票，杨道远拿着小票去收银处付钱，一直被冷落在一边的小杨开始调皮捣蛋，看见那几盒东西已被装进了塑料袋，便往上一蹿一蹿地想扑咬。张慰芳被它的行为吓了一跳，她有些生气，挥舞手中的塑料袋呵斥了小杨一番。不一会钱付完了，杨道远走过来，在营业员的目光中，推着轮椅走出了药店。

洗过澡的杨道远在床上看报纸，小艾正在为张慰芳洗浴护理，浴室里不时传来她们说话的声音。照顾高位截瘫的张慰芳是项十分艰苦的工作，杨道远无法想象，如果没有小艾，他们的生活会是什么样子。护理工作终于做完了，小艾像抱着个大婴儿那样，气喘吁吁地将张慰芳送了进来。杨道远连忙下床帮忙，从小艾手上接过赤条条的张慰芳，然后看着小艾放好尿不湿，把张慰芳放上床，将纸尿裤给系上，再给她穿上一件睡衣，盖上被子。因为怕她感冒，小艾做这些事总是十分麻利，三下两下就能把所有的活给搞定了。

一切都忙完了，浑身是汗的小艾又进浴室匆匆洗了一下，回自己房间睡觉。小艾的房间就在隔壁，里面放着两张单人床，只有在特殊的日子，张慰芳才会跟杨道远睡一个房间，通常情况下，为了方便照顾，张慰芳都是和小艾一起睡。

现在，杨道远没有心思继续看报纸了，他问张慰芳是不是还要看一会电视。张慰芳直截了当地说，看什么报纸呀，你该干什么就干什么，用不着装模作样。杨道远被她这么一说，有些尴尬，他凑上前去，在她脸上轻轻地亲了一下。张慰芳立刻很热烈地回应，用自己的嘴唇去迎接。接下来

[illegible]

来。很快杨道远就情绪激动，他掀开被子，解开了她身上的纸尿裤，一阵忙乱。张慰芳显得很冷静，让他稍微悠着点，不要太着急，又问他是不是想试试那个草莓色的避孕套。

杨道远说："好，就试一下这个新产品吧。"

杨道远最初的印象是，自己肚子底下长了一根黄色的胡萝卜，而且形状怪异非常滑稽。他们原来准备是买草莓色，结果一拿出来却发现是一打橙色的避孕套，再仔细研究包装盒，上面果然用很小的中文写着"橙色"字样。事既如此，只好马马虎虎地将就，接受这个可笑的差错。接下来的游戏中，根本就谈不上什么美好享受，除了在一开始的时候，杨道远还有那么一点性趣。性爱有时候真是个不可捉摸的东西，事实上，小艾为张慰芳系纸尿裤的时候，她赤条条地张开了大腿，那副无助的样子曾让杨道远感到过一阵强烈的冲动和一阵令人陶醉的欲望，然而这种冲动和陶醉来得快去得也快，一闪而过，说消失就消失，连影子都没留下。

虽然抹了很多润滑油，虽然很轻易地就进入了，虽然张慰芳不时地还会做出一些激动受用的样子，但是那种冷冰冰的感觉，那种僵硬和死气沉沉，那种滑稽和明显的做作，不得不让杨道远有所分心，不得不让他心不在焉。高位截瘫病人的下半身并没有什么知觉，这种所谓的夫妻生活，其

实只是一个人单方面的机械运动，张慰芳并不知道他正在干什么，也不可能很好地配合。虽然今天已经有了良好的铺垫，虽然在还没有开始之前，杨道远觉得自己很冲动，但他很快就感到索然寡味，有些力不从心了。

张慰芳也觉察到了他的失落，问他是不是已经完事了，是不是有什么不妥。他们的一举一动一招一式，都是完全按照医生推荐的那本实用护理手册来做的。杨道远一向不敢太使劲，因为手册上明确写着，由于患者没有知觉，不知道轻重，在过性生活时，一定要注意不能让病人再次受伤。杨道远稍稍地加快了一点速度，张慰芳忍不住又问了一句，说你怎么还没完，今天你怎么这么厉害。她的语调有些古怪，也许只是想给杨道远一点刺激，只是想挑逗挑逗他，但是效果却适得其反。仿佛是一大盆冷水突然泼在他身上，杨道远的情绪立刻大受影响，已经不多的那一点点欲望一下子全溜走了。欲望之火已经熄灭，杨道远感到很沮丧，不想再继续做下去，他做出已经到达高潮的样子，深深地叹了一口气，趴在张慰芳身上不再动弹。

张慰芳这次并没有察觉到他的异常，她以为他已经心满意足，情不自禁地用手抚摸着他的后背。这时候，杨道远感到很无奈，很无助，很委屈，很糟糕。他不愿意让张慰芳觉察到自己的真实感受，不愿意让她知道自己的失望。时间慢慢地过去，杨道远觉得自己越来越平静，张慰芳突然在他的耳边轻轻地吹了一口气，然后用商量的口吻问他，她今天或许还是与小艾一起睡比较好。她的这个提议并不冒昧，也没有让杨道远感到意外，事实上，他们经常就是这么做的，因为半夜里张慰芳需要有人照顾，需要有人帮她换纸尿裤，而杨道远第二天还要正常上班，不应该影响到他的睡眠。

张慰芳说："你把我送过去吧，这样大家都可以睡得安稳一点，大家都睡个安稳觉。"

"没关系，晚上我起来弄好了。"

"你明天还要上班，还是把我送过去吧。"

张慰芳是个极有主见的人，她定下来的事情，基本上都不太会更改。

杨道远说：“真的要过去？”

“当然是真的。”

于是杨道远便作出让步，先给自己穿上衣服，又给张慰芳系上纸尿裤，将她抱起来往隔壁房间送。小艾还没有睡着，听见门外的动静，立刻从床上爬起来开门迎接。很显然，对这有些老套的把戏，她早就熟悉了。杨道远有些歉意地跟她解释，说张慰芳思来想去，还是决定和她一起睡，小艾听了这句话，傻乎乎地说自己无所谓，这个家反正是小婶说了算，她想跟谁睡都可以。

[illegible]

荡荡的卧房就剩下他孤零零的一个人，隔壁房间不时地传来张慰芳和小艾的说话声。杨道远听不清她们在说什么，也不想去琢磨，脑子里一片混乱，心情变得烦躁。一旦真正地安静下来，已经消失的不复存在的欲望，又渐渐地开始浮现出来，杨道远想到了自己其实还没有完成真正意义的射精，他身上潜藏的巨大能量还憋在那里。孤立无援的杨道远非常孤寂，他口干舌燥，欲火中烧又万念俱灰。又得靠自己来排忧解难，自己打发自己了。白天的一幕幕突然又出现了，他仿佛又回到了医院的妇产科，重新坐在走廊椅子上，苏珊微笑着走进手术室，她正在那里面做流产，而他还在百无聊赖地看着墙上的图片。图片的内容显得有些滑稽，一会是流产，一会是人工受孕，男男女女从他身边走过，他们都回过头来看他。

5

和杨道远分手后，苏珊直接去超市买了一大堆食品。她买了一箱牛奶，两大袋面包，两袋火腿肠，两斤鸡蛋，二十包方便面，还有各种各样的水果。这些东西都拎回家以后，她感到非常震惊，不敢相信自己竟然买了这么多食物，而且还气急败坏地亲自拎了回来。医生一再关照她要好好休息，不要劳累不要负重，因此苏珊进门后做的第一件事就是躺到床上。鞋也没脱，衣服也没换，新买的那些东西就扔在门口，她觉得自己得赶紧先喘上一口气，让自己先静静地休息一会。

这一躺就不知道过了多少时候，她终于起来换了拖鞋，换了家居服装，将买来的食品该放冰箱的放冰箱，该放桌上的放桌上，用电水壶烧了点水，一一收拾停当后，又去厕所换了一次卫生巾，在小床上垫了一块浴巾，然后正式开始卧床休息。

一上床就觉得很无聊，困意全无，精神出奇的好，苏珊突然想给小情人小秦打个电话，拿出手机才发现电池的电早已用完。换了电池打开手机，一连串未接电话提示冒了出来，都是小秦打过来的。苏珊立刻回拨过去，问他有什么事。

小秦愣头愣脑地说：“有什么事，我还真想问你呢，你说，你到底是怎么回事？”

苏珊有些摸不着头脑：“你怎么了？”

“什么怎么了？”

“干吗说话要这么冲？”

“我问你那个男人是谁，他是谁？”

“谁，什么男人？”

小秦很愤怒地把电话挂了。

苏珊觉得很奇怪，气呼呼地再打电话过去。

小秦在电话里愤愤不平，说：“你必须老老实实地说清楚，今天这人到底是谁？”

“今天，今天怎么了？”

“你今天坐的是什么人的车？”

苏珊总算知道小秦为什么要发火了，她奇怪他怎么会看到自己坐在杨道远的车里，这可真是有点邪了门了，难道他在暗中监视她？难道他知道她今天会去医院？

小秦说："别不吭声，说呀，他是谁？"

苏珊笑了起来。

小秦说："你别笑，你告诉我，他到底是谁？"

苏珊说："我说了你也不会相信，真的，你不可能相信。好，我告诉你，连我都不知道他是谁！"

小秦果然是不相信："这就是你的答案？"

"你说我能相信吗？"

"不会相信。"

"不相信，知道我不相信，还编这样的故事来蒙人！你难道不能编一个更好的故事，编一个逼真一点的故事？我说你先把故事编编好编编像好不好？编得稍微有点像那么回事好不好？"

苏珊说："你能不能先听我解释——"

"我不是在听吗？"

苏珊忍不住又笑了，觉得这事真的有些滑稽。

小秦说："你说呀，我正在等你的解释。"

苏珊不急不忙地说："能不能先告诉我，你是在什么地方看到我的，我说小秦，你的能耐可真是不小呀！"

苏珊左思右想，还是想不太明白："不行，你得先告诉我，你是怎么看到我的。"

小秦又愤怒了："这就是你的解释，不要绕圈子好不好！"

苏珊让小秦不要着急，小秦却不能不急，话说着说着就难听起来，声音也不对了。小秦说苏珊你知道不知道，你这人很无耻，你就是那种不要脸的女人，这话我一直忍着没有说出来，你根本就不是个东西，你一直在欺骗我，你一直都在欺骗，在玩弄我的感情。苏珊让他骂得哑口无言，只好闭嘴不吭声，等他连珠炮似的发泄完了，很冷静地回了一句："好吧，你说得很对，我是一直在骗你！"

苏珊把电话挂了，气得脸色发白，人一阵阵直哆嗦。不过在内心深处，她一点都不恨小秦，她觉得他说得非常对。小秦完全有资格对她发这个火，她确实一直都是在骗他，她从来就没有对他说过实话。对这个比自己还小了五岁的小情人，苏珊确实一直是拿他当小孩子来哄，虽然小秦觉得自己是在和苏珊谈恋爱，但是她从来就没有当真过，他们之间的关系根本就不能作数。说老实话，他们之间的关系，早就应该结束了。

小秦的电话还在不断地拨过来，苏珊气还没有消，坚决不肯接手机。小秦见她不肯接电话，又发短消息过来，问她人现在什么地方，是不是在家，如果她在家里，他马上就赶过来。苏珊看过短消息，想回复，转念一想，觉得没必要理他，干脆把手机关了。

天已经黑了，躺在床上的苏珊百无聊赖，从床台柜上随手拿了一本书看起来，很快就听到楼下传来的按门铃声，苏珊怔了一下，立刻想到这是小秦。小秦按门铃就像弹琴一样，有自己独特的节奏。但是，苏珊现在根本就不打算与他见面，她不想跟他吵架。小秦在楼下执著地按门铃，苏珊却比他更执著。

或许是邻居不耐烦了，或许是正好有人回家，反正楼道的铁门被打开了，小秦沿着楼梯上来了，又咚咚咚地敲起门来。苏珊已经打定主意，今天坚决不跟他见面，随便他怎么折腾。

小秦在外面喊着："苏珊，你把门打开，有什么话，我们当面谈好不好？"

小秦说："我知道你在里面，喂，开门好不好？"

小秦又说："喂，我说你到底是怎么回事？"

苏珊气定神闲地看着书，无动于衷。

小秦最后有些着急了，说你要是再不开门，我就打电话喊110，你信不信，我真能把警察给你喊来，我今天就豁出去了。苏珊知道小秦常会做出一些失去理智的事，他的醋劲特别大，心眼特别小，如果他真打电话给110，这倒不失为一场有趣的游戏，但是苏珊知道他不会，小秦只是看上去有点疯狂，并不会真正发疯。折腾了半天，小秦终于怏怏去了，苏珊甚至能感觉到他垂头丧气的样子，一边下楼，一边嘴里还在不停地嘀咕，说狠话。这一次他看来是真的生气了，这一次他很可能真的会跟自己了断。

苏珊在床上一躺就是五天，整整五天，除了去卫生间方便，去厨房取食物，她都老老实实地待在床上。她的手机一直处于关机状态，也就是[illegible]只是为了增加营养，硬着头皮胡乱吃一点东西，没想到五天以后，她突然发现自己已经饿坏了，已经忍无可忍，再不大吃一顿人就会立刻崩溃。她再也无法忍受那些该死的垃圾食品，她再也不想吃火腿肠，再也不想喝方便面，再也不想吃涂了果酱的面包。每次皱着眉头喝牛奶，都让她想到自己是在吃白色的中药汤。

把手机打开，一连串的短消息进来了，除了垃圾信息，基本上都与小秦有关。苏珊兴致勃勃地一条条看下去，一边看，一边删除，不时地会心一笑。还是那个她所熟悉的小秦，威胁咒骂道歉求饶，什么话都敢说，什么词都敢用。与五天前相比，苏珊的心情好多了，她现在最迫切的愿望是能好好地吃一顿，先大快朵颐了再说别的。

处理完手机上的短消息，她给小秦打了一个电话，约他在一家火锅城见面。

小秦有些意外，说："你跑哪儿去了，为什么一直关机？"

苏珊以不容商量的口气说："我们能不能在电话里什么都不说，能不能？"

"好吧，能。"

"那这样，今天我请客，就在小绵羊，你先过去订一张桌子，我很快就到。"

苏珊的胃口远没有想象的好，点菜的时候，小秦目瞪口呆，说你不会是刚扶贫回来吧，怎么饿成这个模样。苏珊说她现在就是重点扶贫对象，是来自非洲的难民，还处于水深火热的解放前。火锅城里人山人海，热气腾腾，异常喧闹，苏珊先是一声不吭，埋头吃了一阵羊肉，然后招呼小秦也吃，多吃一点。小秦看出她现在什么也不想说，也就顺其自然，卷了卷袖子，将调料重新调过，往火锅里不停地涮羊肉。

很快苏珊就感觉饱了，说饱就饱，这让她感到很意外，没想到自己这么没用，本来还以为起码能消灭一大盘羊肉，结果至多吃了二分之一就已经力不从心。让苏珊感到更加意外的，不是自己不能吃，而是小秦也不盘问她了，完全是一副"你爱说不说"的架势，只顾一筷一筷自己吃，越吃越津津有味，不断地加调料，衣服脱了又脱，额头上全是亮晶晶的汗珠。

苏珊感叹地说："想不到你比我还能吃？"

"男人难道不应该比女人能吃吗？"小秦用餐巾纸擦了擦额头上的汗，"再说了，今天反正是你埋单，不吃白不吃。"

苏珊又好气，又好笑："你真好意思？"

"你要是觉得吃亏，我们就 AA。"

苏珊说："不行，说好我请就是我请，我不能失言。"

"那也好，你不后悔就行。"

苏珊看着他，看他没心没肺地吃着，看他一头一脸什么都不在乎的样子。在他们相识这些年里，苏珊最喜欢的就是他这种没心没肺，当然，她知道这只是表面现象，只是一种表演，他如果能一直这样就好了，能一直这样什么都不在乎多好。过了一会，苏珊忍不住要笑，笑了几秒钟，悠悠地说："小秦，你说我们之间的关系，到底算什么呢？"

小秦埋头涮羊肉，不说话。

苏珊很认真地说："我想我们的关系该到头了，一切都该结束了。"

小秦抬起头来，十分无辜地看着她："真的吗？"

“真的，游戏应该结束了。”

小秦做出无话可说的样子，说：“我是正经八百地想和你结婚的，可是你又不愿意。”

苏珊狠狠白了他一眼。

小秦说：“我现在还可以向你求婚，你信不信？”

小秦又说：“我说了你也不相信。”

苏珊叹气说：“算了，你少来这套。”

“怎么，你不相信，”小秦有些人来疯，说话的声音响了起来，端起面前的啤酒杯，一口饮尽，一把拿起桌上小花瓶里插着的一枝玫瑰花，众目[illegible]说：“苏珊，你嫁给我吧，嫁给我吧。”

周围的目光都集中过来。

苏珊哭笑不得，说：“神经病！”

6

刚搬进老邢办公室的那几天，杨道远总觉得不太习惯。一把手的办公室规格太过奢侈，宽大的办公间之外，还有装修精致的卫生间、秘书室，还有一个可供休息的卧房，比宾馆的超豪华套房毫不逊色。在相当长的一段时间，这个办公室一直饱受非议，不时地有人写信到纪委去告状。为了避开外界的种种议论，老邢把过错全都推到了集团的副总姚牧身上。新大楼盖好以后，负责办公室装修的是姚牧，他显然是别有用心，故意大大地超出了行政规格，要陷当时的一把手老邢于不义。

老邢是标准的官场老太太，有些革命资历，有些文化，说能干不很能干，说不能干却是一直官居高位。她知道干部子弟出身的姚牧一直看不上自己，处处多个心眼提防着他。事实上，老邢待在这办公室里的日子并不长，根本就没享受几天，刚开始遭到非议的时候，老邢为了证明自己的清白，死活不肯进去办公，宁愿让那豪华奢侈的房子空置，后来退居二线的文件下来了，她才突然胆子大起来，想自己反正没几天好折腾了，干脆豁出去，一赌气，在第二天就搬了进去。

既然集团是由杨道远主持工作，老邢便开始修身养性，躲在办公室里练书法画中国画。反正已经退居二线了，大事小事她一概不过问，具体工作跟她都没关系，唯一斤斤计较的就是自己的待遇。老干部的特权一向可大可小，虽然几个副老总背后都有意见，经常一起抱怨她占着茅坑不拉屎。一向以退为进的杨道远却明确表了态，鉴于老邢对集团工作的突出贡献，只要她还在这一天，只有她还愿意在集团坐着，这个办公室就必须属于老邢。在与老邢合作的日子里，杨道远一直很低调，一直处于忍让状态，现在，老邢终于告老还乡，彻底地回家休息了，偌大的一个办公室已经腾空，杨道远似乎没有任何理由不搬进来。说老实话，在前些年，这样的办公场所确实有些耀眼，容易被人批评，这些年水涨船高，突破规格的行为比比皆是，像杨道远这样的集团大老总，享受一个超豪华的办公室已经算不上什么大事了。

这一天，姚牧找杨道远谈工作，走进办公室，看到墙上还挂着老邢的一幅画，很惊讶地问他为什么不把它给取下来："你难道不觉得老太太这画很难看，很丑？"

杨道远不以为然地说："丑也罢，好也罢，反正这墙上得挂点什么。"

"挂什么也比挂这破画强。"

姚牧和杨道远是大学同班同学，早在大学时代，他们就是无话不说的好朋友。说姚牧是杨道远生命中的贵人并不过分，杨道远人生和事业上的点点滴滴成功，都与姚牧分不开。因为姚牧，杨道远得以结识了张慰芳，也是因为姚牧，他调入了电视台，同样还是因为姚牧，他在集团中一步步提升，最后被任命为集团的副老总和老总。姚牧想不明白为什么还要把老邢的画留在那里，过去的这些年，他和老邢是真正的冤家对头，他们之间的明争暗斗，从一开始就没有消停过，最激烈的时候，几乎是你死我活的争斗。

也难怪姚牧一看到墙上挂的老邢的画，气就不打一处来。杨道远对老邢的中国画也没有什么好感，更谈不上喜欢她的为人，但是觉得在办公室里留下一点老邢的痕迹，能让人时不时地想起前领导，并不是什么坏事。平心而论，老邢一直很喜欢杨道远，对他始终不错，没有这位老太太的关照和提携，他也不会走到今天这一步。温故而知新，老邢曾经是个很霸道

[illegible]

子，做 个一团和气的好领导。

两人正谈着工作，办公室主任老王打电话进来，向杨道远请示，说有一个姓秦的年轻人非要上来见杨总，拦都拦不住，他不知道杨总能不能接见。杨道远问这人是谁，老王报了一个完全陌生的名字，他觉得奇怪，又问这人要干什么。

老王说："他不肯说，就说要见你，要跟你面谈。"

杨道远说："我现在没空，你就帮着处理吧，问问他到底怎么回事。"

接下来，杨道远与姚牧继续谈工作，谈完工作，姚牧前脚走，办公室主任老王后脚进来了，说先前那个年轻人还没走，还在外面等着，一定要跟杨总见个面。杨道远有些不高兴，问这人到底有什么事，到底是什么人。老王说这人的脑子看上去有点问题，肚子有话又不肯明说出来，就说非要见杨总，而且是一定要见。杨道远听了不乐意，说凭什么他要见就得见，你去告诉他，我不想见，也不说出个理由，凭什么我就得见他。老王欲言又止，看着杨道远，有话不知道该不该讲出来。

老王站在那里不动弹，杨道远先是一怔，很快就明白他这是有话要说，可是老王偏偏迟迟不开口，故意要把话烂在肚里。老王是个雷厉风行的人，突然装哑巴必定是有原因，杨道远立刻就明白是怎么一回事，老王

是个很有经验的办公室主任，工作能力很强，尤其善于处理危机和化解矛盾，现在他既然不肯出去打发，说明那个等在外面的年轻人一定有什么来头，一定有什么特殊的原因，看来杨道远今天是非接见不可了。

这个年轻人就是苏珊的小情人小秦，他趾高气扬地走了进来，东张西望，故意做出了一副玩世不恭的样子。根据那天看到的车牌号码，小秦顺藤摸瓜，竟然让他找到了杨道远。现在，他这是跑来兴师问罪，由于在外面等了很久，小秦肚子里早憋了一堆厉害的词儿，已经演习了无数遍，就等着见到杨道远时一吐为快。可是一旦看见真人，一旦看见端坐在办公桌前的杨道远，小秦却还是有些发蒙，一时不知道应该如何表白，不知道应该如何开始，只能愣头愣脑站在那里，傻乎乎地不说话。

杨道远被他弄得莫名其妙，不得不先开口问他有什么事。

小秦挑衅地说："你就是这里的最高领导？"

杨道远无话可说，等待他的下文。

两个人你看着我，我看着你，一个坐着，一个站着，很快有备而来的小秦露出了银样镴枪头的一面，开始处于下风。

小秦深深地叹了一口气，知道自己已不战而败。

小秦说我现在算是明白了，我终于全明白了，你看看这办公室，你看看这气派，厉害，实在是太厉害了，多么漂亮的老板椅啊，多么漂亮的办公桌呀，我算是明白为什么了，终于明白了，我终于明白苏珊为什么会看上你。难怪有人说权力是春药，难怪有人会说，男人嘛，只要有权有势，女人就不会不喜欢，就不能不喜欢。权势是最好的伟哥，你很了不起，你真的很了不起。如果我是苏珊，我也会喜欢你，我也会，谁还能抵挡得住你这样的男人的进攻呢。女人就是被你这样的男人弄坏的，官做得不算小，年纪也不算大，人又长得相貌堂堂，还不是想勾引谁就勾引谁，想跟谁睡就跟谁睡。你真是太完美了，你他妈真不是个东西，你以为你是什么东西，你真以为你是个东西，你可以去勾引别的女人，你完全可以，如果你是和别的女人勾搭，就跟我没任何关系，可是为什么要勾引苏珊，你为什么勾引她，为什么要让苏珊这么好的一个女人，活生生地变成一个坏女人，为什么，为什么，你告诉我。

一连串没头没脑的指责，源源不断炮轰，让杨道远感到不可思议。眼前显然是个疯子，或者是个精神失常的神经病，他不明白自己的办公室主任今天是怎么了，居然会把这么一个愣头愣脑的家伙放进来，居然让这么一个活宝跑到办公室来胡闹。不过杨道远并没有轻易就打断小秦的炮轰，而是很冷静地看着他，耐心地等他把话说完。听着听着，开始感觉到了话 [illegible]

杨道远做了一个手势，终于开始插话："喂，你说了半天，我能不能说一句？"

杨道远问："你说的那个女人到底是谁？"

"苏珊。"

"苏珊又是谁？"

小秦十分愤怒："到这时候，你还装糊涂？"

"我像是在装糊涂吗？"

"看上去是不像，"小秦不无讽刺地说着，"但是事实就是，对不起，我得先问你一件事，你必须老老实实回答——你有没有老婆，你是不是已经结过婚了？"

答案当然是肯定的，和小秦预料的完全一样。像他这样的成功人士，怎么会没有老婆？像他这样官场得意的男人，为什么不找一些如花似玉的情人？小秦继续指责，小秦继续炮轰，小秦越说越来劲。杨道远完全被弄糊涂了，他让小秦不要再兜圈子，干脆直截了当，说清楚自己是谁，今天来这里的目的又是干什么。在他叫保安上来之前，还有什么没说的话，赶快痛痛快快地说出来，否则就来不及了。

杨道远的突然强硬让小秦有些犹豫，他看了看周围，又一次地开始示弱了，眼睛甚至都不敢看着杨道远。

杨道远说："你说了那么多，到底想干什么？"

小秦说："我的目的很简单，如果你和苏珊是真的相爱，你们是真的有感情，你真的准备跟你老婆离婚，我就成全你们。如果不是，如果不是这样，那么就请你悬崖勒马，不要再跟苏珊来往了，就不要再破坏我们了，我要跟苏珊结婚，我会娶她的，我要跟她在一起过一辈子。"

杨道远又好气又好笑，这场闹剧真的应该结束了。

杨道远不得不再一次认真地问：

"谁是苏珊呢？"

第二章

连天真的小艾都看出了苗头，她傻乎乎地问张慰芳："小婶，你干吗要和杨叔分手了，你们不能不分手吗？"

张慰芳平静地说："我们不可能不分手。"

"为了什么呢？"

张慰芳苦笑起来，说："傻丫头，问那么多干什么，以后你会知道的。"

"杨叔他不想要你了！"

即使到了这时候，心高气傲的张慰芳还是不愿意认输，她以一种很不屑的神情看着小艾，很认真地说："不，恰恰相反，是我不想要他。"

1

八年前，张慰芳刚遭受车祸的时候，是杨道远人生中最黑暗的岁月。往事不堪回首，噩梦依稀在目，在后来漫长的日子里，杨道远只要一闭上眼睛，就能想起当时的情景。这是他做梦也不会想到的一场灾难，往事一幕一幕，往事刻骨铭心。那时候，他刚调到电视台不久，因为工作努力，又因为电视台迅速扩容和发展，他的个人事业蒸蒸日上，美好的前程正在起步，未来一片光明，偏偏就在这个时候，偏偏就在这个节骨眼上，张慰芳令人意外地出事了。

张慰芳出事的时候，杨道远正在参加党校的学习班。那时候，他和单位里大多数同事一样，还没有手机，只有一个中文寻呼机。那时候，手机看上去还像块大砖头，拥有者不是香港电影上的黑社会老大，就是做生意发了横财的大老板。在党校参加学习班向来是干部提拔的前奏，有关领导已经向他做出了明确暗示，升官的日子眼看就要到了，那一天，他正在课堂上听讲座，寻呼机忽然响了起来，同一个号码，一连呼了三次，留言都是“急事，赶快回电”。下课以后，他跑到街头的公用电话亭回电话，才知道是张慰芳出事了。一开始还不知道情况有多严重，对方只是说你爱人遇到了车祸，赶快过来吧，然后就把电话挂了。

杨道远骑上自行车火速往医院赶，赶到病房，张慰芳已处于昏迷状态。脸色沉重的丈母娘和大舅子张慰平都在等他，一看到他，就让他赶快在手术单上签字。手术前的准备工作已经就绪，最好的外科医生也已经请来，杨道远稀里糊涂地刚把字签好，张慰芳便被推进了手术室。不久，张慰芳单位的领导也赶来了，他们是市公安局的，来头当然有点大，一来就找医院的有关领导打招呼，请他们全力抢救张慰芳，要尽一切力量。

一开始，杨道远只知道妻子是在出差的途中受的伤，没有人告诉他具体细节，没有人告诉他是怎么回事，只知道妻子坐在一个男人的汽车里，那个男人叫周扬，是市公安局的副处长，正在郊县的分局蹲点，当时是他在开车，他的驾龄并不长，刚从高速公路上下来，速度有点快，遇到情况来不及处理，小车说翻就翻了，那男人当场身亡，张慰芳是重伤。

那时候，杨道远最关心的只是妻子的伤势，医生说得很严重，能不能抢救过来还不一定。当时无论是杨道远，还是张慰芳的母亲和哥哥，都不相信情况会这么糟糕，都不相信后果会那么严重，他们都觉得她一定能挺过来。医生把病情说严重一些也是惯例，作为家属，他们知道这时候既要相信医生，又不能完全相信医生。张慰芳的领导一再安慰张慰芳的母亲，让老太太不要着急，告诉她做手术的是一位最好的医生，是外科方面的首席专家。实际的手术时间并不太长，据说在手术室里，医生们对张慰芳的治疗方案难以统一，最后不得不由院长拍板决定。从手术室出来，张慰芳仍然处于昏迷状态，医生告诉家属，病人的生命基本上可以保证，但是结果如何，这个就没办法说清楚。张慰芳的脊椎显然是受到了伤害，瘫痪几乎不可避免，她的下半生恐怕将在轮椅上度过。

杨道远的脑袋仿佛进了水，似乎还能听见别人在说什么，那些关键词就像一只只正扇动翅膀的小蜜蜂，嗡嗡地在他眼前乱飞，飞过去飞过来，让人心烦意乱，让人心猿意马。因为来得太突然了，那些字眼就算是飞进了心窝，一时无法在他内心深处生根，轮椅，瘫痪，康复治疗，下半身没知觉，大小便要失禁，再也不能生育，等等，当这些词一个个从医生或别人嘴里吐出来的时候，杨道远觉得它们十分遥远，虽然都是活生生的，就飘浮在他的身边，但是一时还不能与现实中的自己联系在一起。

得知自己的未来将在轮椅上度过，张慰芳说的第一句话，就是还不如在车祸中死了算了，一了百了。她不能接受这个过于残酷的现实，无法想象自己人醒了，身体却已经死了一半。此后的很多天，张慰芳几乎不说话，她的眼睛不是闭着，便是木然地看着天花板。眼泪时不时地从眼角掉下来，牙齿时不时地紧咬着嘴唇，突如其来的惨烈变故，让一向心高气傲的张慰芳完全变了一个人。

在最初的那几天，杨道远寸步不离地守候在张慰芳身边，小心翼翼地伺候她。与始终板着脸的丈母娘和大舅子不一样，为了宽慰妻子，杨道远总是尽量让自己保持乐观。他一次次安慰张慰芳，尽可能地将真实的病情完全掩盖。杨道远告诉妻子，医生对她的康复很有信心，什么药会有非常特殊的效果。困难只是暂时的，光明就在前面。他告诉她，残酷的冬天很快就会过去，春意很快就盎然，她的下半身很快就会恢复知觉。

在最初的那几天，杨道远一直在忍受着张慰芳对自己的不理不睬。他想不明白这是为什么，连续多少天，张慰芳都没有跟杨道远说过一句话。一段时间里，杨道远甚至怀疑她是不是失去了说话的能力。当然这种怀疑毫无道理，杨道远很快意识到她只是不愿意跟自己说话。对于杨道远，张慰芳表现得非常冷漠。

杨道远想不明白为什么，这让他感到非常苦恼。询问丈母娘，询问大舅子张慰平，都是支支吾吾，都是语焉未详，最初是一个劲地回避，后来就胡乱搪塞。丈母娘说这事其实很简单，女儿不过是怕拖累他，怕影响到了他的后半生。那些天，丈母娘心烦意乱，说话常常颠三倒四，她不止一次提醒女婿，不时地敲着边鼓，说做人一定要有良心，好人才会有好报，人不能忘恩负义，他杨道远能有今天，与他们张家的提携是绝对分不开的，现在他开始要有美好的前程了，千万不要因为张慰芳已经残疾，就不要她。

杨道远斩钉截铁地说："我怎么会是那种人呢！"

"也不能光是现在说得好听。"

"我发誓，我杨道远绝不是那种人！"

丈母娘趁势抓住他的话不放，说你也是一个堂堂正正的大男人，说话要算话的，说了就不能再赖账，你可要对我们家小芳负责到底。从一开[illegible]远没完没了地在议论，商量着某些见不得人的事情，有什么话似乎永远也说不出口。杨道远并没有太往心上去，他觉得事已如此，他们有这样那样的担心很正常，如果张慰芳正像医生说的那样，是高位截瘫，从此再也不能站立起来，从此再也不能靠自己的腿走路，从此再也不能这样和那样，他们作为家人，出于担心，有什么样的想法都不奇怪，有什么样的顾虑都是合情合理的。

杨道远很想直截了当地对张慰芳表白，他想告诉她，既然他们是夫妇，既然命运已经安排他们走到一起，无论发生什么样的变故，他都不可能放弃她。杨道远心里从来就没有过一丝一毫要放弃她的念头。他迟迟没有把这话说出来，是担心引起张慰芳不必要的猜疑，害怕她过早地对身体是否还能好转失去信心。医生一再强调，病人对于自己康复的信心非常重要，既然杨道远已经打定主意要与她不离不弃白头偕老，口头的表白不说也罢。

万万没有想到，一个月以后，一直不跟杨道远说话的张慰芳终于开口了，她终于让他大大地吃了一惊。不止是杨道远吃了一惊，所有听到这句话的人，医生护士和同病房的室友，当然也包括她的家人，一个个都傻了眼，一个个都不相信自己的耳朵。过去的一个月，杨道远无微不至地照料着她，他的一举一动，周围的人都看在眼里，大家都非常感动。人们都说，现在世上很难再找到这么好的极品男人，好男人太珍贵了，反过来说，一个女人遇上了他这样的丈夫，实在是太幸运了。虽然遭受了不幸，虽然人瘫痪了，张慰芳的丈夫偏偏是杨道远，这真是不幸中的万幸。

张慰芳对杨道远说，有一句话，她憋在肚子里已经很久了，现在她不能不说出来："杨道远，我早就想和你离婚了。"

杨道远不相信自己听到的话。

张慰芳非常冷静，她又说了一句：

"我们离婚吧！"

2

所有人都觉得张慰芳只是不愿意拖累丈夫，才会突然说出"离婚"这两个字。这是一个美好爱情故事中应该有的一个章节，人们为了爱结合，又为了爱分手。杨道远也相信这个就是问题的标准答案，是内心痛苦的必然选择，是一种高姿态高境界。不管是真心还是假意，是真情流露还是迫不得已，张慰芳做出这个表白都是合情合理的。虽然心理也有所准备，想到她很可能会这么说，但是杨道远绝对不会想到，经过了那么多天，憋了整整一个月，她最后说出来的第一句话，谈的第一个话题，竟然会是分手离婚。

当时正好是刚查过房，医生和护士还没有离去，张慰芳的母亲和嫂子都在场，杨道远刚为张慰芳擦过额头上的汗，大家刚刚表扬和夸奖过他，张慰芳突然如此表态，而且是那样的坚定，让在场的人都不知道说什么好。

杨道远说：“你不要胡说八道好不好？”

杨道远的丈母娘忙不迭地阻止女儿，说离婚这样的话，可不是闹着玩的事。

然而张慰芳要么不说话，一旦开口，便有些滔滔不绝。她决定一吐为快，说你们看我像是在胡说八道吗，我像是在随口说着玩吗。躺在病床上张慰芳显然出奇的平静，她似乎存心要让大家进一步震惊，存心要让在场的诸位大跌眼镜。为了今天的谈话，张慰芳显然已做好了充分准备，她让医生暂时不要走开，因为有些话她正准备告诉医生，她必须尽快对医生说出真相。真相有时会令人感到很难堪，但是事已如此，张慰芳只能是豁出[illegible]不想伤害杨道远，但是既然那样，反悔也来不及。张慰芳问杨道远有没有想过，其实他们的婚姻早就走到了尽头，这婚姻早就应该结束了。他们的婚姻事实上根本就不和谐，即使不出这个车祸，张慰芳也早做好了跟他分手的准备。他们的婚姻注定是不能长久的，对于这一点他难道就没有一丝一毫的察觉？

“我们的婚姻早就到头了，”张慰芳意味深长地说，“难道你就一点也没有察觉？”

张慰芳问杨道远有没有想过，为什么结婚这么多年，他们一直没有孩子，这是为什么。杨道远不知道为什么，很显然，他不止一次想过这个问题，是个男人都会这么想，是个男人都会有所疑问。现在，这个曾经困扰过他的心结终于解开，谜底终于揭晓，张慰芳说出来的答案让杨道远不寒而栗，让在场的人目瞪口呆。杨道远原本十分熟悉的那个张慰芳，过去几年里睡在自己身边的妻子，突然之间完全变成了一个陌生人，变成了一个女恶魔。张慰芳告诉杨道远，自从结婚以后，她一直在偷偷地服用一种进口的避孕药，一直是小心翼翼不让自己怀上他的孩子，因为她根本就不打算与杨道远有孩子，虽然她已经嫁给了杨道远，虽然他们已经是夫妻，但是杨道远应该知道，他心里应该明白，张慰芳并不爱他。

杨道远不明白张慰芳为什么要当着众人的面说出这些，也许她觉得这样对他的打击更大，羞辱也更加有力。平躺在床上的张慰芳此时看不清楚杨道远的表情，不过她知道他离自己不远，她能想象得出他的惊愕。接下来，在作了充分的渲染和铺垫后，张慰芳说出了更让人恐怖的真相，她告诉医生，当然也是告诉杨道远，告诉在场的所有人，自己已经怀孕了，但是很不幸，这个孩子并不是杨道远的。

张慰芳说："我知道这样做不对，我知道这样做对你不公平。"

这无疑是杨道远人生中最黑暗的日子，已说不清楚他当时是怎么离开病房的，丈母娘走过来试图阻拦，想说几句宽慰的话。杨道远没有拂袖而去，甚至也没有多说一句话，只是像个被人识破的小偷那样，慌不择路，夺门而逃，张慰芳的嫂子吴真在他后面追着，一直追到了电梯里。吴真说张慰芳完全是胡说八道，完全是在编故事，说杨道远你不能完全相信她的话，你不能全信。电梯正在上行，电梯间里还有别的人，杨道远沉默不语，跟着电梯一直到了最上层，然后再下行，一直到达地下室，又重新回到一楼。

杨道远也说不清楚自己怎么就把吴真给甩掉了，怎么就到了大街上。他在大街上走来走去，说不清楚自己究竟游荡了多少时间。后来终于找到一家小餐馆，看到有人坐在里面喝酒，便到电话亭打电话给姚牧，叫他过来陪自己喝酒。

姚牧说："你怎么了？"

杨道远说："姚牧，如果我们还是朋友，你就赶快过来。"

不一会，姚牧骑着摩托车赶到了，花了好大力气，才找到坐在角落里的杨道远，看见他垂头丧气，已经一个人坐在那里先喝起来了。

姚牧说："到底是怎么一回事？"

杨道远不说话，让他先喝酒，让服务员赶快上菜。两个人喝了一阵酒，姚牧说我的酒量可不如你，有什么事你赶快说，有什么屁赶快放，要不然一会我糊涂了，听不明白你的话。杨道远于是又来那句说过的话，问我们是不是朋友，是不是。姚牧说你少来这套好不好，不是朋友我会赶过来吗，不是朋友你也不会叫我。

杨道远憋了一会，咬牙切齿地说：“张慰芳的事，你不会一点不知道吧？”

姚牧看着他，一时不知道该如何回答。

杨道远说：“你肯定知道。”

杨道远非常伤心地说：“你一直都瞒着我！”

“什么事我瞒着你了，”姚牧想了想，笑了，“说老实话，有些事，我也不知道。”

“你真不知道？”

“就算知道，也不多。”

于是，杨道远就让姚牧把知道的都说出来。

于是，姚牧就把自己知道的事情，断断续续地说了出来。

与张慰芳同时出车祸的那个男人叫周扬，这人与姚牧也很熟悉，加上张慰芳，他们三个人从小一起长大，早在幼儿园时就认识。住同一个家属大院，是市级机关宿舍，又都是小学同学，是同一个班。后来去了同一所中学，姚牧和张慰芳还在一个班，周扬却是在隔壁班上。

不但三个孩子相互熟悉，他们的父母也都是老熟人和老战友，张慰芳母亲与姚牧母亲情同姐妹，关系非同一般。上中学的时候，张慰芳因为人长得漂亮，有很多男孩都喜欢她。那年头中学生还不太敢明目张胆谈恋爱，男孩子喜欢女孩子，女孩子喜欢男孩子，至多也就是在背后偷偷议论。到了后来，也不知道怎么回事，或许是快毕业的时候，大家在一起温习功课，张慰芳就和周扬好上了，两个人先是偷偷地约会，然后关系就公开了，再然后，两个人又分了手。

再然后，周扬先结了婚，据说是找了一个并不漂亮的女孩子。再然后，通过姚牧，也就是说因为姚牧的关系，张慰芳认识了他的大学同学杨道远，杨道远对张慰芳一见钟情，穷追不放死缠烂打，张慰芳抵挡不住他的进攻，最后就毅然嫁给了他。再然后，有一次老同学聚会，周扬与张慰芳死灰复燃，两人又偷偷地勾搭上。事情其实并不复杂，老情人是干柴烈火，一烧起来就不可收拾。

姚牧轻描淡写的叙述，正好与杨道远内心深处所忍受的煎熬，形成了鲜明对照。显然，姚牧对于此事知道已久，一直在背后偷偷地看着笑话，这恰恰是杨道远所不能原谅的地方。不经意间，一瓶酒已经下肚，杨道远让服务员赶快再开一瓶，姚牧看着苗头不对，连忙摆手，说酒来了你一个人喝，我今天可是骑摩托车来的，不能再喝了，我没那个酒量。杨道远说，你不用喝，我一个人喝，今天我得好好地喝。

结果姚牧嘴上说不喝不喝，先喝醉的还是他，他的酒量远不能与杨道远相比，喝到一半就跑到卫生间去吐了。吐完了继续回来喝，酒后才能吐真言，他本来想安慰杨道远，可是一张开嘴全是胡说八道。杨道远说，姚牧，你跟我说老实话，你看着我戴着绿帽子的模样，是不是特别有意思，是不是特别可笑。姚牧安慰她说，事情反正也到了这一步，给谁戴绿帽子都是戴，什么人的头顶上，弄不好都可能会有一顶绿帽子，戴就戴了，多大的事呀，你也别他妈的太计较了。杨道远说，好吧，不是什么大不了的事，没什么大不了的，我认，我认了，天大的事我都认了，姚牧你跟我说老实话，必须跟我说老实话，你们都是什么小学同学，你和张慰芳也是小学同学，你们也是一起长大的，你，你和她是不是也有一腿。

姚牧嘿嘿傻笑，说过去，我是说要是在过去，张慰芳还不是你老婆，她还不是你老婆的时候，你他妈还没有把她弄到手的时候，我呢，说不定也真有这个可能，说不定就会革命意志不坚定，就会叛变革命，可她是你老婆，你是谁，你是我最好的哥们，朋友妻不可欺，这个你要相信我，这个，你绝对要相信我，这不可能，绝对不可能。

杨道远说，那么，过去你们也有可能了。

姚牧急了，说什么叫也有可能，绝对没有这个事，绝对没有。我又不是那个死去的周扬，我又不是他，我干吗要和你老婆有一腿，我干吗？你有能耐，你他妈找周扬算账去，你找他去，你这是把我当谁了，你当我是谁，是周扬，我告诉你，周扬死了，他死了。

3

杨道远有一个星期没有去医院，这期间，医生为张慰芳做了引产手术。手术很顺利，张慰芳的情绪却显得十分低落，她觉得所有的灾难，都与自己肚里的这个孽种有关。如果不是怀孕，她就不会去见周扬，也不会跟他为是否保留孩子又吵又闹，更不会发生那场惨烈的车祸。

由于大家都是在公安系统，张慰芳去见周扬属于公私兼顾。表面上，她手头的某项工作，正好与周扬挂职的那个县城有关，张慰芳时不时有必要亲自去跑一趟。这样的出差让情人相会变得天衣无缝，事实上，在过去的一段日子，他们就是一次次通过这种简单的方式见面。张慰芳的意外怀孕改变了一切，使得这次幽会变得很不愉快，他们激烈地争吵起来，情急之中，周扬说出了自己的怀疑，他并不完全相信这孩子是自己的，这让张慰芳感到非常悲伤。

周扬的怀疑深深地刺痛了张慰芳，她不得不认认真真地重新审定自己与周扬的关系。留下这个孩子，留下这个爱情的见证，等待双方离婚再重新组合，显然是不现实的，显然是自欺欺人。张慰芳决定立刻打掉这个孩子，并要求由周扬亲自陪同。对于这个决定，周扬表现得十分勉强，他没有拒绝，却冷笑着问张慰芳，为什么不能让她丈夫杨道远陪她去。因为这句话，在送她回家的路上，除了那一声作为回应的恶毒咒骂，张慰芳自始至终没有说过一句话。周扬一路都在开憋气车，速度飞快，由于他们挂的是警车牌照，开多快也不会有人管他们。

张慰芳永远也忘不了周扬说的最后那一句话，一路上，他不是在叹气，就是在自言自语地骂娘，骂前面的车挡道，骂路上的广告牌。最后，都快到目的地了，都已经下了高速，他们正准备进城，前面有一辆大卡车挡住了道路，他们的车奔驰而去，就在这时候，张慰芳听见周扬很平静地说："小芳，我们分手吧！"

一个星期以后，杨道远又一次去了医院。人瘦了许多，眼圈是黑的，极度的委靡不振。他的再次出现让大家感到意外，当然似乎又在情理之中，毕竟他们还是合法的夫妻，就算他们真的要离婚分手，可是毕竟暂时还没有办手续，张慰芳毕竟还躺在病床上。在接下来的日子里，杨道远几乎天天都会去医院，没人知道他葫芦里卖的是什么药，这时候，小艾已经从乡下来了，刚过来，刚满十八岁，是个什么都不懂的农村小姑娘，做事笨手笨脚，大家都在担心她能不能服侍好张慰芳。

现在轮到杨道远也不说话了，他来了以后，还是像过去那样伺候张慰芳，替她擦头上的汗，喂水，倒橙汁，削苹果皮。说来就来，说走就走，让身为小保姆的小艾感到很难理解。每次大约是一个小时，来时很突然，不打招呼，去时也十分突然，还是不打招呼。杨道远小心翼翼地伺候张慰芳，伺候这个自称是从没有爱过自己的女人，看得出他万念俱灰，看得出他心头一阵阵刺痛。杨道远的来无影去无踪，杨道远的小心翼翼，杨道远的不亢不卑，包括杨道远渐渐离去的背影，都让心存内疚的张慰芳感到不安和别扭，有一天，等到身边没有别人的时候，她终于对他说出了几句发自肺腑的话。

张慰芳说："你去吧，这里你不用再来了，我们之间的这场闹剧，没必要再演下去。"

杨道远木然地看着她，眼睛瞪得很大，仿佛他们根本就不认识，又好像完全听不懂她在说什么。杨道远完全是一副很无辜的样子，一时间，张慰芳并没有在他的眼神里看到丝毫解脱，这其实是很容易捕捉到的一种信息。事已如此，分手对杨道远来说无疑是个很好的恩赐，是名正言顺合理合情的解放，张慰芳觉得自己既然有负于他，已经深深地伤害了他，现在，她应该把自由还给杨道远。

“说我从来没爱过你，这个不完全是实话，”经过一段时间的沉默，张慰芳又开始滔滔不绝，“如果我们之间没有感情，我们也不会结婚，我不是个好女人，更不是个好妻子，不过，也不会像你想得那么坏。有些事，我知道不是说一声对不起就能过去，但是这个对不起，我还是得说。你可[illegible]报应，我知道自己这是罪有应得。”

谈话不欢而散，杨道远扭头就走，他什么也没说。正从外面进来的小艾并没有任何感觉，她已经习惯了男主人的神出鬼没，说杨叔今天怎么只待了一会就走了。小艾并不太清楚他们之间的纠葛，只是奇怪这两个人怎么都不喜欢说话，怎么一点都不像夫妻。城里人的行为总是那么古怪，总是有点阴阳怪气。张慰芳的心头似乎轻松了一些，脸上竟然有了一点点微笑，然而不一会，她的眼角又淌下了泪珠，小艾看了，傻乎乎地就跟没事人一样，也不问她为什么。

杨道远在医院门口遇到了姚牧，两人都感到很奇怪，都没想到会在这里相遇。姚牧解释说他是陪同母亲过来，老太太一直惦记着要来看看张慰芳，今天他们已和张慰芳的母亲约好了，说好了在这里碰头，然后再一起上楼。姚牧母亲的目光显得有些异样，她上上下下打量着杨道远，好像是在辨认一个在押的逃犯，这种审视人的目光让杨道远感到很不自在，虽然自己与姚牧是好朋友，跟他母亲也有过几次见面，她老人家干吗要用这样的目光看人呢。

就在杨道远落荒而逃不久，张慰芳的母亲也赶到了，两个老姐妹久别重逢，说起张慰芳的遭遇，不禁唉声叹气眼泪直淌。很快又到了病房里，姚牧母亲抓住了张慰芳的手，刚刚的那阵难过劲还没过去，眼泪又掉下来了，连声说小芳你吃苦了，受累了，这以后的日子你怎么办呢。姚牧连忙阻止她，说你老人家真不会说话，你想想，小芳遇到这么大的事，好歹保住了性命，这个还不应该庆幸？经儿子这么一提醒，姚牧母亲连忙改口，说对对对，她这是人老了，不会说话，还是儿子姚牧的话有道理。张慰芳母亲也在旁边敷衍，说我们确实老了，无论说什么话，在他们年轻人的耳朵里都不会中听的。

接下来东一句西一句，两位老太太没完没了，张慰芳忽然很随意地对姚牧说了一句，刚刚杨道远才来过，他们要是能早一点的话，很可能就能碰到他。姚牧本来不知道该不该提到杨道远，现在既然是她自己说了，便顺势问起他们的关系，他们到底怎么样了，有什么打算。张慰芳说，还能有什么打算，当然是分手。姚牧为他们感到惋惜，情不自禁地叹了一口气，说早知如此，你们当初又何必相识。

张慰芳的脸上露出了苦笑，说：“这都得怪你，当初是因为你，我们才认识的。”

“怪我，这个当然还得怪我，”姚牧也想不明白为什么最终结果会是这样，他满是疑问地说，“我还真是不明白了，按说周扬已经死了，不该在背后说他，不过说老实话，周扬和杨道远比起来，实在是相差太远了，我也不知道你这是中了哪门子的邪。”

张慰芳母亲在一旁做手势，让姚牧千万别这么直截了当，不能什么话都说。这话分量太重了，她害怕女儿会接受不了。姚牧却欲罢不能，好在他知道张慰芳的性格，知道她这时候未必就不愿意听这些话，再说了，作为杨道远的好朋友，张慰芳她即使现在是不愿意听，他也还是要说，他应该为杨道远打抱不平，他有义务帮杨道远出出这口恶气。

“张慰芳你知道不知道，我真是给你害苦了，”姚牧觉得最起码也有必要把那天喝酒的事说一说，他要让她知道杨道远的内心有多痛苦，“那天杨道远突然拉着我喝酒，他心里难受呀，你知道我们一共喝了多少酒，两瓶！两个人，整整两瓶，你知道杨道远他能喝，他喝了有一瓶半，最后我们都醉了，醉成什么模样，都醉成了一摊稀泥，就躺在餐馆的地板上，爬都爬不起来，害得人家要打 110 报警。”

4

接下来，杨道远还是天天都去医院，基本上是下了班过来看一趟，和张慰芳也没什么话可说，有时候问医生护士打听打听情况，有时候随口关照小艾几句，或多或少地尽些义务，都是些表面文章。作为一个还未离婚的丈夫，杨道远的行为几乎无可挑剔，他越是这样老实窝囊，别人就越同情他，越觉得他是个好人，越觉得张慰芳的所作所为太过分了。终于，张慰芳应该什么时候出院被提到了议事日程上，院方征求家属的意见，家属的想法是尽可能往后拖延，但是再拖延总会有个尽头，不可能一辈子都赖在医院里，出院这事已是迫在眉睫。这期间，杨道远得到了个人职务上的第一次重要提升，虽然只是一个部门的副职，但是在讲究论资排辈的官场，这个必要的台阶仍然十分关键，没有成功的第一步，便不会有后来的平步青云。

杨道远当初能调进电视台，是姚牧和大舅子张慰平一手促成的，姚牧当时已做了电视台的中层领导，张慰平则是因为自己在组织部工作，认识的人多，有很好的人脉资源。杨道远大学毕业以后，分在一所中学里当老师，与张慰芳刚结婚，张慰芳母亲便亲自出马，通过自己丈夫的老部下，把杨道远借调到了教育局。杨道远的人生步伐都与张家有关，眼见着女儿十多年的婚姻就快走到尽头，杨道远的这次提升让张慰芳母亲心里很不平衡，感到极度的失落。在过去，她曾经一度反对女儿的婚事，作为一名不折不扣的官太太，她非常在乎女婿的出身。一个人的教养总是由家庭决定的，她一直觉得杨道远根本就配不上自己女儿。周扬这样的年轻人她当然也不喜欢，女儿最后选择了杨道远，木已成舟，不管愿意不愿意，不管赞成不赞成，她这个当丈母娘的都不得不出谋划策，不得不为女婿的未来着想。杨道远后来能够在官场上春风得意，显然与她这个丈母娘的精心设计分不开，与一开始为他所作的良好铺垫有关。

现在，所有的努力都将付之东流，杨道远有充分的理由可以与张慰芳分手，他已经做好了充分的准备，早就打好了如意算盘。当升官成为既定事实以后，张家的人才突然明白过来，为什么在过去的那段日子里，忍辱负重的杨道远会一声不吭。为了平安地度过这个敏感时期，他选择了根本就不提分手的这件事。张慰芳的母亲决定跟女婿摊牌，要跟他问个明白，女儿出院以后怎么办，住在哪里，由谁来照顾她，杨道远的回答十分干脆，就一句话：

"张慰芳她怎么想，这事就怎么定。"

女儿的态度显而易见，对于要离婚这件事，张慰芳从来就没有松过口，她一直是这个态度。张慰芳母亲为此无话可说，现在的杨道远站在一个非常有利的位置上，既然离婚是张慰芳先提出来的，同时作为婚姻的一方，她又有着明显的严重过错，杨道远此时选择分手让人无可指责。忘恩负义也罢，过河拆桥也罢，事实是，张慰芳母亲抓不到女婿什么把柄，找不到他的任何过错，她可以指责，可以谩骂，甚至可以扬言威胁，但是她并没有一个真正能够站得住脚的借口。

临了，张慰芳母亲只能和儿子一起商量，她希望张慰平能够出面，与杨道远一起坐下来，认认真真进行一次谈判，如果离婚真是不可避免，那么就应该为女儿多争得一些利益。张慰平说有什么好谈，争什么呢，反正也没小孩，要说钱，他们也没什么钱，房子是小芳公安局的，杨道远也不可能跟她争，他也根本不会在乎，电视台这几年发展得很快，房子以后肯定有，他只要再找个女人重新结婚，还怕分不到房子？

张慰芳的母亲感到很无奈："就这么放过他了？"

"天要落雨娘要嫁人，他要走人，我们也没办法。"

"就这么便宜他了？"

"有什么便宜不便宜，"张慰平比母亲更加无奈，他知道这事真不能完全怪杨道远，"也许他还憋着一肚子气呢，这事说白了，也还得怪我们家小芳，换了哪个男人都受不了。"

出院的日子终于定下来，商量的结果，是让张慰芳暂时先回娘家居住，这样更方便照顾她。对这样的安排，杨道远自然也不会有什么意见，那一段日子里，谁都能看出来，他已经做好了与张慰芳离婚的准备，已经[illegible]一个巨大的包袱，应该不会是一桩太坏的买卖，杨道远看上去很轻松，脸上时不时还会有些微笑，这是车祸发生以来很少能见到的。他依然会出现在医院里，不过待在病房的时间越来越短，有时候来了，稍稍转一圈，东张张西望望，什么也不说就走了。经过这次大风大浪，他们之间的关系早已变得十分微妙，在两个人的婚姻正式结束前，张慰芳想知道在过去发生的那些事中，哪一桩会让他感到最难受，是听说她从来就没有爱过他，还是她和别的男人私通怀孕。杨道远的回答充满智慧，说痛苦没办法比较，一个人胸口被扎了几刀，你不可能说出哪一刀最痛。

连天真的小艾都看出了苗头，她傻乎乎地问张慰芳："小婶，你干吗要和杨叔分手了，你们不能不分手吗？"

张慰芳平静地说："我们不可能不分手。"

"为什么？"

"不为什么。"

"不为什么干吗还要离婚？"

"那好，那就算是为了什么。"

"为了什么呢？"

张慰芳苦笑起来，说："傻丫头，问那么多干什么，以后你会知道的。"

“我已经知道了。”

“知道什么？”

“杨叔他不想要你了！”

即使到了这时候，心高气傲的张慰芳还是不愿意认输，她以一种很不屑的神情看着小艾，很认真地说：“不，恰恰相反，是我不想要他。”

张慰芳出院那天，杨道远提议要在馆子里好好地吃一顿，一方面是为她接风；另一方面，也是因为自己还有些心里话，要借这个机会说出来。他把这个想法告诉了张慰平，希望大舅子能转告大家，给他这个聚会的机会，让他埋单请一次客。张慰平有些担心，吃不透他想干什么，要玩什么鬼花样，说有什么话你想说就说，用不着再吃什么饭了，事已如此，吃不吃这个饭，没人会在乎。

结果这顿饭还是吃了，而且到场的人还特别多。事先张慰平警告过杨道远，得饶人处且饶人，自己妹妹已经到了这一步，已经够惨了，绝对不可以借此机会再刺激她。在人数方面，张慰平本来还想有所控制，他借口自己的父母年纪太大，妻子吴真要加班，儿子小乐要补课，因此真正能到场的人，恐怕只有他们兄妹两个。但是最后不仅所有家庭成员都参加了，连小艾和姚牧母子也一起应邀出席，杨道远事先已做了保证，绝不会在这一天让张慰芳难堪，绝不会让她感到不愉快。那天正好是张慰芳的三十一岁生日，她有意挑了这个有纪念意义的日子。杨道远订了一个大蛋糕，又买了一捧鲜花，当他拿着这些东西走进包厢的时候，已到场的人心里虽然有所准备，还是不由得感到有些意外。

这时候张慰芳还没到，大家不知道她来了会怎么样。很快，张慰芳也到场了，她坐在新买的轮椅上，由小艾推着，缓缓地进入了包厢。她冷若冰霜地进来了，在众人的注视下，若无其事地看了一眼桌子上的蛋糕，然后眼睛落在一旁的鲜花上，随口问这是谁买的花，看上去还挺不错，挺漂亮的，她最喜欢这样的玫瑰花了。一时间，没人回答这个问题，出现了冷场，张慰芳就故作轻松，阴阳怪气地说了一句：“杨道远，不会是你买的吧？”

杨道远一怔，先是不愿意说话，然后不紧不慢地说：“是我买的。”

“真是滑稽，买这个干什么，”因为意外，也因为杨道远的声调，张慰芳有些下不了台，冷笑着，脸色难看地说，“我都这样了，过生日难道还需要鲜花吗！”

张慰芳的嫂子吴真说：“人家小杨也是好意，既然买了，你就收下好了。”

“你又不是人家肚子里的蛔虫，”张慰芳冷冷地说，“怎么就知道是好意？”

[illegible]个劲地让女儿别说了，作为母亲，她熟知自己女儿的小姐脾气，害怕张慰芳会说出更加不好听的话来。姚牧和张慰平见势不妙，赶忙打圆场，安排大家入座，吩咐服务员上菜倒酒。自然是安排张慰芳的父亲坐首席，这是个不爱说话的老头，虽然是离休老干部，虽然当过很多年的劳动局局长，如今看上去就像一位大街上最普通的老大爷，他当仁不让地坐了下来。接下来就是开吃，相互敬酒，姚牧的母亲作为一个看着张慰芳长大的长辈，站起来对她说了几句宽慰的话，然后话题就被姚牧岔开了，东南西北地开始胡扯。所有在场的人都相信，今天其实是一场告别的宴会，热闹的气焰下掩盖不了分手的悲哀，杨道远和张慰芳的缘分已经到头，他们的分道扬镳已经不可避免。

席间，杨道远的脸色一直通红，他不时看着张慰芳，几次要开口，都是欲说还休，都是话已到嘴边，就又有些为难地缩了回去。终于到了要切蛋糕的时候，大家一起站起来，为张慰芳唱生日颂歌，歌声完了，杨道远起身去拿那束鲜花，然后在众人的注视下，忐忑不安地走到张慰芳面前，用颤抖的声音说着：“小芳，我知道你过去从来都没有爱过我——这句话，一直像刀一样地插在我的胸口……”

因为难过，杨道远一时语咽，竟然说不下去。因为难过，他的语调完全变了。然而这毕竟是短暂的，既然他已经开始说了，下面的话就像开了闸的洪水，源源不断地说出来。杨道远说经过这些天的反复思考，经过痛苦的思想斗争，经过一个个难眠之夜，他总算想明白了一件事，那就是自己没办法与她分开，他不可能放弃她。杨道远说他不得不接受这样一个残酷的事实，那就是在过去，他一直觉得他们是互相深爱着对方，你情我意，事实却只是，杨道远只不过是一个害单相思的男人，他从来就没有走进过她的内心深处。他深深地爱着她，然而只是一直徘徊在她的心灵之外。大门始终是紧锁着，杨道远从来也没有找到过能打开她心灵世界的钥匙。

最后，杨道远希望让过去的事都过去，让一切重新开始，他十分动情地对张慰芳说："好吧，我们算是扯平了，一个是肉体的痛苦，另一个是心灵的折磨，两个人都被折磨够了。现在，我们互相安慰，互相舔伤口上的血吧。"

5

杨道远没有选择与张慰芳分手，他宽恕了她对自己的背叛，决定与高位截瘫的妻子一起重新开始生活。这件事大大地出乎别人的意料，杨道远的表白很漫长很热烈，在一开始，除了张慰芳，很多人对他的话是似懂非懂，对他的决定半信半疑。他说的话太多了一些，大家都觉得他只是在抱怨，唠唠叨叨啰啰唆唆，一个劲地在发牢骚。张慰芳的父母从头至尾一直在犯糊涂，不明白女婿究竟要说什么，既然已经做好了要分手的准备，既然今天只是一场告别的宴会，两位老人根本就没往其他方面去想。他们只是在为女儿的未来担心，只是在想离了婚的女儿将孤苦伶仃，以后漫长的岁月如何打发。张慰芳的哥哥和嫂子只希望这场闹剧赶快结束，他们可不想听杨道远没完没了地控诉。姚牧也觉得杨道远的话太多了，太过于抒情，以至于让人根本感觉不到重点。他应该直截了当地先把自己的主要意思表达出来，先把谜底揭开了，然后再慢慢地说。很多人都是一边听，一边在想，杨道远的葫芦里到底是卖的什么药，分手就分手吧，有什么必要在这个时候还是没完没了，说这说那东扯西拉。

好在最后大家终于都听明白了，原来杨道远并不准备与张慰芳分手。他刚说过的那一番话，绕来绕去牵肠挂肚，其实只是一大段爱情的表白，是一个伟大决定的必要铺垫。张慰芳不敢相信自己的耳朵，不敢相信自己[illegible]但是她还是不能相信，张慰芳的表情很严肃，张慰芳的表情很茫然，她目不转睛地看着杨道远，树欲静而风不止，不可能不被他的言语所打动。杨道远的表演实在是太出色了，杨道远的讲话实在太能打动人了，在别人眼里，或许还有肉麻之处，或许还有一些做作，可是在张慰芳看来，为了能听到这样发自肺腑的表白，她愿意再出一次车祸，愿意把所经历过的痛苦重新再来一遍。

张慰芳做梦也没想到杨道远竟然会如此痴情，她觉得自己在斩断情丝方面已经够狠了，她已经做得非常绝情，事实上，张慰芳对他充满了内疚，她根本就无颜面对他。张慰芳希望能还给他人身的自由，希望他将来能有更好的生活，希望杨道远因为怨恨而不再爱自己。

一时间，张慰芳泪流满面，哗啦啦淌了下来，她突然扯开了嗓子，放声号啕起来，肆无忌惮地哭出一个很奇怪的音调。自从车祸以后，她从来就没有很好地哭过，现在，张慰芳要痛痛快快地哭一场。

现在，张慰芳终于痛痛快快地哭了。

张慰芳不由得想起了与杨道远的初次见面，那时候，他们大学就快毕业了，即将分配工作，是在一家电影院门口，她和一个女同学看完电影出来，迎面碰上杨道远和姚牧。姚牧远远地跟她打了个招呼，然后就带着杨道远走过来，笑眯眯地与她聊开了，记得还说到了周扬，姚牧因为知道他们早就分手了，顺带说了周扬几句坏话。张慰芳印象中，自己当时甚至都没有对杨道远正眼看过，她只记得姚牧身边还有一个人，姚牧的眼睛有些不怀好意，一边跟她说话，一边色迷迷地盯着她身边的女同学不放。说了一会话，最后，姚牧竟然很轻浮地对张慰芳说，也不给我们介绍介绍，你身边的这位是谁呀。张慰芳没想到姚牧会变得这么坏，这么放肆，故意不理睬他，白了他一眼，拉着女同学就走。

他们的相识就是这么偶然，那时候，张慰芳与周扬并不像姚牧认定的那样已经分手，而是正处于好好坏坏的僵持阶段。那时候，她对别的男人根本就不可能多在意。有一天，姚牧打电话到张慰芳家，说自己毕业分配想去电视台，问她父亲在电视台有没有熟人，能不能帮上忙。张慰芳说这个事情说不好，她不知道父亲是否认识人。姚牧说自己也就是随便说一句，他打电话给张慰芳，是因为还有别的事情。张慰芳问什么事，姚牧说还记得十多天前看电影吧，在电影院门口，那天我们碰到了，你和一个女孩子在一起。

张慰芳调侃地说："怎么，还惦记着那女孩子？"

"惦记也谈不上，"姚牧被她这么一提醒，随口又问了一句，"对了，她到底是谁？"

"我就不告诉你。"

"不告诉拉倒，反正我现在也不想知道了。"

张慰芳说："姚牧，一段日子不见，你怎么变得像个小流氓似的。"

姚牧说："算了吧，我要真能变成小流氓倒好了。有件事我想问一下，真的，我就是随口问问，你千万不要生气，男女交往交往，像我们这个年纪，这是很正常的事嘛，我说出来你千万不要生气——"

"你是不是想追那天那个女孩？"

"哪个女孩？"

"装傻，好吧，你尽管装吧，我告诉你，人家早就有男朋友了。"

姚牧怔了一怔，苦笑说："谁说我对那女孩有兴趣了，张慰芳，实话告诉你吧，我这只是想帮我好朋友做媒，你还记得那天我身边的那个人，是他看上你了，就是他。"

张慰芳感到莫名其妙："你什么意思？"

"就这意思，我那同学他看上你了。"

张慰芳还是有些莫名其妙。

姚牧问："怎么样，你觉得他怎么样？"

"他是谁呀，我一点印象都没有，"张慰芳觉得这事有些滑稽，努力在回想那天姚牧身边那人的模样，她是真的没什么印象，"喂，你到底什么[illegible]

姚牧不相信她会一点印象都没有，现在她既然是这么说，显然是不乐意了，自己也就没了继续说下去的热情："好吧，我就知道你不会看上人家，你这人呢，唉，心太高了，不过我告诉你，这家伙真的很不错，绝对配得上你张慰芳。"

"你神经病！"

"好，就当我没说，就当我什么也没说。"

张慰芳当时并不反对姚牧继续说下去，他不说了，当然也不会再追问。挂完电话以后，张慰芳继续回想杨道远的模样，还是很模糊，她甚至都想不起来他当时穿了一件什么样的外衣。杨道远跟张慰芳的第一次见面实在是太平常了，除了模糊还是模糊，张慰芳隐隐约约记得，那人的个子不高也不矮，体形不胖也不瘦，相貌倒也说得过去，五官端正，用今天的话说，基本上可以算是一个帅哥，但是在张慰芳大学毕业的那个年头，大多数女孩子找对象，还不会以貌取人。尤其是心高气傲的女大学生，更看中的是男孩子的前途，看他有没有上进心，看他的文凭过不过硬。在此后的几天里，张慰芳一直在回想杨道远的模样，后悔自己当时没有多看他几眼。

杨道远花了好几年的工夫，才把张慰芳追到手。杨道远穷追不舍，鞍前马后来回奔跑，追她追得十分辛苦，终于把她追到手，终于让张慰芳成为自己的新娘。杨道远就是这么一个痴心的汉子，他就是那种一根筋的人，铁了心非她莫娶。说张慰芳婚前婚后一点都不喜欢杨道远，说她从来就没有爱过他，显然不是事实的真相，然而相对于杨道远的轰轰烈烈，张慰芳的回应就有些说不过去。很长一段时间，杨道远对于张慰芳来说，也就是食之无味弃之又可惜的鸡肋。

那时候的杨道远根本谈不上出色，那时候的杨道远实在是太普通了。谁也不会预料到他会有后来的发展，会成为地道的成功人士。张慰芳当年没有放弃他，最后会嫁给他，只是因为直到结婚前，她也没有遇到过更出色的男人。虽然在婚后发生了非常严重的出轨事件，然而在婚前，张慰芳基本上还是一个十分保守的女孩子，看上她的男生不在少数，对她有情有义的男人也不在少数，真正下死功夫追她的，真正把她当回事当块宝的，也就只有杨道远一个人。

当杨道远在宴会上当众宣布与她厮守终身的时候，张慰芳痛痛快快地大哭了一场。在场的人终于明白过来这是怎么一回事，一时间，大家都被杨道远作出的抉择深深感动，都一致认定他是个有情有义的男人，都觉得张慰芳能遇到杨道远实在是太幸运了。张慰芳母亲也明白是错怪了杨道远，为自己对女婿表现出冷淡深表歉意，她一声又一声地叹着气，无限感慨，自言自语地嘀咕，说有了这么好的女婿，多可惜呀，要是女儿的身体能够康复多好。

为张慰芳接风的宴会宣告结束，依然是由小艾推着轮椅，然而与来时的情况完全不一样，这时候的张慰芳春风满面，她一手拿着花，一手紧紧地拉着杨道远。无论是在楼道里，还是在电梯间，她都死死地拉着他的手。这时候，张慰芳已经不在乎人家看笑话，杨道远气喘吁吁地抱她上车，她一把搂住了他，紧紧地勾住了他的脖子，深深地吻着他的耳朵根，然后充满了柔情蜜意，轻声地责怪他：

“既然不准备跟我分开，为什么不早说，你为什么不早说！”

杨道远将张慰芳放在了小车上，她搂着他的脖子还是不肯松手。杨道远站立不稳，差一点跌倒在她身上，要不是一只手撑在了座位上，整个人身体的重量就会压着她。对于高位截瘫病人来说，这是很危险的一个动作，因为病人的下身瘫唤了，完全没有知觉，完全不知道避让和保护，很容易再次受伤。张慰芳丝毫也没有想到这样的危险性，她紧紧地搂着杨道远，一时间，完全变了一个人，完全变成了一个任性淘气的小女孩，众人过来告别，为他们祝福，张慰芳全然不顾，十分深情地对杨道远说：

“现在我为你死的心都有，真的。”

6

接下来，便是夫妻恩爱，相敬如宾，琴瑟和谐，是一段幸福指数很高的蜜月生活。接下来，为了给张慰芳进行康复治疗，杨道远带着她遍访名医，到处寻找专家。在最初的那些日子里，他们对未来还充满信心，因为总是有这个医生或者那个专家，会对张慰芳的恢复做出非常乐观的评估。这些评估振振有词，听上去都有道理，然而总是不切实际，都是不负责任的夸夸其谈，只不过是一个个美丽的肥皂泡，随时都可以破灭。很快，所有的治疗都宣告失败，张慰芳终于明白，自己不仅不可能再从轮椅上站起来，而且在未来的岁月里，能够维持住现状已经是上上签，不进一步恶化就是最好的结局。对于杨道远和张慰芳来说，爱情可以创造一定的奇迹，但是并不是什么样的奇迹，都可以通过美好的爱情来创造。

为张慰芳进行治疗的医生中，有一位女心理医生成为了张慰芳的好朋友，她便是袁婉约。袁婉约本科是学医的，后来读硕士学了心理学，是国内一位著名性学老专家的关门女弟子。老专家年轻时留学奥地利，曾见过性心理学大师弗洛伊德一面，从此便以性学为己任，等到袁婉约读研究生的时候，老专家已成为国内性学方面的绝对权威。袁婉约的研究方向并不像导师那样局限在性学方面，在中国仍然还是十分保守的大环境里，作为一个年轻女性，研究纯粹的性学难免有种种不方便之处，因此她把自己的研究范围，扩大到了比较大众化的社会心理学上。

有一段时间，张慰芳总是忍不住就会哭泣，神经变得十分脆弱，动不动就像小孩子一样号啕起来，想控制都控制不了，有时甚至在睡眠中也会莫名其妙地大哭。医生建议找一位心理医生，为她进行感情上的疏导，于是便托人找到了袁婉约。袁婉约那时候还在社科院，只是业余替人看病，她的治疗非常有效，一下子就找到了她的病根，对症下药，经过一段时间的疏导，张慰芳易哭的毛病果然得到控制，她不再动辄啼哭，而且睡眠也有明显好转。

袁婉约教给张慰芳对付哭泣的方法，是每当有那种要痛哭的预兆时，就不停地对自己说“我要哭了，我要哭了，我马上就会大哭一场”，她要求张慰芳反复念叨这句话，一直念叨到自己觉得这事很可笑才罢。同时，根据袁婉约的建议，张慰芳还应该不时地想到自己哭时的样子，她甚至可以对着镜子练习哭泣。只有当哭泣已变得可笑的时候，一个人自然而然地就会停止那些无谓的哭闹。

渐渐地，张慰芳与袁婉约成了无话不说的朋友。随着时代发展，心理治疗开始时髦，袁婉约也离开社科院，开始有了自己的诊所，从业余替人看看病，变成一名正式挂牌的心理医生。有一段时间，张慰芳每隔一些日子都会去看一次门诊，她觉得自己并没有什么心理疾病，自己之所以会去找袁婉约，更多的是想得到一些生理方面的咨询。有些事实在难以启齿，特别是她们已经成为好朋友以后，张慰芳更是不好意思说出来。有一次袁婉约突然问她，她和杨道远之间的夫妻生活是不是还正常，面对突如其来的提问，张慰芳觉得很难为情，因为难为情，就难免扭扭捏捏，不愿意正面回答。袁婉约让她不要犹豫，面对心理医生，最好的配合就是把真相说出来。张慰芳想了想，说他们的那种关系当然是“正常”。袁婉约笑着说正常就好，残疾人本来就有享受性生活的权利，如果不正常就要想办法解决。

于是张慰芳便有些好奇地向袁婉约请教，什么叫正常，什么又叫不正常。袁婉约说这个很难判断，当然首先是可以看数量，如果你的先生在生理方面没有什么缺陷的话，他应该每隔一段日子，就应该表现出那方面的要求，考虑到你身体的实际状况，太多肯定是不合适的，太少了也不太对 [illegible] 要是指你丈夫的满意程度，当然是越快乐越好。

张慰芳不吭声了，她在琢磨袁婉约的话。袁婉约不动声色地继续说下去，她说你们肯定还会有些问题，起码你会觉得这件事让你感到很为难，因为你并不觉得自己需要。

“你怎么知道我不需要？”

“如果你有需要，这个当然很好，”袁婉约似乎完全看透了她的心思，并不想让她感到难堪，“有记录表明，高位截瘫的女性，有时候还会有这方面的要求，她们有时候甚至还会感觉得到高潮。不过大多数情况并不是这样——”

“怎么才能让自己的丈夫满意呢？”张慰芳打断了她的话，小心翼翼地问着。

“办法当然有，不过你得先跟我说实话。”

“什么实话？”

“你真能感觉得到高潮吗？”

张慰芳不说话，她拒绝回答。

“病不瞒医，你必须说实话。”

张慰芳不想再隐瞒下去，她摇了摇头。

袁婉约笑了，她说这个其实很正常，作为医生，很容易就知道那是怎么一回事。对于很多有行为障碍的女性来说，性往往只能是单向的，只能以满足对方为目的。性不只是做爱，而是为了爱。说得再通俗一点，一般情况下，性不是因为你们需要，而是因为你们觉得对方需要。当然，同样是高位截瘫，女性又要比男性幸运一些，因为她们做这些事的时候，没有勃起的困难，即使她们不愿意做，但是她们还可以做。袁婉约决定说得更具体一点，她说像你这样的情况，恐怕不仅是感觉不到高潮，恐怕连男方有没有进入都不会太清楚。你只能是想象自己正在做，因为你那个地方不应该有知觉，而且因为过于干燥，在做那件事情的时候，如果男方太粗鲁的话，你的某些部位甚至都有可能会被擦伤。事实上，类似你这样的病人中间，这样的事例经常会发生，是擦伤就可能引起炎症，就会引起感染。因此，如果我没有猜错的话，你的先生有时候恐怕更愿意在你的帮助下，接受体外排精的方式，来解决自己的难题，这个其实也不难，毕竟对于你还是可以做的。

张慰芳无话可说。

袁婉约脸上始终保持着一种胸有成竹的微笑，她说如果你愿意让我继续说下去，如果你不觉得我太冒昧，如果你愿意对我敞开心扉，愿意把我当做朋友来对待，我几乎可以断定，你的那位先生可能更希望你帮他用手，或者是嘴来做那件事。他或许更愿意尝试一下别的方式，更愿意换换花样，当然，他之所以愿意这样做，并不仅仅是担心你受伤，担心炎症和感染，而是因为——你知道这是为什么，他为什么会这样。

“为什么？”

“你从来就没有琢磨过？”

“没有，为什么？”

“因为你那地方冰凉，既没有湿度，又没有温度。”

张慰芳感到很无奈，满脸尴尬。

“这可不是男人喜欢的感觉。”

张慰芳苦笑起来，叹了一口气："看来你好像什么都知道。"

"作为医生，应该什么都知道。"

"那我应该怎么办呢？"

袁婉约给了张慰芳一盘VCD，就是地摊上卖的那种色情碟片，说不知道他们夫妇有没有看过这些东西，如果从来没有接触过，不妨共同观赏一下。同时，又送给她一罐进口的润滑剂，告诉她应该怎么使用，应该用多大的量，如何主动迎合丈夫，怎么才能唤起丈夫的激情，最大限度地让他感到满意的技巧又是什么。袁婉约真不愧是这方面的专家，她说你知道为什么汽车能跑得飞快，那就是因为活塞的工作原理，活塞上下运动，产[illegible]，因为在活塞的气缸里充满了润滑的液体。一个人只要能感到快乐，没有一种性爱方式是不健康的，只要身体条件许可，就没有一种姿势不可以尝试。换句话说，只要方式和姿势得当，事在人为，湿度和温度都可以改变，很多困难都是可以克服的，先天不足也并非无药可救。

张慰芳相信袁婉约给了自己很好的帮助，事实上，正如袁婉约判断的那样，她和杨道远夫妻之间，唯一的不和谐可能就是在性生活方面。尽管杨道远屡屡向她表示，他并不在乎这个，尽管他一再说爱的是她这个人，强调男女关系中的心灵交流更为重要，张慰芳还是会黯然神伤，她知道杨道远这方面没有获得真正的快乐。自己作为一个女人已经不完整，在日常的夫妻生活中，张慰芳既不能充分满足丈夫，让他享受到袁婉约所说的那种快乐，也不能像健康女子那样为他生儿育女，为杨家传宗接代。医生在一开始就警告过他们，虽然张慰芳还有月经，虽然她的生殖系统还基本正常，但是由于经血不足，而且子宫不会收缩，冒险怀孕不仅会造成死胎，更可能会直接危及孕妇的生命。

袁婉约的提示让张慰芳开始正视危机，开始坦然地面对困难，开始千方百计地动脑子。现在，张慰芳已经明白了症结之所在，她必须去积极地寻找解决问题的方案。乐趣从来都是要靠人去寻找的，就算是困难重重，就算会白忙白辛苦，有一个积极的人生态度仍然十分关键。婚姻往往要通过有心的经营，才会变得更加美好，夫妻只有通过充分的磨合，才会达到那种理想的境界。张慰芳知道自己必须努力再努力，必须尽可能地尝试，起码也要做到让丈夫心情放松，让他不再把性当做一种危险的行为，当做一件很困难的事。

在袁婉约的提议下，张慰芳曾经尝试过唤醒治疗，那就是在进行性活动的时候，尽可能地发挥想象，让思想在想象的原野上充分驰骋，她可以想象自己是有知觉的，想象自己已经得到了很充分的满足。作为一名很不错的性学专家，袁婉约的提议动机就是为了追求更好，可以不择一切手段，只要能让自己的性伙伴心满意足，即使是像妓女接待嫖客那样伪装高潮，也并不是什么不可取的行为。没有可以想象自己有，不行可以想象自己能行，有研究资料表明，确实有高位截瘫的女人在这种唤醒治疗中享受到了快感，但是很快张慰芳放弃了这种近乎可笑的尝试，有一天，她正在努力地演着戏，装作很投入的样子，突然发现杨道远其实已识破了自己的伪装，他早就识破了她的诡计，他早就看透了她的把戏，只不过是不愿意揭穿罢了。

第三章

苏珊冒冒失失有些娇嗔地说："喂，你干吗不接电话？"

张慰芳一怔，问："你是谁？"

苏珊显然也是一怔，隔了一会，说："对不起，我找杨总。"

"杨总？"张慰芳不动声色地说，"杨总他在洗澡，你有什么事？"

"这样吧，我待会再打来。"苏珊想把电话挂了。

"那好，对不起，请问贵姓，我可以帮你转告杨总。"

苏珊说："我姓苏。"

张慰芳又是一怔："好吧，姓苏，我会告诉他的，待会让他打给你。"

1

大学毕业不久的小秦在一家报社当实习记者，他负责的那个版面专门发表八卦文章，因此实习的年头虽然不太长，发表有分量有影响的稿件也不多，狗仔队的跟踪功夫倒是十分见长。凭着那天只是看到一眼的汽车牌照，小秦毫不费力地追踪到了目标，找到了身为集团老总的杨道远，然后又顺藤摸瓜乘胜追击，找到了杨道远家的电话号码，联系到了他的妻子张慰芳。

张慰芳刚接到小秦的电话时，感到十分奇怪，电话那头说话吞吞吐吐，而且阴阳怪气。

张慰芳说："我们认识吗，你是谁呀？"

小秦说他是谁并不重要，重要的是，她作为杨道远的妻子，知不知道自己丈夫在外面的所作所为。张慰芳一听这话就着急了，连忙追问他的话是什么意思。小秦说什么意思就用不着多解释了，长话短说，明人不用说暗话，关键是你的老公在外面有了别的女人，这件事你知道不知道。

张慰芳的第一反应不可能是冷静，她立刻提高了嗓门，冲电话喊了起来："你到底是谁，你有什么证据？"

"我已经说了，是谁并不重要。你也不想想，如果没有证据，我会打电话给你吗？"

"你有什么证据？"

"没证据，我会打电话吗？"

"有什么证据？"

"你丈夫不仅在外面有女人，而且还跟那女人怀孕了，而且还陪着那女人去堕胎。"

"我像是在胡说吗？"

一个小时以后，张慰芳急匆匆地与小秦见了面。小秦不愿意去杨道远家，害怕在那里会遇到男主人。张慰芳迫不及待，对他说你尽管放心，我老公大白天决不会回来，他单位里的事情忙着呢，我出门不是很方便，你还是来我家谈吧。小秦说这个不能由你说了算，就在你家周围找一家茶馆好了，我们可以在那谈话，如果没有茶馆，随便找一家网吧也行。张慰芳解释说自己从来不去茶馆和网吧，也不知道附近有没有，她想了一会，说在她家楼下不远处有个露天的社区花园，他们不妨就在那见上一面。

从看到张慰芳的第一眼起，小秦就更加相信自己的判断。将心比心，小秦想自己如果拥有杨道远那样的显赫地位，如果能像他那样当上实力雄厚的集团老总，到那时候，如果还有一位像张慰芳这样坐在轮椅上的妻子，自己也完全可能犯同样的错误。领导干部不是普通人，领导干部毕竟也是人。张慰芳一眼就看明白了小秦的心思，她知道他在想什么，她不喜欢他那种审视的目光，盯着她上下打量，年纪虽然很轻，虽然还有点幼稚，却是掩盖不住的一脸小滑头。

小秦看了看张慰芳，又看了看她身边的小艾，脸突然红了，不好意思地说："好吧，我们就谈谈吧，我们是应该好好谈谈。"

张慰芳并不想让小艾知道他们要谈什么，示意她先到超市去买些东西，让她等一会儿再过来。小艾有些不放心，不放心张慰芳和这个陌生的男子单独在一起。自从接到这小伙子的电话，张慰芳就开始心神不定，就开始神色慌张。毕竟在张慰芳身边已经八年了，小艾对她的所作所为，她在想什么和要干什么，早就了然在心。这个小伙子显然有什么要紧的事要告诉张慰芳，小艾倒不在乎小秦会说什么，只是害怕他是个坏人，害怕他不怀好意，做出什么伤害张慰芳的举动。因此，小艾并没有走远，她走出去了一段路，又回过头来，在不远处站着，监视着这边的一举一动。

小秦说了半天，也没有拿出什么真凭实据。张慰芳将信将疑，之所以会相信，是因为任何女人处在她的境地，都会对自己的男人不放心，都会心存焦虑。正像小秦认定的那样，成功的男人在现实婚姻中都是危险的，有一位像她这样高位截瘫的妻子，危险系数就会变得更大。不过小秦的话确实很离谱，基本上是驴头不对马嘴，一点都对不上号，张慰芳决定等杨道远回来再问个明白。

那天晚上杨道远有应酬，九点多钟才带着满嘴的酒气回来。等他到家的时候，张慰芳经过激烈的思想斗争，已经彻底打消了准备问个明白的念头。人还是得认命，有些事情还是装糊涂好，张慰芳现在已不是八年前的张慰芳，杨道远也不是八年前的杨道远，时过境迁，水至清则无鱼，一时间，争强好胜的张慰芳变得非常悲哀，她明白杨道远如今真要是在外边有女人，她想拦也拦不住。

杨道远回来以后，照例是先到她和小艾的房间，陪她说一会话，陪她看上一阵电视剧。也许是已经成了习惯，杨道远当着小艾的面，并不避讳对张慰芳做出一些亲昵的举动，经常像对待小孩子一样，抚摸抚摸她，摸摸她的脸，揉揉她的肩膀，有时候甚至还会亲吻她。不过今天他显然有些劳累，在房间里待了没一会，就准备离去。

张慰芳说："你今天是不是很累？"

杨道远叹了一口气，说太累也谈不上，反正现在天天都这样，天天都事多，天天有一大堆莫名其妙的事情要等着处理。张慰芳说我倒是有事想跟你谈谈，就不知道你现在有没有时间。杨道远便问她有什么事，说如果有事，你现在就可以说。张慰芳的眼睛转向小艾，然后又看看杨道远，似乎有什么重要的事情，一时不方便说出口。站在一旁的小艾不管三七二十一，她首先想到肯定与白天来过的那个小伙子有关，于是就脱口而出："今天有个人来找过小婶——"

杨道远一惊，问是什么人。

张慰芳连忙掩饰，说别听小艾她瞎咋呼，根本就没什么人，也没什么[illegible]你当时的脸气得都变了色，怎么还能说没事。张慰芳没想到小艾会横插一杠，说你真不知道[illegible]好不好。小艾可不承认自己是乱说，她趁机向杨道远告状，说我就觉得那人不是个什么好东西，鬼鬼祟祟，一看就没安什么好心，一看就知道路子不对，问小婶吧，她又不肯说，什么话都不肯告诉我。

杨道远更加好奇，他看着张慰芳。

张慰芳只能继续掩饰，说好吧，我可以说，我会跟他说的，不过小艾你先出去一下，你到隔壁房间去看会电视，我有话要跟杨叔慢慢地说。小艾不满意，说干吗要人家离开，我还想听听呢，我还想知道他这人到底是谁，我敢肯定他不是个好东西，肯定不是。张慰芳不想再和她争执，让她赶快走，赶快离开，赶快去看电视，说你这丫头越说越来劲，越来越不讲理，跟你说这事与你没关系，没关系就是没关系，快去吧，去看看下一集电视剧到底说了什么，待会说给我听。

小艾嘀嘀咕咕地去了，杨道远在等待张慰芳的话。张慰芳却不着急，还是不说，等他主动问她。杨道远终于忍不住了，问她到底怎么回事。张慰芳已经想好了要说什么，她不慌不忙地告诉他，现在要谈谈他和小艾的事情。

杨道远没想到话题是这个，有些不明白地说："不是说有个什么人吗，怎么又变成我和小艾了？”

现在，小艾在隔壁房间看电视，隐隐地还能听见电视里的对话，女主角哭着喊着正在说什么。现在，在张慰芳的脑子里，不时地还会想到白天的情景，还会想到小秦说过的那些话，不时地闪烁着“苏珊”这两个字，这个女人的名字从小秦的嘴里说出来，进入她的耳朵以后，就像发芽的种子扎了根一样，从此就再也没有离开过。现在，已经平静下来的张慰芳显得非常冷静，决定先与杨道远好好地谈谈小艾。这话题过去也谈过，每次都是浮光掠影，今天张慰芳决定要把这个事情说说透。

杨道远自作聪明地问：“小艾的老家来人了？”

张慰芳顺势扯起谎来：“不错，她的老家来人了。”

“怎么样？”

“什么怎么样？”

杨道远知道自己现在的这个家离不开小艾，不由得有些担心：“她老家的人怎么说，不会是要喊她回去吧？”

“我也是在为这事担心，”张慰芳一本正经地说，“小艾真要走了，我怎么办？这些年来，我全靠小艾，幸亏是有了她，要不然，你说我怎么办？你说话呀，别不吭声。”

杨道远没话可说，他知道她的潜台词，他知道接下来会谈什么了。这可是一个他不愿意涉及的话题，这是一个让他想到就有些心烦的事情。

张慰芳决定直截了当，她干脆就这么问他：“难道你就真的一点都不喜欢小艾，一点都不喜欢？”

“你说什么呢，别瞎说好不好，我怎么会喜欢她？”

“你看不上她，看不上她是个农村姑娘？”

“怎么会呢！”

“你自己还不是从农村出来的，农村姑娘又怎么了？”

杨道远哭笑不得，说这和是不是农村姑娘毫无关系，自己已经有老婆了，既然是有老婆的男人，别的女人和自己就没有任何关系。杨道远决定反击，以攻为守，问张慰芳是不是怀疑他和小艾有一腿，说小艾与她成天寸步不离，就像她的影子一样，她难道还会不放心。

没想到张慰芳竟然淡淡地回了一句："说老实话，我倒真希望你们有一腿。"

"你不应该说这种话，说这话没意思。"

"杨道远，我真是这么想的。"

"你不应该这么想。"

"如果我是一个健康的女人，如果我能生儿育女，我当然不会让你碰[illegible]。"张慰芳强忍内心的痛苦，强忍满腹的委屈，十分悲哀地说，"这不是也没有办法吗，我还能怎么办？[illegible]文化，虽然不是十分漂亮，可是她父母愿意，她本人也没什么意见，你干吗就不能将就，就不能占这个便宜呢？"

"你说什么呢，你怎么可以这么说？"

"我就这么说！"

"你不应该这么说。"

2

苏珊与小秦是两年前在学校游泳池认识的，在社会上工作了几年以后，苏珊又重回学校读研究生。那时候，小秦是马上就要上大四的学生，假期里，大多数学生都回家了，学校的游泳池很空。

小秦的游泳技术并不是很好，可是他很好为人师，特别喜欢辅导女孩子。苏珊在游泳池里慢腾腾地来回游着，小秦便主动与她搭讪，告诉她应该怎么样，手应该如何划，腿应该如何蹬。一来二去，两人就认识了，小秦比苏珊足足小了五岁，苏珊在一开始，并没有往那方面想，只是把他当个涉世不深的小弟弟。在游泳池里，小秦不仅做示范，而且还拉着她的手当教练。当他试图托着苏珊游的时候，苏珊拒绝了，她可不想让他的手碰到自己的腰和肚子。

很快，两个人就从认识到熟悉，又从熟悉变为朋友。假期中的校园是最容易擦出火花的地方，没过多久，苏珊就感觉到了小秦要跟自己玩真格的了，他先是问她住在哪栋宿舍，听说她是在外面租房子，立刻表示要去她那里做客。苏珊说你可不要有什么糊涂心思，我告诉你，我是有男朋友的人。小秦说有男朋友才好呢，正是因为有男朋友，大家在一起玩玩，才不会玩出事来。

到假期快结束的时候，小秦终于有了去苏珊住处的机会。他们在外面看了一部下午场的电影，然后找了一家小馆子，胡乱吃了一些东西。小秦说马上就要开学了，一想到开学就觉得没劲，他能不能去她那里玩玩，去看看她的居住环境。住宿舍的感觉非常不好，一房间竟然要住六个人，全是男孩子的臭脚丫子味。他说自己没有钱，要是有钱的话，早就自己租房子住了，他们班有几个男生就在外面住，而且是和女生同住。

他们吃的那家小馆子离苏珊的住处很近，于是就顺理成章地去看了看，到了楼下的时候，小秦说你等一等，先把楼层号码告诉我，我有点事，马上就来。苏珊不知道他搞什么名堂，听口气是要去买些东西，她想他也许是不愿意第一次上门空着手，也许会去买束花什么的。苏珊回到住处不久，小秦便揿响了楼道的门铃，苏珊没想到他这么快，开门让他上来，再打开房门，只见他空着两只手，傻傻地站在那儿。

天气很热，小秦的身上全是汗，苏珊连忙把空调打开。接下来，就是参观，苏珊的房子并不大，可是在一个大学生眼里，一个人能有这么一个独立的居住环境，已经非常让人羡慕。苏珊又用电水壶烧了些水，泡乌龙茶给他喝，问他这茶的味道如何，小秦对茶的好坏根本就不清楚，喝了一杯茶以后，先是神色慌张地东张西望，然后又十分轻薄地说："我觉得我们应该做些什么。”

苏珊不明白他的意思，正疑惑着，小秦放下茶盅，站起来，走过去要拥抱她。

苏珊一把推开了，说：“喂，你先搞搞清楚好不好，我是有男朋友的人。”

小秦说：“我知道你有男朋友。”

“那你就不应该这样。”

“你要是不愿意就算了，”小秦从裤子口袋里掏出一个避孕套，故作潇洒地扔在小茶几上，老气横秋地说，“这种事反正也勉强不得。”

[illegible]“你居然还随身带着这玩意？”

“什么叫随身带着，我刚买的。”

“刚买的？”

“就在街角的那个自动售货机上买的，很简单呀，投币进去，啪的一声，它就掉出来了。”

小秦这么一解释，苏珊终于明白他进门前去干什么了。

苏珊开始对眼前这位小男生不得不刮目相看，有些佩服，佩服他的直截了当，同时又觉得荒唐可笑，觉得他一举手一投足都很滑稽，于是不无讽刺地说：“看来在这方面，你还是很有经验的。”

“只有安全的，才是健康的。”

“安全？健康？”

“对，就是安全和健康。”

“你真的是很有经验。”

“你也一样，”小秦竟然反唇相讥，“难道你能说你还是处女吗？”

苏珊冷不丁倒是被他问住了，一时无话可说，小秦因此显得很得意，觉得自己已占了上风，已击中了对方的要害。

过了片刻，苏珊继续调侃他：“那么你能不能告诉我，你和多少位女生睡过觉？”

小秦掰起了手指，神气活现地说："让我想一想，八个，差不多有八个吧。"

"不算多！"

"也不能算少吧？"

小秦开始泄气，他感觉到气氛不太对头。苏珊站了起来，笑着走过去，把大门打开了，然后回过头来，目不转睛地看着他，非常和蔼地对他说："请吧，现在你可以走了，可爱的小花花公子。"

小秦显然十分狼狈，他怔了一下，傻乎乎地站了一会，手足无措，茫然若失，然后就夺门而出，刚出门，苏珊又叫住了他，让他把茶几上的那玩意带走。于是他又重新回过头来，非常慌张地跑到茶几那里，一把抓住避孕套，扭头就跑，一路狂奔下楼。

苏珊再次在校园里见到小秦，是一个月以后。那天下午正好有课，因为要点名不敢不去，苏珊的心情本来就不太好，与洪叔叔又刚闹了一次别扭。照例这课又是上得十分无聊，老师的面目可憎，老师的语言无味，两节课上下来，她就感到大脑缺氧，胸口堵得慌，仿佛坐了十个小时的长途汽车。走出教室，总算是松了一口气，然后就在人文学院的大楼前面遇到了小秦，当时他正和两位女生一起走路，看到苏珊，眼睛都不敢对她看，装着没看见她。

苏珊于是又有了捉弄他的心情，就主动招呼他，将他迎面拦住。小秦很尴尬地作出回应，两位女生也停了下来，看了看苏珊，不约而同地一起扭头，扔下小秦便走了。苏珊问她们是不是他的同学，小秦点点头，说刚下课，正准备去食堂吃饭。苏珊说那好吧，我们一起去食堂，我已经很长时间没在食堂吃过饭了，今天就在那将就将就。两个人就一起去食堂，小秦有些忐忑不安，显然还惦记着上次的事情。

到了食堂，苏珊才发现自己没带饭卡，小秦立刻自告奋勇请客，两个人买好了饭菜，找了一个面对面的位子坐下。一边吃，一边闲聊，渐渐小秦的神色好了许多，不像刚见到苏珊时那么神色慌张，那么六神无主。食堂里人很多，来来往往有说有笑，苏珊突然发现在这样的场合聊天，故意说一些有点出格的话，会显得很好玩。

“那天你跟我说的话，是不是都是真的？”苏珊笑着问小秦，“你真的和那么多的女孩子睡过觉？”

由于他们坐在角落里，周围并没有人，小秦还是不太放心，小心翼翼地对四下张望了一下。很显然，不会有人听见他们在说什么，也根本就没人在注意他们，然而他还是感到不自在，感到芒刺在背，做梦也没想到苏珊会这么放肆，竟然选择这样的公共场合，跟他讨论这样的话题。

“能选择不回答吗？”

“当然可以。”

“那我就不回答了。”

苏珊一边吃，一边忍不住要笑。小秦也闷笑，一声不响地连吃了几口，突然却来劲了，他红着脸说：

“好吧，我选择回答，我可以回答你的问题。你不就是要一个答案吗，我可以告诉你，没有，根本就没有这回事，我只是在吹牛。”

“我就知道是吹牛。”

小秦心情变得很不爽，像泄了气的皮球，他不乐意地看着苏珊，将嘴里的食物全部咽下肚，想还嘴，又一时不知道说什么好，憋了一会，说：

“你现在高兴了吧，别人吹牛，被你当面无情地揭穿，你多厉害呀，一眼就看穿了别人的把戏。”

苏珊看他是真不高兴了，气鼓鼓的样子，很有几分可爱，便好心安慰他：

“没关系，男孩子都喜欢这么吹牛，我没觉得你有什么不对。”

小秦立刻反守为攻，也提出了一连串的问题：“你怎么知道男孩子都喜欢这么吹牛？好像你认识多少男孩子似的？我很想问问你了，你是不是又在吹牛呢？”

接下来，两人又去电影院看电影，这次是苏珊请客。小秦不好意思，说你也太吃亏了，我不过是请你在学校的食堂吃饭，你却请我看新上映的大片，性价比也太不匹配了。苏珊说你这个毛孩子真不会说话，性价比是指性能与价格之间的比例，是衡量买一个具体的东西到底划算不划算，这与看电影和吃饭根本就不搭界。考察性价表是看花了那么多钱，饭好吃不好吃，电影好看不好看。小秦说反正是你吃亏了，你亏大了。苏珊说我吃亏就亏吧，谁让我比你岁数大呢，和你一个小男生有什么好计较的。

那天的电影并不好看，看来看去，不是飙车，就是枪战，要不就是女人裸着身体洗澡，让观众先看背面，再看侧面，然后是正面，镜头慢慢向下移动，到肚脐眼那里就定格了。电影院里显得异常安静，小秦突然将嘴巴凑到苏珊的耳朵根，说你对我到底跟多少女孩睡觉的事还有兴趣听吗，是不是真想知道。苏珊怔了半天，才弄明白他要说什么，说你这是疯了，好好地看着电影，说这个干什么。

小秦说：“我也说不清楚，反正就是想告诉你。”

“那也应该等看完了电影再说。”

看完电影，时间还不算太晚，小秦要送苏珊回去，苏珊说我认识路，用不着你送，到时候你又会不怀好意。小秦说怎么可能呢，我这脑子里有时候是会有些不好的东西，可我这人不坏，真的，不是我喜欢自我表扬，我真的是不坏。苏珊说你是不坏，不过我也可以肯定，你这人也谈不上好。两人一边说，一边走，苏珊说今天一整天都没运动，你陪我随便走走，陪我聊聊天。

两人沿着大街往苏珊的住处散步，走着走着，小秦忽然问她：“对了，你跟我说实话，你真的有男朋友吗？”

“这话我一开始就跟你说过，你忘了？”

“我知道，唉，可惜了，如果没有，我们倒是很合适。”

苏珊笑了，笑得很开心。

“真的，我觉得我们很合适。”

“你就不觉得你的岁数太小了一些？”

“我喜欢成熟一点的女人，”小秦越说越来劲，“年龄比我大的女人好，她可以照顾我。”

“你和年龄大的女人好过？”

“没有。”

“那你怎么知道年龄比你大的女人，就一定会照顾你。你想得倒美！”

“我也就是这么胡思乱想，随便想想还不行。”

[illegible]苏珊不愿意跟他说自己的事，小秦就不停地大爆自己的料，说他当年如何考高中，如何[illegible]，如何与同宿舍的男生一起编下流故事。苏珊只是偶尔也插嘴，说你的那点油腔滑调，都是因为编下流故事编的。小秦说你这人就是厉害，就是一针见血，一眼就把人给看透了。

苏珊突然问他有没有女朋友，小秦怔了怔，说当然没有。

“真的没有？”

“真的没有，真要有，我还会跟你在一起浪费时间？不过，你别多心——”

“我多什么心了？”

“跟你在一起不算是浪费时间，我觉得很有意思。”

“浪费时间有什么不好？时间本来就是用来浪费的，”苏珊觉得今天的谈话让她很开心，“我要你老老实实地回答，我知道你现在没有女朋友，以前有过？”

“当然有过。”

“那好，就说说你以前的女朋友。”

小秦不吭声了。

“为什么不说话。”

“我觉得没什么好说的。”

“没什么好说的？我怎么好像有点怀疑，你其实以前也没有什么女朋友——”

“怎么会没有呢，我至于那么差劲吗？女朋友算什么，不就是个女朋友。算了，我还是不想说她。”

“往事很伤心？”

“也根本谈不上，只是不想谈。”

“不想谈就算了。”

“好吧，你真想知道，我就说给你听。反正也没什么大不了的，说就说了。也许你是对的，我的这个女朋友，我也不知道她能不能是算女朋友，反正是我高中时期的一个熟人。”

“高中时就好了，你很厉害呀！”

“能不能不打岔，你要再说，我就不说了。”

“好，你说你说，我保证不打岔了。”

“就是高中同学，也不在一个班，反正我那时候有点喜欢她，她呢，不光是喜欢我，还喜欢另外一个男生。后来，后来我们就上大学了，你知道，考大学那阵，就那么回事，不是没时间吗，大家反正是都憋着劲，很多事，都得等考完了大学再说，结果我们就都考上了大学。”

苏珊等着他继续往下说，小秦停顿了一会，又说下去。

“她和那个男生留在本城上大学，我呢，就来到这里，后来有一次她到这来玩，我们就——”

“就上床了，对不起，说好不插话的。”

“不错，我们就那个了，”小秦对苏珊的插话并不恼怒，但显然是为别的事情在不高兴，情绪有些低落，“就在离学校不远的私人旅馆，以后她隔一段时候，就会来玩几天，来了，就在那小旅馆里住，那时候，连老板娘都认识我们了，说大家都是老熟人了，我给你们打折。”

“后来呢？”

“也没什么后来，后来就分手了。”

“那个人呢，那个小男生，他是怎么回事？”

“他也和她分手，他也发现她原来是脚踩两只船。”

苏珊点了点头，她已经完全明白这个故事，又问小秦还有没有别的风流韵事。

“除了她，我没和别的女孩子睡过觉。而且就算是她，她也不是先跟我，她根本就不把这种事当回事。”

“你是不是觉得自己有些受伤？如果她是先和你好，你会不会就在心里觉得好受一些？”

[illegible]我也懒得去想了，‘初恋时我们不懂爱情’，就这意思吧。”

终于又到了苏珊住处的楼下，两人分手在即，苏珊感谢他送她回家，说今天晚上过得很开心。小秦意犹未尽，说他还想上去坐坐，苏珊一口拒绝，说时间太晚了，不想引狼入室。小秦便赌咒发誓，说自己绝不会做傻事，绝不干坏事，保证当一个完美的正人君子。苏珊说不行就是不行，他小秦可以做出保证，可以不做傻事和坏事，她却不敢保证自己不做。这年头根本就没有什么正人君子，也不可能说话算话，好话说得再多也没有用，关键还是要看行动。小秦威胁说如果不让他上去，他今天就会在楼底下待上一夜，他说他这人向来说话算话，不信就可以试试看。苏珊说你看我像一个怕别人威胁的人吗，我会在乎你在楼下傻傻地站上一夜吗。小秦明白自己今天晚上不会再有机会，提出在滚蛋之前，要拥抱一下苏珊：“这个要求不算过分吧？”

“只是拥抱一下？”

“只是拥抱。”

“好吧，说话算话，记住了，只是抱一下。”

于是小秦便上前搂住了苏珊，像逮住了一个大玩具娃娃那样，他使劲抱着她，使了很大劲，压得她都喘不过气来。苏珊站在那没有动弹，没有作出任何反应，由于小秦搂得实在太紧了，她不仅感到呼吸困难，右边的乳房也硌得生疼，以至于与小秦友好分手以后，她不得不一边摸黑上楼，一边轻轻地抚摸自己被弄痛的部位。

再后来，又经过几次交往，小秦便成了苏珊的小情人，苏珊的住处便成了幽会的地点。他们约法三章，说好大家不过是在一起玩玩，都不可以太当真，互相不许过问对方的私事，各人都拥有各人的自由。在一开始，这种不负责任和义务的互助关系，让两人都感到非常愉快，大家的心态都很放松，你情我义，充分地享受着对方。渐渐地小秦开始违约，他开始过问起苏珊的隐私，开始疯狂地干涉她的自由。虽然在一开始，小秦就知道苏珊还有一位神秘的男朋友，自己早就落后和迟到了，不过是一个第三者，但是很快就反客为主，变成了一个不折不扣的小醋坛子。嫉妒有时候会冲昏人的头脑，感情会让人失去理智变得疯狂，小秦自说自话地开始了危险的爱情之旅，爱上了比自己足足大了五岁的苏珊，动真格地要娶她为妻。他到处跟踪盯梢，像没头苍蝇似的误打误撞，惹是生非，使得人生的一段小插曲，原本是两个人一起玩的小游戏，越玩越离谱，最后变成了一幕不太容易收拾的闹剧。

3

杨道远开始主持集团工作以后，姚牧的工作作风一直比较收敛，他很在意自己的一言一行，时常提醒自己要处理好与杨道远的关系。这些年来，杨道远在官场上的直线上升，已经使他们之间牢不可破的友谊，变得有些微妙。多年来，姚牧一直是杨道远的上司，虽然杨道远不止一次公开表示过，自己的人生轨迹和仕途得意，与他这位老同学好朋友的关怀分不开，然而杨道远现在已经排名在他姚牧前面，他就必须充分地尊重他，要给足他面子。

在集团副老总中，姚牧一直被认为是顶替老邢的最合适人选。他有着太多的明显优势，提拔的年头最长，是集团的创始人之一，有学历，有很好的家庭背景。早在杨道远还是一个普通群众的时候，姚牧就已经是部门负责人了。事过多年，重新回头审视自己走过的足迹，姚牧明白了自己的过错和失误在哪里，就是过于少年得志，难免年轻气盛。鹬蚌相争，渔翁得利，在和老邢的争斗中，原本只是找来做个帮手的杨道远，最后成了最[illegible]人，在权力斗争中，绝不会轻易表态站在哪一边。他这种为人处世的作风，虽然也让姚牧觉得有点不义气，可是又不能不承认他是站在了道德的制高点上，君子不党，结党营私乃正派人士所不为，他越是这样，大家也就越看好他。等到杨道远以副总的身份被安排主持集团工作，排名突然提升到姚牧前面，一直自以为在较量中占上风的姚牧，才突然明白自己已成了老邢的手下败将。老朽的老邢竟然利用杨道远这颗棋子，轻而易举地击溃了姚牧。在准备替代老邢的这步棋上，姚牧显得过于着急，欲速则不达，老邢的业务水平和工作能力实在不敢恭维，但是老太太在离休回家前却下了最后一步好棋。

“知道老邢为什么会看重你吗，”姚牧有些不服气，悻悻地对杨道远说，“就因为你小子长得帅，长得漂亮，我跟你说，这老太太也好色的！”

大家都知道杨道远与姚牧的良好关系，因为这种关系，杨道远必须要注意影响，要考虑到不能让别人说闲话。正像姚牧时时提醒自己要给杨道远面子一样，杨道远对待姚牧，同样是慎重再慎重，既不能让他下不了台，又不能让手下觉得他们私交好，就会有什么特殊关照。这些年，集团里最肥的差事就是抓基建盖大楼，姚牧觉得在所有的副总中间，只有自己最熟悉这个业务，让他分工负责可以说是当仁不让。但是他不过是随口客气了一句，说干这个差事太苦了，不容易干好，如果别的副总愿意干，他可以让贤，杨道远听他这么说，顺势就把分管基建的肥差给了别人。

杨道远很诚恳地说：“也好，管基建最容易出事，就让其他人去干好了。”

姚牧无路可退，因此落了个清闲，心里略有些不痛快，不过杨道远的想法也有道理，管基建确实很危险，这年头风气不正的事情太多，不只是吃吃喝喝那么简单，他虽然是个很有原则的人，但是常在河边走，不小心湿了脚也是可能的。再说了，杨道远让他远离是非，也不仅仅是为了要保护姚牧，肯定还有自己的想法，姚牧一旦出事，很可能会牵连到杨道远。这么一想，心里又平衡了，姚牧觉得自己还是修身养性，老老实实地在集团里坐办公室为好。

这一天，杨道远正在办公室里看材料，姚牧打电话给他，说待会要带个女人来见他，有些事要跟他商量。杨道远问他什么事，姚牧说也没什么人事，组织部的李部长推荐了一个人，想帮电视台策划一个什么节目，他觉得这事挺好的，就随口答应了。杨道远说你既然已经答应，还要见我干什么，姚牧说他答应什么啦，他只是答应见一见，见一个面，最后结果当然还要他这个一把手拍板。

“李部长那人你也知道，轻易不会打电话，见人一面的面子总要给吧。”

杨道远听了，怔了一会，没把这事往心上去，而是想起了另一件事，说：“对了，你现在有没有事，如果没事，过来一下，我有事要跟你谈。”

姚牧笑了，说：“你这人真滑稽，我不找你没事，一找你事就来了，是公事还是私事？”

“私事。”

“私事？怎么了？”

几分钟以后，姚牧敲门进来，开玩笑说以后有私事得到外面去谈，不能在公家的办公室里随便说，他看到杨道远的表情有些严肃，便也不敢再造次，问他怎么啦，要谈什么。杨道远说是想谈谈家务事，姚牧立刻又笑了，说早已猜到是怎么回事，问他是不是和张慰芳吵架了。

“我们从来就不吵架。”

“噢，对不起，我忘了，你们是一对很模范的夫妻。”

接下来，杨道远便与姚牧谈小艾的事情，把张慰芳的打算一五一十地都说了出来。姚牧聚精会神地听了会，一开始还有些吃惊，很快就平静下来，一边点头，一边耐心地听杨道远说，杨道远断断续续地说着，把张慰芳家人的想法，小艾父母的态度，张慰芳的积极促成，一股脑地都说给姚牧听。听完了杨道远的交代，姚牧开始表达自己的意见。

[illegible]你的态度，你得给我一个实话，你是怎么想的？”

“我当然不赞成。”

“为什么，为什么呢？”姚牧表明了自己的观点，“按说你也没吃亏，不说你占了个大便宜，起码也不能算太吃亏是不是？白得了一个大姑娘有什么不好，你别着急，让我把话说完，对了，你是不喜欢那个小艾，是不是？”

“这不是喜欢不喜欢的事，我觉得这不对，很别扭。”

“我也觉得别扭，可是这事想想也有它的道理，按照张慰芳的想法，这也是最好的留住人家的办法，我们都知道她根本就离不开小艾，她得要这个丫头侍候——”

“张慰芳就是这么想的。”

“这就好比是让你纳妾，讨一个小老婆。”

“别把话说得这么难听。”

“反正就这个意思，难听也好，不难听也好，如果你按照张慰芳的意思去做，结果就只能是这样。”

“她本来也是随便说说，”杨道远心里有些烦，叹了一口气，“可是这几天不知怎么的，跟疯了一样，三天两头地就是要跟你烦这个事。一会说小艾家里怎么怎么样，再不给个回话，又怎么怎么样，反正是烦人。”

姚牧看得出杨道远现在是真的烦恼，作为多年的好朋友，作为他们夫妇生活的见证者，他很同情他现在的尴尬处境。其实早在一开始，姚牧就不赞成杨道远不和张慰芳分手，当年是一个很好的机会，快刀斩乱麻，分了也分了，别人根本没办法说三道四。长痛不如短痛，杨道远当时如果与张慰芳决裂，有一个非常好的借口，这是天赐良机，机不可失，可是他偏偏要玩崇高，要宽宏大量地原谅一个不贞的妻子，要选择什么爱情，结果呢，是麻烦不断和后患无穷。姚牧根本就不相信会有什么长久的爱情，人头脑可以一时发热，如果总是发热，就一定会出问题。

姚牧说你到底想不想听我的意见，你想不想听我说实话，当然了，今天既然是你找我，想听听我是怎么看的，那我可就胡乱说了，我就想什么就说什么，我说得不对，你可别往心上去，你千万不要跟我计较，你就当我没说，你就当我是放屁。杨道远让他别兜圈子，有什么话，直截了当地说出来。姚牧说你应该转守为攻，要掌握主动，千万千万不能让张慰芳牵着鼻子走，我告诉你，张慰芳可比你厉害，她可比你有脑子，现在最聪明的办法，就是逼着她离婚，你跟她离婚。

“离婚？”杨道远想不明白他为什么会教自己这一步棋，“我们好好的，离什么婚？”

“别跟我说这个，别跟我说什么你们好好的，”姚牧开始充分表达自己的态度，“好又怎么了，好照样也可以离婚。像她这种不能过正常夫妻生活的人，跟她离婚是合理合法，你明白我的意思？”

杨道远还不是很明白，或者说他并不愿意让姚牧觉得自己已经明白。

“她张慰芳干吗非要占着茅坑不拉屎呢，杨道远我跟你说，你们必须得离婚，必须，要不然，真按照张慰芳的如意算盘，你偷偷摸摸地把那个什么小艾给办了，这可就是落了一个把柄在张慰芳手上。你想想，你好好想想，这种事落在别人身上，也没什么，人家会想，自己老婆不行了，就把小保姆给睡了，睡了也就睡了，至多是个下流。你不一样，你他妈是集团老总，你有身份有地位，手底下几百号精兵强将，却跟一个小保姆有一腿，你说这要是传出去，也太难听了是不是？当然，事实上还不只是一个难听，有时候，一个丑闻足以影响一个人在仕途上的发展。”

姚牧的建议就是一不做二不休，干脆与张慰芳离婚，先把合法的一纸婚约给解除了，然后再明媒正娶跟小艾结婚。这样一来，所有的法律关系就理顺了，名正而言顺，原来的那些关系其实都没有本质改变，杨道远还是可以继续与张慰芳生活在一起，因为要照顾她是天经地义的借口，别人根本就没办法说什么，张慰芳也不可能再有什么把柄，她就不可能再控制他们，他们还可以继续恩爱，大家都可以相安无事。这绝对是一个两全其[illegible]女人的嫉妒心是极度可怕的，心高气傲的张慰芳绝不可能因为自己残疾，因为自己已经高位截瘫，因为小艾是她选择的，因为小艾是一个无知的农村女孩子，就会变得真正的高风亮节。

杨道远情不自禁地点了点头，他不得不在内心深处暗暗地承认，对于张慰芳所作所为，自己确实有过种种顾虑，不能不考虑种种不太好的后果。同时，他也不得不承认，在自己烦恼和无聊的时候，对于年轻的小艾，确实有过那方面的冲动。有一天晚上，杨道远在外边应酬完了回去，正遇上小艾在卫生间里洗澡，当时时间已经不早了，他怕闹醒了张慰芳，轻手轻脚拿钥匙开门进屋，摸黑换了拖鞋，他突然注意到卫生间的灯是亮的，小艾正在里面洗澡，正在擦干身体，而卫生间的门却是虚掩的，露出了很大的一道缝。让杨道远感到震惊的是，身材矮小结实的小艾有着非常浓黑的体毛，非常茂密的一大片，这给他留下了十分深刻的印象。杨道远并不想继续偷窥，他只是匆匆地看了几眼，就又偷偷地走到大门那里，重新拿出钥匙来，重新假装开门进来，故意发出很大的动静，然后打开客厅的灯，然后就听见卫生间匆忙的关门声。

姚牧还在继续给杨道远出谋划策，强调与张慰芳解除婚姻关系的种种好处。这时候，杨道远却忍不住想起了小艾的身体，想起了那浓厚的体毛。说老实话，他并不喜欢体毛太重的女人，可是自从有了那次无意中的偷窥，每当看到小艾手臂和颈上茂密的汗毛，他就忍不住会产生联想，就忍不住会有些下流。为什么如此年轻的一个小姑娘，那地方会那么轰轰烈烈，会那么生机盎然。记得还有一次，是夏日的一个中午，小艾与张慰芳正在房间里睡午觉，两人都睡着了，都睡得很沉，根本就没想到杨道远会进屋。天气热，小艾四脚朝天地躺在小床上，两条腿岔得很开，由于她穿的三角裤太小太薄又太旧，浓烈的阴毛从旁边龇了出来，朝气蓬勃地甚至将小裤衩给顶了起来。与张慰芳冰冷的死气沉沉相比，傻乎乎的小艾热血沸腾，浑身上下都洋溢了青春活力。

姚牧的方案越来越具体，他越说越来劲，越说越认为与小艾结婚绝对是一个非常可行的方案，这么做两全其美，不仅不会影响杨道远仕途上的发展，不会在官场上留下不好的声誉，而且还是进可攻退可守，日后即便是他杨道远在外面有点什么风流韵事，万一不小心跟别的女人搞上了，小艾也拿他没什么办法，她一个乡下姑娘又能怎么样呢，只能逆来顺受，她不可能像张慰芳那么有心计。说到临了，近年来一直在闹离婚的姚牧，已经开始十分羡慕杨道远了，他说一个成功男人的最理想境界，就是外边有女人，家里也有女人，而且家里的这个女人还必须不会吵不会闹。

杨道远知道姚牧之所以会这么投入，是因为突然想到了自己的烦恼，便笑着调侃他说："你外边有红颜知己，你老婆当然要跟你闹。"

"红颜知己也根本谈不上，不就是那么回事。"

"怎么回事？"

"家里红旗不倒，外边红旗飘飘，这个才算牛B。"

对于自己外边还有女人这事，姚牧从不刻意隐瞒。有时候，他忍不住还会对杨道远卖弄，男人嘛，谁还能没有一点花花肠子。成功男人外面没有女人才悲哀呢，姚牧总是标榜自己好色而不下流，他接着开导杨道远，说男人到了他们这岁数，有了他们这样的地位，再找老婆可就跟年轻时大不一样了，年轻时要找一个对自己事业有帮助的女人，因为那时候他们的前途未卜，还没有开始发迹，女人的帮夫运尤其重要。现在一个个都事业有成，再找女人那就是只要“太平”两个字，什么叫太平，识时务就叫太平，不会吵不会闹就是太平，少一窍没心没肺就叫太平。

4

[illegible]袋里掏出手机看了看来电显示，一边接电话，边告诉杨道远，说李部长介绍的那个女人来了。杨道远似乎还没有从谈话的气氛中走出来，他的脑子里还想着姚牧刚说过的话。姚牧已对着手机喊了起来，说自己现在正在杨总的办公室，让她跟楼下门卫说一声，直接上来好了，就到杨总的办公室。门卫大约是还有疑问，姚牧有些不耐烦，让对方把手机交给门卫，然后通知门卫少说废话，立刻放行，让那女人上来。

不一会，苏珊春风满面地走了进来，这是一个谁也不会预料到的场面。衣着光鲜的苏珊来到了杨道远的办公室，她一眼就看见了杨道远，看见他坐在宽大的沙发上，正在和一个男人谈话。杨道远也非常惊奇，他的反应有些过度，变得非常不自然，以至于姚牧看着他们一时不敢说话。显然，这两个人是认识的。显然，这两个人的表情，都不太对头。

苏珊傻傻地站了一会，惊魂未定，红着脸问：“对不起，我想问一下，哪位是姚总。”

“我就是，你就是李部长介绍的那位苏小姐？”待得到确认以后，姚牧的脑子里飞快闪过了一连串的念头，他意识到这两个人之间不同寻常，“我来介绍一下，这位是苏小姐，这位是我们集团的杨总——对了，你们是不是认识？”

杨道远很认真地给予否定：“不，我们不认识。”

杨道远的否定让苏珊笑了起来，她笑得很甜美，很灿烂，用近乎调皮的口气说：“你好，杨总！”

“你好！”杨道远十分客套地点了点头。

姚牧被他们给弄糊涂了，原来确凿无疑的肯定，突然间变成了不能肯定。杨道远显然并不知道苏珊今天要来，这两个人显然事先没有约定，或许他们只是各自看着眼熟，或许是过去在什么地方见过面。姚牧与组织部的李部长是党校同学，李部长介绍苏珊今天过来，完全是因为他的另一位熟人。从第一眼起，姚牧就看出苏珊的非同寻常，这不仅是因为她长得漂亮，而是因为她那不同寻常的气质。毫无疑问，这一定是个有着神秘背景的女人，要不然李部长绝不可能那么把她当回事，姚牧太熟悉官场的游戏规则了，一个能让组织部长亲自出面打招呼的女人，绝不可能是个普通女人。

在谈正事以前，姚牧决定先聊一会儿李部长，他故意装作很冒昧地问她：“李部长最近忙不忙呀？”

苏珊显得很茫然，她情不自禁地看了一眼杨道远，回过头来，对姚牧说：“我不知道，部长的事情，我怎么会知道。”

“我以为苏小姐和李部长很熟呢。”

苏珊毫无防备地说：“我跟李部长不熟，是洪省长与他打的招呼。”

姚牧故作惊奇，说：“你和洪省长也认识？”

苏珊又看了一眼杨道远，她注意到他一直在看自己，笑着说：“洪省长跟我妈熟悉，他们是老同学。”

姚牧笑了，笑着对杨道远说，我一看就知道她有来头，你看果然是来头不小。苏珊似乎并不介意姚牧说自己什么，她十分专注地看着杨道远，显然是想找机会跟他说上话。但是又不知道如何开口，不知道说什么好，就只能一个劲地笑，是那种甜甜的微笑。苏珊的笑让杨道远感到很熟悉，他记得自己对她最初的印象，就是这种天真无邪的笑，她的笑很有魅力，像干净的白布上面踩上去的黑脚印，一旦留下了，便久久不能抹去。杨道远不由得想到了那次碰撞，苏珊趴在汽车的风挡玻璃上，她的眼神与杨道远第一次接触，不是痛苦不堪，而是苦笑，淡淡的微笑，然后才是楚楚可怜的痛苦状。

终于，苏珊傻乎乎地问了一句："这里是杨总的办公室，还是姚总的办公室？"

姚牧觉得她这个问题很愚蠢，好傻好天真："当然是杨总的办公室，我怎么会有这么漂亮的办公室！"

"真是够漂亮的，"苏珊四处看了看，感叹地说，"杨总平时在这里办公，一定会觉得很爽。"

[illegible]珊："苏小姐的工作单位是——"

这句话提醒了苏珊，她立刻从手包里拿出两张名片，毕恭毕敬地递给杨道远和姚牧。名片印得十分讲究，字很小，有中文有英文，带着一股浓郁的香水味，杨道远认真地研究着名片上的内容，笑着说：

"想不到苏小姐还在读研究生。"

"杨总的意思是不是我特别不像？"苏珊这时候已变得放松了，刚见到杨道远时的那种拘谨，已经不复存在，"我是不是看上去很老了？"

"哪里哪里，我可不是说年纪，"杨道远连忙解释自己的意思，"主要是想说，你看上去并不像个书呆子，也不像那种做死学问的人。"

姚牧表示赞同："杨总说得对，还是杨总看人厉害。"

"杨总也太厉害了，一眼就看人看到了骨子里，我知道杨总是什么意思，杨总肯定是觉得我根本就不像个读书人，我一点都不像——"

"不是，不是不像读书人，是不像书呆子。"

"就是不像读书人，我知道杨总的意思，杨总就是这意思。"

"我真的不是这个意思。"

"肯定就是这意思！"

女孩子长得漂亮总是占便宜的，苏珊的一言一行，虽然都有一点点矫情，难免有撒娇的成分，然而无论是姚牧，还是杨道远，似乎都愿意和她闲谈聊天。时间正在不知不觉中过去，渐渐地话入正题，苏珊开始说明来意，原来她在一家传媒公司里兼职，那家公司想拍摄一组电视纪录片，为城市变化发展做做宣传，具体的做法就是搞一些街头采访秀，在观众毫不知情的情况下，对本市市民进行随机访谈。总之风格非常纪实，内容丰富多彩，花钱不会多，收效不会少。苏珊此行不过是前来当公关，联络感情打通关系，杨道远和姚牧听完她的想法，不约而同地都觉得此事太过简单，是小题大做，其实这样的事情根本就不用惊动集团老总，既然是准备正面宣传，下面有关部门的负责人就可以定夺。

说完了正事，苏珊便含笑告别，姚牧要送她下楼，她连声说不用，说你们继续谈你们的事好了，我知道怎么走的。临转身，苏珊火辣辣的目光，很有意味地看了杨道远一眼，全然不在乎他旁边的姚牧，然后就飘然而去。杨道远看着她消逝的背影，多多少少有点意犹未尽，有点依依不舍，还有那么一些遗憾，还有那么一些失落。有些话还没有开始说，譬如可以谈谈有关那天在医院的事，当然当着姚牧的面，这个也不方便说，而且就算是姚牧不在场，有些话仍然是不方便说出来，也许苏珊根本就不愿意谈起这个话题。

很快，姚牧也离去了，不一会，他又打电话过来，说自己刚接到李部长的电话，为了苏珊的事，要求晚上一起吃个饭。杨道远觉得奇怪，说你这个党校的那位同学今天怎么了，干吗要这么当回事。姚牧笑着说，这个我也说不好，只能说明这位叫苏珊的女孩子能耐大，李部长说了，晚上洪省长也来。杨道远说，既然这样，你就去应酬一下，我不去了，你就说我有事。姚牧不答应，说你不到场怎么行，晚上我来安排，既然是有洪省长，规格高一些，就到神仙楼好了。

于是晚上就在神仙楼聚会，洪省长晚来一步，到场的诸位一边说话一边等候。姚牧见了李部长自然有很多话要说，他们是老同学叙旧，说的都是官场上的事情，这位李部长尽管还是副职，谈话的口吻已经很大。杨道远没想到这么快又会和苏珊见面，他们眉来眼去，也不知道说什么好，只能是没话找话。说了几句，苏珊突然冒出一句，今天真是不好意思，本来是我找你们办事，最后却是你们埋单请我们吃饭，而且挑了个这么高档的地方。

李部长在一旁听了，笑着说："他们集团有的是钱，吃他们一顿，那是给他们面子。"

"那就谢谢赏脸了，"姚牧开玩笑地说，"反正我们集团是冤大头，是死猪不怕开水烫。"

李部长说："不是死猪，是头大肥猪。"

李部长的话引得苏珊咯咯直笑，说这个比喻不好吧，杨总和姚总听了要不高兴的，怎么可以说他们集团是头大肥猪呢。李部长说这个也怨不得他，债有头冤有主，是姚牧自己说他们是死猪不怕开水烫，这话可是他亲口说出来的，要怪只能怪他自己了。洪省长迟迟不来，大家只能继续闲谈，话题说着说着，很快又回到了官场上，李部长身居组织部，知道的内幕也多，随便亮一个出来就是新闻，谁马上就要提升了，谁的年龄已经到了极限，对他来说都是如数家珍。姚牧随口问了一句，听说洪省长又要升了，有没有这个事，会不会提升一个正职。

"这事只有上面才知道，我们不知道，也不敢乱说。"李部长看了一眼苏珊，有几分神秘地说了一句，立刻把话题又转开了，他回过头来，傲气十足地看着杨道远："对了杨总，我们部的那个张慰平是你大舅子，对不对？我跟你说，你这个大舅子在官场可是不怎么得意，混得有些惨，组织部每个处都干过了，像他这种资格的，在我们那里，可以说是绝无仅有。这年头，光一个资格老也不行，还得会混才行，说老实话，你那大舅子人也不坏，就是跟人跟错了。"

苏珊在一旁不声不响听着，杨道远也不愿意说什么，姚牧不想让李部长感到冷场，就一个劲地敷衍，说自己从小与张慰平在一个大院里一起长大，对他的熟悉程度，甚至要超过杨道远。李部长今天还没有开始喝酒，可是说话的语气，已经有了很明显的酒意，他说你既然也认识张慰平，我就干脆再说几句，这个张慰平呀，说白了就一句话，放不下干部子弟的臭架子，太自以为是，你们这些机关大院长大的人，都有这个毛病。

正说着，服务员小姐将门推开，将洪省长和他的秘书领了进来，大家一看是贵宾到了，连忙起身迎接。李部长毕恭毕敬，一一作着介绍，洪省长笑容可掬，嘴里念叨着好好好，挨个与人握手，然后非常随和地说：

“其实大家过去肯定见过面的，不过是一时对不上号，来，坐坐坐，先坐下来，很抱歉我来晚了。”

“洪省长那么忙，再说了，时间一点也不晚呀，”李部长先安排他在主席坐下，让杨道远和苏珊分别坐他旁边，剩下的人随便坐，然后吩咐小姐赶快上酒上菜，“杨总和姚总听说洪省长今天能到场，特别高兴，真的，真的是特别高兴，洪省长，喝点五粮液？”

洪省长有些犹豫：“喝白酒？我看就红酒吧。”

李部长说：“还是白酒好，我知道洪省长能喝——”

“好吧，就白酒，大家都喝白酒，”洪省长今天的兴致颇高，转过头看了看苏珊，“今天你也喝白的。”

苏珊怔了一下，注意到大家都看着自己，红着脸说：“洪叔叔让喝什么，我就喝什么。”

转眼间酒已斟满，李部长首先举杯提议，说这第一杯必须先喝了。洪省长带头喝了，大家跟着一饮而尽，杨道远注意到苏珊面前的杯子也空了。接下来，在场的人轮流向洪省长敬酒，洪省长说你们人多，人多就势众，我怕不是你们的对手，每次只喝一大口怎么样。李部长说我们都知道你洪省长是海量，是一大口是一小口还是一个满杯，你尽管随意，你看着办，难道今天还敢灌你洪省长不可，我们可没这个胆子，借我们一个也不敢。当然，除了苏珊小姐，她年轻不懂事，她非要让洪叔叔把酒干了，我们也管不了。

洪省长一口把酒干了，咂嘴说："李部长很能闹呀，一看就是个常要把别人灌醉的主，我今天要防着点你。"

洪省长吃到一半便离席了，大家正喝得高兴，第二瓶五粮液刚打开，洪省长的秘书接到一个电话，皱着眉头听了一会，起身走到洪省长身边，附在他耳朵根说了几句话，然后把手机递给洪省长。洪省长十分严肃地听电话里的声音，不时地嗯一声，表示自己正在听。在场的诸位不知道发生了什么事，大家都不敢发声音，过了一会，李部长轻声问秘书是谁的电话，秘书不吭声，他也不敢再问。又过了一会，洪省长将手机挂了，对秘书做了个手势，秘书立刻起身，过来拿手机，同时也做好了要离去的准备。

洪省长站了起来，说是突然遇到了急事，不得不先走一步，他说你们继续喝，一定要喝好。既然如此，大家都赶紧起身，要送洪省长出去，洪省长也不推托，于是就一直送到了电梯口，又接着送下楼。在电梯里，秘书用手机通知司机，让他赶快将小车开到大门口，李部长有些遗憾，说今天实在太可惜了，本来都已经安排好，就在这儿订了一个非常好的包厢，一起唱唱卡拉 OK，放松放松。洪省长说这个没关系，他不在，大家可以照样娱乐嘛，工作了一整天，放松一下也属正常。很快穿过大堂，到了大门口，司机已将小车开了过来，洪省长与大家握手作别，李部长看了看杨道远，又看了看姚牧，讨好地说："苏小姐的事，杨总他们一定会做出安排，洪省长你放心。"

"对，这事问题不大。"姚牧也赶紧补了一句。

秘书上前将车门拉开，洪省长就好像没听见他们的话一样，一头钻进了自己的小车。

5

接下来重回包厢喝酒，由于洪省长已经离去，气氛变得更加轻松，李部长本来就是个喜欢热闹的人，洪省长走了，原来安排的节目却不必放弃，李部长坚持要唱卡拉OK。杨道远最不喜欢卡拉OK，想找借口开溜，李部长酒喝多了，立刻借酒发疯，立刻将脸沉下来，说杨总你今天要走的话，就是不给我面子，就是不给人家苏小姐面子。你可以不给我面子，但是你不能不给苏小姐面子，你要是走，今天我们的这酒就是白喝了。姚牧有些尴尬，低声与杨道远商量，让他委曲求全一下，就稍稍再坐一会。杨道远有些不痛快，想自己凭什么要给他们面子，凭什么要委曲求全，从一开始，他就不太喜欢李部长这个人，不过杨道远也知道，既然今天已经这样了，自己实在犯不着得罪他。

于是就去预先订好的K房唱歌，李部长还没有坐定，便对苏珊说今天我们来个对唱怎么样，我知道你唱得不错，我可是听你和洪省长一起唱过。苏珊有些不好意思，说我唱不好，对了，我什么时候与洪省长一起唱过歌。李部长说，真以为我酒喝多了，我告诉你，没有多喝，我还能喝呢，我当然听你们唱过，唱什么歌我都能记得。苏珊问是什么歌，李部长说还真要我说出来呀，好我就说，就那首“妹妹你坐船头，哥哥我在岸上走”，对不对，我没说错吧。苏珊无话可说，只好继续说自己真的唱不好。李部长说唱不好有什么关系，你又不是著名歌星，要唱那么好干什么。

姚牧是个很有心计的人，他已偷偷地给等在下面的小张打电话，让他上来唱歌。小张是个二十多岁的年轻人，是姚牧的专职司机，平时喜欢唱歌，只要有他在就不会冷场。音乐响了起来，第一首歌就是对唱，苏珊推托不掉，便和李部长一起唱，她唱得马马虎虎，李部长却是有腔有调声情并茂，一听就是个喜欢唱歌的人。一曲唱罢，苏珊笑着说你比洪省长唱得好多了，李部长不无得意，说那是当然的，你洪叔叔官比我大，要说泡 K 房唱歌，他还得拜我为师。

接下来，基本上就是李部长和小张两个人的表演，李部长是个地道的麦霸，手上始终抓着话筒，只要音乐响起来，他没有不能唱的歌。从当下的流行歌曲，到过去的老情歌和样板戏，反正是无所不能无歌不唱。有一次，苏珊熬不住点了一首歌，说好是和姚牧对唱，可是你来我去刚唱开，李部长便迫不及待地加入了，男声部他要唱，女声部他也要唱，把大家都逗笑了。就这样玩了一阵以后，姚牧对李部长说，今天我是豁出去了，陪你玩个痛快，但是我们杨总还有事，要先走一步。李部长也看出杨道远确实是个不爱玩的人，笑着说今天我在杨总面前失态了，望杨总多多包涵。

苏珊一听说杨道远要离去，连声说她也有事，正好可以与杨总一起走。李部长要留她，说这里本来就阴阳失调，就你一个女孩子，这一走，就更不好玩了。苏珊说没女孩子还不容易，我们走了，你们正好可以打电话叫小姐，听说这神仙楼的小姐特别漂亮。李部长听了，连忙摇手，说苏小姐你太厉害，算你会说，算你狠，我们都是正经人，喊小姐那种事还绝对做不出来，你请，你赶快走吧。

杨道远与苏珊一起离开，走道上等电梯的时候，果然遇到了两个花枝招展的女孩，浓妆艳抹，香气逼人，从他们身边飘然而去，一看神情就知道不太正经。杨道远看了看两个女孩远去的背影，笑着对苏珊说，看来是真让你给说对了，这里确实是有漂亮的小姐。

苏珊不吭声，暗暗地在笑，杨道远又问："苏小姐是不是很熟悉这个地方？"

苏珊说："我也是随口说说，这地方我其实是第一次来。"

杨道远听了，也是暗暗地笑。

苏珊看他在笑，说："真的，我真的是第一次来。"

这时候电梯到了，两人一起走进电梯。

苏珊接着说：“我觉得这种地方，杨总应该经常来。”

“我也是第一次。”

“不会吧？”

“真是第一次。”

“看来杨总真是个不爱玩的人。”

电梯到达底层，转眼之间，他们已到了大门口，杨道远这才想起还没有给司机打电话，连忙拿出手机招呼小丁，让他赶快把车开过来。打完电话，他问苏珊现在要去哪里，自己的车子可以送她一段。

苏珊说：“这么晚了，我当然是回家。对了，我住的地方杨总应该知道，你不是还送过我一次吗？”

杨道远笑了，他很高兴苏珊终于主动提起了那天的事，带着几分关怀地问她：“我还一直在担心，那天有没有把你给撞伤，对了，怎么样，是真的一点没事？”

“没什么大事，不过身上还是青了两大块。”

“当时真吓了我一大跳。”

“我也是，没把我撞死真是幸运了。”

“那天真是很危险。”

“当然是危险，我越想越后怕。”

“你想着后怕，我也是呀，汽车撞人可不是好玩的事。”

正说着，杨道远的司机小丁已经把车开过来了。

苏珊看了看那车，笑着说：“就是这辆车，我还能认识它，就是它。”

杨道远把车门打开，让苏珊上车，她却让他先上，说一会她要先下车。杨道远本来的计划是自己先回去，然后再让小丁送苏珊，她现在这么一说，杨道远觉得先送她也好，绕就绕一点路吧，于是自己先上了车，苏珊也随后钻了进来。

到了汽车里面，杨道远发现他们反而无话可说，刚刚还很热闹，有说有笑，现在倒突然不知道说什么好了。也许当着小丁的面，有些话并不方便说，譬如苏珊的堕胎，譬如小秦来集团大闹。这些话杨道远都想问问她，都想知道一个究竟，可是他张不开口，便暗自发笑。

苏珊转过头看他，说："杨总为什么要笑，有什么可笑的。"

"我在笑我们的认识，有点不可思议，是不是？"

苏珊不说话，继续看着杨道远，两只眼睛发亮。

杨道远又说："我觉得这很有意思。"

苏珊天真的表情开始有些朦胧。

杨道远继续说："我觉得这很好玩。"

"好玩？"

"对，很有意思，很好玩。"

杨道远觉得有意思和好玩，苏珊却被他说得有些不好意思，并且也不觉得好玩，她突然把脸转开，看看坐在前面的司机小丁，又扭头看看车外，然后告诉小丁在下一个红绿灯处要左拐。一时间，苏珊变得有些坐立不安，变得不太自然，显然她是想到了什么不太愉快的事情。

不过很快，苏珊又把情绪调整过来，微笑着看杨道远，两只眼睛像先前一样放光：

"杨总说得对，我们的认识确实很有意思，当时，我只想到你是个司机，根本没想到你会是一个集团的老总，真的，我是一点也没有想到。对了，杨总，我也不懂汽车的好坏，你这车高级吗？"

"还说得过去。"

"怎么叫说得过去？"

"也能算是高档车吧。"

"那就是很好了，我想你这车一定很贵。"

杨道远笑着说："知道我当时是怎么想的？"

苏珊很想知道，等待下文。

“我以为你是碰瓷——”

“碰瓷？”

“就是敲竹杠的。”

苏珊哈哈大笑，笑得合不拢嘴。

杨道远说：“真的，我真以为你是想敲竹杠。”

“不要说你会这么想，”苏珊乐不可支，“就连我现在想起来，也觉得像，真的很像。电视上不是有过这种事吗，太像了，真的太像了，我当时真应该敲你一记竹杠。”

坐在前面开车的小丁并不知道他们为什么要笑，为什么笑得这么开心，回过头来问是不是就在这个路口拐弯。苏珊看了看外面，说就在这，说她马上就要到了。眼看着苏珊要到目的地了，杨道远依然意犹未尽，苏珊也觉得话还没有说完，临下车前，带着几分顽皮地问杨道远，以后能不能给他打电话，他会不会害怕被她骚扰。杨道远立刻递了一张名片给她，平时，除非工作需要，他很少主动给人递名片，今天杨道远似乎很愿意这么做。

苏珊下车不久，杨道远的手机就响了，一接听，竟然是苏珊打来的。先听到一阵爽朗的傻笑，然后让他猜是谁的电话，问他不是没想到她会这么快就来电话。杨道远确实有些意外，问她有什么事。苏珊说也没什么大事，就是觉得刚才话还没有说完，想再跟他聊几句，又问他是不是快到家了，如果现在不方便说话，她可以过一会给他打电话。杨道远平时生活中一向是个很严谨的人，他不想让小丁过多地听到自己与一个年轻姑娘的说笑，便让她过一会再打，再过几分钟他就到家了。

挂了电话便有些后悔，杨道远忽然想到，自己与其回家接电话，还不如在外面接更好。于是下了车，杨道远也不着急上楼，故意在小区里磨蹭一会，等苏珊的电话，偏偏她的电话说不来又不来了，隔了好半天都没动静。杨道远没想到会这样，失望之余，正准备进楼道，她的电话又来了。

“杨总，不好意思，我刚洗了一个澡，你到家了吧？”

杨道远扭身就往小区的空场上走，一边走，一边说："噢，到了，已经到了。"

"不会影响你休息吧，杨总是不是有早睡觉的习惯？"

"没关系，现在就睡觉还不至于。"

苏珊说："好吧，那我们就聊一会，聊什么呢？"

杨道远差一点要笑出声来，既然不知道要说什么，干吗还要打电话给他呢。

"杨总，你在不在听我说话？喂，你说话呀？"

"我当然在听——"

苏珊开始滔滔不绝，首先要谈的还是那天的碰撞，她又一次强调那绝对是个意外，这意外让他吓了一大跳，为此她要向他表示深深的歉意。不过话要说回来，这也说明他开车还是个新手，那天他为什么不让自己的司机开车呢，人家都说新司机是个马路杀手，如果他撞了一个老太太又怎么办。因此，他撞到她，应该还算是幸运，他算是撞对了人，总算没撞出什么大事，没闯什么大祸。说完了碰撞，苏珊又向杨道远表示感谢，感谢他会陪她去那个地方，感谢他陪她去妇产科，那天她真的是太冒昧了，竟然会拉着他，拉着他这么一个陌生的大男人，也不管人家愿意不愿意，就冒冒失失地去了那种地方，让他陪她去做那种手术。简直是太不可思议了，实在是太疯狂了。事后想想，真的是太疯狂了。当然，他很可能会觉得她是个不太正经的女孩子，这也不奇怪，哪个男人都会这么想，哪个男人都有可能得出这样的结论，试想一个女孩子好端端的，一个有着很好教养的女孩，为什么又要拉一个陌生的男人去那种地方呢。

苏珊显然是个喜欢在电话里聊天的女孩，她不停地说着，一句接着一句，一边说马上就完了，一边仍然喋喋不休。杨道远的手机早已开始发出电源不足的警告，他害怕会突然断电，害怕苏珊会因此产生误会，就预先告诉她，说自己的手机很可能马上就要没电了，说没电就会没电，如果讲不完的话，他们可以在明天接着聊。

苏珊说：“不好意思，我说了半天，杨总是不是觉得我特别啰唆？”

“没关系，反正我也没事。”

“杨总，你是不是觉得我不太正派？”

“怎么会呢，你只管说好了，”杨道远站在小区空旷的小广场上，时间已经不早了，远处有一盏昏暗的路灯，他觉得这样黑灯瞎火地听苏珊胡扯，虽然有点荒唐，有点滑稽，甚至有点出格，但还是觉得蛮有趣，一点都不厌烦，现在他最担心的是手机快没电了，他们的谈话随时都可能中断，“我其实很愿意听到你的声音。”

“真的？”

“当然。”

“杨总真的不会觉得我说得太多？”

“不会。”

“那好，今天我就不说了，明天再给你打电话，杨总既然不嫌我太啰唆，那我就明天再接着骚扰，对了，我明天可以给你打电话吗？明天——”

手机突然断电了，以至于最后苏珊说了什么，也没来得及听见。杨道远想自己事先幸好提醒过她，要不然苏珊肯定会误会，会觉得自己是很不礼貌地把电话给挂断了。

6

第二天在办公室，杨道远一边处理手头的工作，一边有意无意地在等苏珊的电话。也说不清是为什么，他只是隐隐约约地觉得她会来个电话，记得她昨天晚上曾经这么说过，杨道远是个很死板的人，凡事都认死理，都喜欢较真，既然苏珊这么说了，说我明天会再给你打电话，说明天还要接着骚扰他，他等她的电话也就在情理之中。当然，或许最关键的一点，最让人耿耿于怀的，是苏珊虽然已在电话里说了许多，但还是没有提起小秦，最重要的话她还没有说出来。那个冒冒失失的小伙子究竟是谁，这恰恰是杨道远所要关心的。对于杨道远来说，苏珊仍然还是一个谜，仍然还是不够清晰，许多事的谜底还没有被彻底揭开。

杨道远很想弄清楚那个叫小秦的小伙子跟她究竟是怎么回事，如果他是她的男朋友，那么小秦那天所说的另外一个男人又会是谁。他为什么会那么疯狂。苏珊很可能根本就不乐意跟杨道远说这些，为什么要跟他说这些呢，不过，如果她愿意主动说出来，如果她愿意和他放开来聊聊，杨道远还真的是很乐意了解。他并不是个喜欢打探别人隐私的人，但是这一次却变得十分好奇，凡是与苏珊有关系的事，杨道远似乎都想知道。他也不明白自己为什么会这么耿耿于怀，事实上，自从上一次与苏珊分手，这个脸上常常带着微笑的女孩，就一直隐隐约约地留在了他的心头。杨道远的眼前总是忍不住会想到她往手术室走去的情景，那一刻她是那么的从容，那一刻她是那么的天真和无邪，那一刻她竟然毫无恐惧，临进手术室，她突然会回过头来对杨道远微笑。

因为忘不了苏珊的微笑，杨道远便不断地会产生一些联想，东扯西拉地想到了很多。并不是没有产生过怀疑，并不是没有产生过担心，当初小秦前来兴师问罪的时候，杨道远就已经做过种种假设，就考虑过可能会有的最坏结果。当时他最大的怀疑和担心，是害怕在苏珊的微笑背后，埋伏着一场事先精心设计的骗局，是一场有预谋的敲诈。突如其来的撞车，早已安排好的引产，手术单上不够慎重的签名，所有这一切，看似无意的一个个细节，一旦被有效地组合在了一起，很可能让杨道远说不清楚，很可能让他越抹越黑。当代社会无奇不有，到处都有传奇，杨道远甚至想到了背景复杂的黑社会，也许小秦只是个跑龙套的小角色，他很可能只是一个小打手，而苏珊却说不定是黑老大的情人。

杨道远曾经非常后悔，后悔自己在那张引产手术单上签了名，虽然当时签的是老邢的名字，可是这个近乎恶作剧的玩笑，无疑会让他更加百口莫辩。现在回想起来，苏珊当时用的也不是真名，杨道远清楚地记得，那张需要家属签字的手术单上是一个姓吕的女孩。现在看来，杨道远当初的恐惧显然是多余的，事情的发展远没有所想象的那么复杂，真相越来越接近，苏珊的面目越来越清晰，恐惧早已远去，这时候，他或多或少地反倒感觉有些失落。在现实生活中，老成稳重的杨道远既不愿意引火上身，也不想陷入那些没必要的绯闻当中，然而像现在这样，故事还没有真正开始，已无声无息地结束了，这真让他有些不甘心。

下午三点多钟，杨道远感到百无聊赖，忽然想到了苏珊送给自己的那张名片。对着那张名片看了一会，他随手拉起电话，拨通了号码，立刻听到了苏珊清脆的声音。

“你好杨总，太好了，我没想到你会给我打电话，”电话里的苏珊十分激动，给人的感觉是她不仅意外，而且非常惊喜和高兴，好像正在盼望他的电话，“我真的没想到，你知道杨总，今天我一直想给你打电话。”

这让杨道远感到很欣慰，本来还担心他过于冒昧，担心自己会一时找不到话说，现在苏珊既然这么高兴，这个电话也就是水到渠成顺理成章。苏珊解释自己为什么不打电话，原来她担心杨道远工作太忙，担心他其实是不愿意接她的电话。杨道远立刻想到昨天晚上的突然断电，很显然，虽然他事先做过解释，可是苏珊还是误会他故意掐断了手机。

“昨天晚上真的是手机突然没电了。”刚说完，杨道远便觉得自己的这个解释有些多余，接下来，又说了一句更让他后悔的话，明明是他主动打电话给苏珊的，他竟然会一本正经地问：“对了，你找我有什么事？”

“我？”电话那头苏珊犹豫了一会，“也没什么大事，噢，想起来了，我们公司老总，就是公司的那个小头头，他听说昨天你们为我的事请客，感到很过意不去，毕竟是我们公司要与你们合作，毕竟是我们在求你们，反而是让你们埋单，这个不太好，因此我们那老总想请杨总和姚总一起再吃个饭。”

“吃饭就免了吧，我对吃饭一点兴趣都没有。”

“杨总的饭局肯定是太多了。”

“关键是我不喜欢这种交流方式，干什么事都得吃饭，干什么都得喝酒。”

“杨总是不肯给我们领导面子了？”

“我为什么要给他面子？”

“杨总要是不愿意，你要是不愿意就算了——”

杨道远觉得自己的话过于生硬，他并不想让苏珊难堪：“我是真的不喜欢吃吃喝喝，我对吃饭一点兴趣都没有。”

“我知道。”

“你可以跟你们领导说，虽然饭没有吃，酒没有喝，该帮的忙，我们还是会帮的。”

“太好了，那我先谢谢杨总了，杨总你真是个好人，杨总真是个大好人。”

“别一口一个杨总——”

“不喊杨总喊什么呢，对了，杨总不愿意吃饭喝酒，我们就一起去一家茶馆喝喝茶，聊聊天，怎么样？”

杨道远笑了：“我不是说了，我根本就不想见你们的那个什么领导。”

“杨总误会了，我是说就我们两个人，没有别的人。”

“就你和我？”

“是呀，就我们两个人。”

杨道远没想到最后会真的在一家茶馆与苏珊见面，这绝对不是他的一贯作风，事实上，稀里糊涂刚答应与她见面的时候，他已经后悔了，后悔自己太冒昧，后悔自己定力不够。首先想到的是苏珊会轻视他，她会想他是个轻浮的男人，女人一喊就到，女人一勾引就上钩。其次是自己毕竟还不太熟悉这个苏珊，知人知面不知心，熟人都会上当，更何况她是一个基本上陌生的女子，很多看上去涉世不深的年轻女孩，其实都是有着非常丰富的社会经验，她们一个个都不单纯，跟她们打交道弄不好就会出事，就会身败名裂。

苏珊已经在茶馆门口等候了，汽车正在缓缓地驶近，小丁问杨道远这次见面大约会有多少时间，他是就在这门口等候，还是先把汽车开回单位，到时间再来接他。苏珊选择的这家茶馆离杨道远的单位并不太远，只隔着两条大街，杨道远想了想，说你还是在门口等吧，时间应该不会很长，我一会就出来。说完推开车门下车，刚出去，苏珊已一路小跑地迎了过来，满脸都是笑意，很高兴的样子。

这时候是第二天的下午，茶馆里空荡荡没什么人，他们进去找了一个角落，东张西望，坐了下来。

"这个不太好吧，"刚坐下，杨道远又对四周看了看，开玩笑地说，"这么大的茶馆，就我们两个人。"

"为什么？"

"什么为什么？"

"为什么不好？"

"别人知道了会说闲话。"

"为什么要说闲话，为什么？"

杨道远并不觉得苏珊此时的天真完全不是装出来的，不过他也确实觉得她还是有些天真，孤男寡女像他们这样坐在茶馆里，别人要产生什么样的联想都很可能。好在杨道远是有备而来，一路上已经想好了要说什么，他准备跟她谈谈小秦，稍稍敷衍了几句，便笑着向她直截了当地提问："对了，你和你那个小对象，现在怎么样了？"

苏珊一时不知道他在说什么，瞪大了眼睛看着他。

"你的那个小对象可真是个大醋坛子，"杨道远半开玩笑半当真地说，"上次他居然跑到了我的办公室，气势汹汹地要跟我玩命——"

“你是说小秦？”

“我也不知道他姓什么，反正就跟发了疯一样。”

“小秦跑到你办公室，他？他干吗要这样？”

“这应该是我问你的话。”

“真是莫名其妙！”

杨道远笑容可掬：“感到莫名其妙的应该是我。”

苏珊有些愤怒，但是还有些不相信：“不会吧，真有这样的事情？”

“很不幸，恰恰这事就是这样，恰恰就还是真的。”

“这家伙真是神经病，真是神经病！”苏珊气鼓鼓地说着，脸涨得通红，“他有什么理由跑到你的办公室去呢？你别理他，他这人的脑子有问题，你根本不要往心上去，在他心里，全世界的男人都是他的情敌，杨总千万不要当真。”

杨道远笑了，这事当然用不着太当真，也没办法当真。接下来，苏珊简短地向杨道远描述了一番小秦，她承认自己与他确实有过那种不一般的关系，只是也并不是像小秦想的那样，现在，这种关系已经彻底结束，已经画上了句号。苏珊说她接受不了小秦的疯狂，事实上早在一开始，他们就不够慎重，就没有处理好两个人的关系。他们太幼稚了，太浪漫了，太不认真。苏珊的话让杨道远深信不疑，他相信她之所以要瞒着自己的男朋友堕胎，很可能就是为了理智地结束这一段感情，摆脱这样的纠缠。平心而论，那个小伙子确实有些太冒失，太不管三七二十一，不过杨道远也还能清楚地记得，故事也不像苏珊说得那么简单。那天小秦可是很认真地认定还有个第三者存在，他肯定是发现了什么蛛丝马迹，可惜没有抓住确切的把柄，很可能还有一个隐藏得很深的神秘人物，要不然，债有头冤有主，小秦也不会没头苍蝇似的找到杨道远。

杨道远的注意力一度全放在了小秦身上，他对苏珊说的其他事情并不是太感兴趣。苏珊简单地跟他谈了谈自己的学业，谈未来的想法，谈学校里的老师，谈师生恋，杨道远听着都有些心不在焉，看得出来，苏珊也不是个能够用功读书的姑娘，她学的那个专业说白了也是可有可无，无非是混个文凭学位。杨道远只是很愿意与她相对而坐，说什么并不重要。茶馆里又开始来人了，一下子进来了好几个年轻人，不约而同地都对着他们看。

苏珊很感慨地说："我没想到能把杨总约到这来。"

杨道远说："我也没想到。"

"可是我还是把杨总给约来了，不是吗？"苏珊说这话的时候，有一些得意。

"当然，我不是已经坐在这了吗，"杨道远也是深有感慨，"很多事恐怕都是没办法预料的，譬如你会突然撞到我的车上，譬如我又陪你去那个地方，譬如我们今天居然会又坐在这里，这说明什么呢？"

"说明什么？"

"我也说不好，反正总能说明点什么。"

"我知道，"苏珊笑得十分好看，拍了拍手说，"这说明我们有缘。"

晚上下班回去，吃过晚饭，杨道远在浴室里洗澡，他的手机忽然响了，是苏珊打来的。连续响了好多声，张慰芳嫌闹，便让小艾去接听，小艾去杨道远屋里接手机，等她进去，铃声已经停了。小艾便对张慰芳喊了一声，问应该怎么办。张慰芳说你把手机拿过来，一会还会来的，果然小艾把手机拿到这边屋里，刚递到张慰芳手上，铃声就又响了。张慰芳接通电话，就听见苏珊冒冒失失有些娇嗔地说："喂，你干吗不接电话？"

张慰芳一怔，问："你是谁？"

苏珊显然也是一怔，隔了一会，说："对不起，我找杨总。"

"杨总？"张慰芳不动声色地说，"杨总他在洗澡，你有什么事？"

"我——"电话里的声音很犹豫。

"你说话呀！我可以转告他。"

"这样吧，我待会再打来。"苏珊想把电话挂了。

“那好，对不起，请问贵姓，我可以帮你转告杨总。”

苏珊说：“我姓苏。”

张慰芳又是一怔：“好吧，姓苏，我会告诉他的，待会让他打给你。”

第四章

张慰芳听了有些意外，说姚牧我明白你的意思了，你是让我和杨道远分手。姚牧强调说不是分手，是离婚，实际的分手和形式上的离婚还是有区别的。张慰芳急了，变得恶声恶气，说离婚还不是分手，算了，你也不要再跟我玩字眼了，你就直截了当地告诉我，这是不是杨道远的主意。

1

每隔半个月，张慰芳都要去医院做一次康复治疗，这一天离开医院，又去了袁婉约的私人心理诊所，她已经有一段时间没来这里了。袁婉约刚为一位病人做完心理治疗，送病人出来，看见张慰芳便热情招呼。张慰芳说，袁医生我有点想你了，你赶快帮我诊断诊断，看看我最近的心理是否正常。袁婉约笑了，说就冲你这句话，就冲你提出的这个问题，说明你的心理非常正常，因为你已经意识到一个人总是会有些心理疾病。不过，从心理医生的角度来看，不正常往往是个常态，因此不正常也就是正常，正常也很可能意味着不正常。

张慰芳苦笑起来，摇着头说：

“被你袁医生这么一绕，我都不知道自己究竟是正常还是不正常了。”

袁婉约说：“正常，我看着挺正常的。”

接下来，袁婉约随便问了一些情况，当她听说张慰芳的例假最近变得很没有规律时，特别叮嘱她要注意不能怀孕。这个绝不是闹着玩的事，从理论来说，女性高位截瘫患者完全还有怀孕的可能，但是死胎和畸胎的可能性也非常高，对产妇的生命也会造成很大威胁，因此医学界的观点是坚决不赞成女患者怀孕。有许多办法能够解决没有孩子的遗憾，譬如可以领养一个，也可以去孤儿院认养一个。事实上，现在很多年轻夫妇都选择了不要孩子，不止是年轻人会组成时髦的丁克家庭，有点岁数的夫妇也会这样，譬如袁婉约本人。有人说女人不生孩子就不完美，这只是一种自以为是的观点，袁婉约说她早在结婚时就跟丈夫约定，日后并不打算要孩子。他们已经习惯了没有孩子的生活，有一次袁婉约丈夫的妹妹和妹夫带着小孩来做客，在他们家住了五天，要说那小孩子是挺好玩，可是那孩子一闹起来，就是无法无天。

"这时候，我跟我爱人就会感到幸运，"袁婉约觉得自己的例子很有说服力，"幸亏我们没有孩子。"

张慰芳很有耐心地听她把话说完，她喜欢听她这么一路说下去。也许心理医生最大的特点就是能说，就是善于口若悬河，能津津有味地胡说八道。也许心理治疗的秘籍，就是由医生说出一大堆模棱两可的话，让病人各取所需，从中选择那些自己想听到的词，相信自己需要相信的事。说到最后，张慰芳向袁婉约请教两个问题，首先，是像她这样明显有着生理疾病的女人，还应该不应该嫉妒。其次，如果她的丈夫在外面有了别的女人，她应该怎么办。

袁婉约先用笔将两个问题写在了纸上，开始绘声绘色地先为张慰芳解释嫉妒，她说按照古人的说法，就是"害贤为嫉，害色为妒"。这话究竟是什么意思呢，说白了就是一个人往往容不得别人比自己更好，男人发现别人比自己能干，女人发现别人比自己更漂亮，于是就难免嫉妒，就一定会眼红。嫉妒没有什么应该不应该，它并不是什么好东西，可恰恰又是我们的本能。因此人类面临的难题，不是我们该不该嫉妒，会不会眼红，而是我们没有办法不嫉妒。嫉妒是一只并不十分可爱的小鸟，它飞进了人们的心窝，在那筑了一个小巢，从此就停留在那不走了。

“我们试图要把它赶出去，”袁婉约看着张慰芳，观察着她的反应，“可是这么做并不容易，嫉妒这只小鸟它调皮得很，就是赖着不肯走。”

“袁医生的意思，是说人要嫉妒也很正常？”

“不只是很正常，还是很平常。”

“那我应该怎么办呢？”张慰芳觉得她说了半天，还是没有说到点子上，还是没有解答她的困惑。

“我正准备要回答你的第二个问题，对于你的这个问题，我的观点是这样，如果你丈夫有了外遇，我是说如果，你就应该这样，第一，首先要尽可能地调整自己的情绪，不着急是不可能的，但也不能太着急。着急往往是没有用的，男人在外面拈花惹草，当然不是什么好事，不过，有时候也是难免，特别是像你这样，很抱歉，我不是那个意思——不是说你已经这样了，你的丈夫他就应该怎么样，就可以为所欲为。婚姻这玩意嘛，总会有它靠不住的地方，你丈夫外边真要有别的女人，不说正常吧，恐怕确实也是难免——”

“我是说，我究竟应该怎么办？”

“用不着忍气吞声，不能太装糊涂，要勇敢地去面对，关键是要有勇气正视它，要让你丈夫明白，你已经知道他的事了，你其实什么都知道了，你们应该坐下来好好地谈一谈，面对面，心平气和，很好地商量一下这件事的边界线在哪里，尺度是多少，你们各自的底牌又是什么。当然，你也必须自己想想明白，把问题先好好地想想透，你自己的底牌是什么，你到底打算怎么办，离婚从来就不是一个很好的选择，吵呀闹呀，也没什么大意思，但是，这也并不意味着就可以纵容他，就可以放任他在外面胡来。说来说去，还是一个度的问题，把握好了这个度，事情就好办。把握好了度，事情就不会离谱。对了，你能不能告诉我一个确切的消息——”

“什么消息？”

“你丈夫在外面，确实是有了别的女人，真是这样？”

从袁婉约的诊所出来，已经上了出租车，张慰芳突然心血来潮，对小艾说我们也别先急着回去，今日既然是出来了，好不容易出一趟门，顺道去杨道远单位看看，那地方我还没去看过呢。她让司机赶快掉头，随口报了个街名以及杨道远所在集团的名称，小艾还没反应过来是怎么回事，出租车已直奔新的目的地。到了那地方，小艾先下车打开可折叠轮椅，将张慰芳抱下车，放在轮椅上，再去付车钱，然后冒冒失失地推着她就要往里走，立刻被门卫拦住了。

门卫说："干什么，先登个记。"

小艾看了看门卫，神气十足地说："登什么记呀，你知道我们找谁吗？"

"找谁都得登记。"

小艾说："我们要找杨总，这个人是你们杨总的夫人。"

"谁的夫人都得登记，"门卫根本就不吃这一套，愣头愣脑地说，"按规矩办事，我一个看大门的，才不管你是谁的夫人呢。"

"你——"小艾被他噎得无话可说，气急败坏地瞪着眼睛，"你一个看门的，有什么了不起。"

张慰芳让小艾不要这么说话，不要这么盛气凌人，让她推自己去门卫室。登记的时候，负责登记的人还是要问她们找谁，小艾便忍不住发牢骚，说想不到要见见你们杨总居然会这么困难。张慰芳打断了她的话，和颜悦色地说我们不找杨总，我们要找姚牧，我们找他有点事。小艾奇怪张慰芳会用这种语调说话，不明白她为什么突然改口要找姚牧。很快，电话打上去了，姚牧问是什么人，张慰芳招呼负责登记的人，让他把话筒给自己，然后对着电话喊起来："姚牧，我是张慰芳，你跟他们说一声，放我进去。"

姚牧吃了一惊，他很意外，说你怎么会来，让门卫赶快放人，又让张慰芳直接上二十八层楼，他和杨道远的办公室都在这一层楼。

张慰芳说："我不找杨道远，我今天是来找你的。"

“找我？”姚牧又吃了一惊，“好吧，那好，我很欢迎，你就上来吧，我在电梯口等你。对了，要不要我下来接你。”

“不用，我会让小艾推上来的。”

出电梯的时候，姚牧恭恭敬敬地已经等候在那了，一看见她们，他笑着说：

“你不会真的是来找我的吧？”

“是真的，今天我可是专门来找你姚牧的，怎么，不欢迎？”

“欢迎欢迎，怎么敢不欢迎呢，”姚牧走上前，让小艾让开，“来，我来推你到我办公室，我来推。”

不一会，已经到了姚牧的办公室里。

张慰芳四下打量，说：“你这儿的环境，还真是不错。”

姚牧说：“一会你到了杨道远的办公室，你就会知道，什么才叫真正的不错。”

“他的办公室还要好？”

“这什么话，你这是说什么呢？”

“我不就是随便问问嘛。”

“张慰芳你别忘了，我姚牧只是个副老总，你们家杨道远，人家可是一把手。”

“一把手怎么了，对了，姚牧，你跟我说老实话，我们家杨道远现在比你的官稍稍大了一点，你是不是有些心理不平衡，这很正常，毕竟过去一直都是你比他混得好，都是你在罩着他，关照他，现在他竟然爬到你的上头了——”

“这话就没意思了，你们是夫妻，可我们毕竟也是老同学呀，老同学就不应该见外，”姚牧一边为她们拿杯子倒水，一边做出很委屈的样子，“我说张慰芳，你今天是明摆着要跟我见外不是，再说了，我跟杨道远的关系，你又不是不知道，我就是想不平衡，就是想有那点小心眼，也不敢，也没那个胆子不是。张慰芳你说这话不厚道，太不厚道了。”

“开个玩笑，何必当真？”

“不行，我不能不当真，我今天还真的就是当真了。”

姚牧一本正经的样子，把张慰芳和小艾都逗笑了。张慰芳笑了一会，说我知道你们是好朋友，知道你们是铁哥们，要不然今天我也不会先来找你。我知道杨道远最好的朋友就是你，有什么事，他只能找你商量，我跟他的事，也只能找你商量，我们的关系非同一般。

姚牧说：“那好，有什么话就说吧，今天找我有什么事？”

张慰芳说：“不着急，也用不着一坐下来就谈正事，总得让我喘一口气，喝口水吧。”

“你喝，你尽管喝，我这个可是最好的碧螺春，”姚牧弄不明白她要干什么，只能顺着她的话走，“你喝喝看，味道怎么样？”

张慰芳喝了一会茶，想了片刻，突然说：“算了，还是开门见山好，这样吧，我也不跟你兜圈子了，我们就直截了当地说事。”

“不兜圈子不兜圈子，可是你已经跟我兜了几个圈子了，”姚牧等着下文，他看了一眼小艾，又回过头来，十分认真地看着张慰芳，“你说吧，有什么话尽管说。”

张慰芳斩钉截铁地说：“我想知道杨道远外面有没有女人。”

姚牧立刻笑了起来，看到张慰芳一本正经的样子，他不能不笑。姚牧说你张慰芳今天大老远跑来，难道就是想跟我说这个。他情不自禁地又看了看小艾，一边看，一边神色诡秘地坏笑。小艾呆头呆脑地站在那，一看就是没心没肺的人，张慰芳却误会了他的眼神，说没关系，说你不用担心，我们要说什么都可以，什么都可以谈，用不着瞒着她，小艾现在跟我就跟自家人一样。

“你觉得你家杨道远外面有情况，连他这样的正人君子，外面也有女人了？”姚牧觉得今天的这个话题，实在是太有意思了，“真要是这样，那就得祝贺了，得好好地祝贺一下，你们家的这位模范丈夫也终于长本事了，也终于有出息了。你说这叫什么世道，连杨道远在外面也有女人了！”

“你先别耍贫嘴好不好，姚牧，他到底是有，还是没有？”

“你觉得有，那就是有。你觉得有了，那当然就是有了。”

“不贫嘴了好不好，你说实话。”

“真想听实话，真想听？”

“如果是实话，我当然想听——”

“那就是没有，起码是到目前为止，我还没有听说。”

“你肯定，你能肯定？”

“张慰芳，你说这事我能打包票吗？”姚牧乐不可支，“想打包票也打不了呀，你想想，家伙是他自己的，主意是他自己拿，除了他，谁管得了，谁敢肯定，谁敢保这个险。不过今天你既然问起了，我还真想知道，他真的有情况了？”

张慰芳看着姚牧，并不是很相信他。

姚牧继续套她的话：“你肯定是发现了什么蛛丝马迹？”

“那个姓苏的女人是怎么回事？”

“姓苏的女人？”

“叫苏珊。”

“苏珊？”

“对，就叫苏珊。”

姚牧恍然大悟，不无遗憾地说：“这个就有点可惜了，这个就没戏了，别人我是不知道，这个苏珊，恰恰是我介绍给你们家杨道远的。”

“你介绍的？”

“不好意思，就是这样。”

姚牧把苏珊的来龙去脉，简单地介绍了一番，张慰芳似信非信，怀疑还有什么猫腻被隐瞒了，姚牧其实也不知道，他也被蒙在鼓里。她对他说出了自己的担心，姚牧十分开心地笑着，显得很有把握，信心十足地宽慰张慰芳，说有些秘密他也是才知道，他也是刚得到情报，这是组织部的李部长偷偷透露给他的，原来那个叫苏珊的年轻姑娘是洪省长的相好。不说不知道，一说吓一跳，名花早就有主，杨道远即使有那个贼心，即使真是看上了苏珊，恐怕也不是人家的对手，他总得掂量掂量，自己这是在和谁争女人。

张慰芳仍然是半信半疑："杨道远他知道这事？"

"我也是刚刚知道，"姚牧解释说，"还没来得及跟他说，估计他也不会知道。"

"他真不知道？"

"应该不会知道。"

"姚牧你不会对我隐瞒什么吧？"

"我干吗要对你隐瞒？"

张慰芳还是不太放心，继续追问："他就没对你提起过别的什么女人？"

"当然提起过别的女人。"

姚牧存心想吊张慰芳的胃口，停顿了片刻，看着她，又看看小艾，故意不往下说了。张慰芳看出姚牧的用心，明知他是在对自己卖关子，明知他就算是真的知道杨道远有什么事，也未必肯说出来，但是还是忍不住要问："他提起谁了？"

"还能有谁，你们家的这位小艾。"

小艾的脸刷地红了，一直红到了脖子那里。

张慰芳却不动声色："他是怎么说的？"

"当着小艾的面，你让我怎么说，"姚牧看着低着头的小艾，看着她不好意思的样子，笑着对张慰芳说，"这事我们改日电话里再聊吧。"

2

张慰芳和小艾由姚牧领着走进来，杨道远正在办公室跟人打电话，他感到很意外，正好事情已谈得差不多了，匆匆挂了电话，站起来迎接他们。张慰芳连声说对不起，也没有事先给你打个电话，我们冒冒失失地就来了。姚牧在一旁开玩笑，说嫂子是杨道远的领导，今天这是查岗来了，领导要检查工作，根本不用打招呼，这是领导给下属面子。杨道远笑着摇头，说姚牧既然这么说，那我只能说欢迎领导检查工作。张慰芳一脸很高兴的样子，东张西望，办公室的豪华气派让她有些意外，也有些自得，说明自己男人确实混得不错。接下来，姚牧领着她到处参观，嘴里却在不停地嘀咕，说张慰芳你好好看看，这一切都是我当初一手设计的，想当年为了这个办公室，我可是被老太太害死了，举报信不知有多少，偏偏这老邢最不是个东西，我是为她好，她反说我是要害她，结果等这办公室弄好了，她又一直不敢用，有福也不敢享，真是活该。

姚牧领着她们去参观卧室和卫生间，杨道远虽然出身于农村，但是天生爱干净爱整洁，到处都收拾得干净整洁，卧室里只有一张单人床，因为卧房大，放这么一张小床显然有些不合比例。这也是当年老邢的主意，原来计划是放一张大床，老邢坚决反对，说有一张小床睡睡午觉已经足够了。卧房里还有电视，靠窗台放了一台进口的跑步机，供杨道远工作之余锻炼。看到这一切，张慰芳有些感慨，说她曾听杨道远说起过这间办公室，也听说它的种种豪华，可是今天一旦亲眼看见，还是有些吃惊。她笑着对小艾说，你看他有了这么好的办公室，还要回家干什么，根本用不着回家了。小艾对张慰芳爱理不理，装作没听见她的话，似乎还沉浸在前不久的对话中。姚牧便在一旁敲边鼓，说办公室再好，家最后还是要回的，谁还能真把办公室当家呢。张慰芳说那也不一定，对于杨道远来说，家有什么好的，我们那个家一点都不好。姚牧笑着说男人不能不回家，不回家的男人都不是好男人，杨道远是个好男人，好男人是一定会回家的。

杨道远说："喂，你们这是怎么了，两人一唱一答的，搞什么名堂？"

姚牧今天也有些兴奋，毕竟他与杨道远夫妇实在是太熟悉了，既然熟悉，什么话都能说。他想索性把天窗打开，索性把玩笑开开大，便很认真地说："也没说什么，张慰芳来跟我谈了谈小艾，我们谈了谈小艾的事。"

姚牧煞有介事地这么一说，杨道远还真不能不相信。他看了看张慰芳，又看了看小艾，觉得她们冒冒失失地到单位里来谈这件事，显然是不太妥当。小艾刚有些缓过劲来，让姚牧这么一说，脸又红了，眼睛也不敢看杨道远和姚牧，恨不能躲到隔壁的房间里。张慰芳赶紧解释，说你别听姚牧在这瞎掰，我们今天去医院了，后来又去了袁婉约那里，然后就顺道过来看看，我们也是刚到一会，不信你问小艾。

杨道远便很大方地问小艾，问她们来了多长时间，小艾这时候又羞又恼，又故意要做出不在乎的样子，傻傻地就是不回答，反倒让他有点下不来台，只好尴尬地转向张慰芳，把同样的话又问了一遍。

"我不是说了吗，真的是刚来，不信你再问他，"张慰芳转过身来，责怪姚牧地说，"你今天安的这是什么心，起什么哄呀？"

姚牧连忙说："开个玩笑，何必当真？"

中午就在食堂里吃，由于姚牧事先打过招呼，厨师长亲自下厨，为张慰芳专门做了两样拿手的小菜。杨道远单位的食堂绝对比得上外面的馆子，从普通的包厢，到豪华的贵宾间，应有尽有，有过之而无不及。张慰芳忍不住又要感慨，说难怪杨道远动不动就不回来吃晚饭，食堂的菜这么好吃，换了谁也不愿意回家。她感慨这些年变化实在太快，自己长期卧病在家不出门，今天总算是大开眼界。姚牧提醒张慰芳要注意，世界变化快这是事实，这些年杨道远升得太快也是事实，相比较而言，后一个事实或许更重要。

姚牧说："男人嘛，人生最得意还得是在官场。"

张慰芳嫌姚牧说得太俗气，说要谈到做官，我们小学同学中，你姚牧也不算小了，你还想怎么样。姚牧于是就叹气，说我还能怎么样，不瞒你张慰芳，这做官的念头我是早就看淡了，不信你问你们家杨道远，我现在的脾气和过去相比，你问他，我现在已经温和到了什么地步。我跟你说，我这脾气不适合当官，我太直了，太有什么就要说什么，什么事都忍不住。这脾气真的是不适合当官，要当官，得你们家杨道远这性格，他才是个当官的料。

张慰芳不太赞成姚牧的说法，反驳说："我看我们家杨道远一点也不像个当官的样子。"

"开玩笑，不像个当官的，"姚牧夹了一块红烧肉，正准备往嘴里塞，瞪大眼睛说，"不像，正因为不像，才是最高境界！"

张慰芳笑着说："反正我是看不出来，小艾，你说呢，你说他像不像。"

小艾眨巴了一下眼睛，偷偷地看了一眼杨道远，手上的筷子举起来又放下。杨道远也不说话，随他们去说，看小艾不怎么吃东西，让她放开来吃，多吃一点。过了一会，姚牧和张慰芳东扯西拉，话题又突然转到了苏珊身上，在杨道远毫无准备的前提下，姚牧突然发问："你知道不知道那个叫苏珊的女孩，与洪省长是什么关系？"

"什么关系？"

姚牧暂时不说话，只是一脸坏笑，杨道远看着他，又转过头来，看了看张慰芳，张慰芳正盯着自己看，眼神有点异样。杨道远一怔，感觉到了有点什么事，顿时有些不自然，便只好继续追问姚牧，问他们到底是什么关系。

姚牧话里有话："还能是什么关系呢？"

张慰芳就当着什么都不知道地问："你们在说谁呢？"

"一个叫苏珊的女孩子。"杨道远对她解释了一句，然后不太相信地问姚牧："你是说他们——这种事，不能瞎说的。"

"瞎说？这种事，谁敢瞎说？"

“你怎么知道？”

“李部长说的，杨道远你说，都是在官场上混的人，李部长敢瞎说吗？我告诉你，苏珊真的是洪省长的小情人。”

杨道远直到这时候，才开始感到震惊。先前或许是张慰芳的目光分散了注意力，并没有太多地去想，现在脑海里一下子出现了许多念头。他首先想到苏珊真的是很会演戏，想到苏珊喊“洪叔叔”的那个天真样子，想到她的微笑，想到她和自己的撞车，想到她和自己接触时的种种表现。

姚牧说：“这小丫头这么厉害，你没想到吧？”

“应该说是洪省长厉害。”杨道远不无妒意地说。

“洪省长有什么厉害的，不就是老牛吃嫩草，”姚牧根本不以为然，冷笑着说，“只要女孩子愿意，只要不出事，你还能拿他们怎么样？”

杨道远陷入了沉思，张慰芳看着他，小艾也看着他，她们都在注意他的表情。过了片刻，张慰芳把目光转向姚牧，小艾也跟着把目光转了过去。姚牧看杨道远不表态，也就不往下说了。杨道远想了一会，说既然是这样，上次说的那个事，我们就得留个心眼，免得最后上了人家的当。姚牧知道杨道远是在担心，担心苏珊会打着洪省长的幌子招摇撞骗，便打包票说他绝对心里有数，说自己早就和李部长讨论过这事，应该不会有任何问题。这年头反正是大家互相利用，他们也可以抓住机会，利用这件事走一走洪省长的门路，姚牧很有心计地提醒杨道远，集团目前正在筹建一个影视基地，这个计划必须要得到上级有关领导的批准：“找机会跟洪省长谈谈，只要他能批，这事就好办。”

吃完饭，司机小丁送张慰芳和小艾回去，临分手，张慰芳把姚牧叫过去，关照他赶快给自己打电话。姚牧有些迟疑，一时想不起来为什么要打电话，张慰芳看明白是怎么回事，在他耳朵边轻声说：“我就知道你忘了，不是说好要谈小艾的。”

姚牧连声说“该死”，说她要是不提醒，还真把这事给忘了。张慰芳说算了，一会还是我打电话给你，我一到家就给你打电话。站在一边的杨道远隐约知道他们在说什么，既然两人不愿意说破，他也就乐得装糊涂。姚牧还准备要亲自送下楼，张慰芳连声说用不着了，有小艾还有小丁，干吗还要他送呢。说完，她看了一眼杨道远，点头作别，杨道远这时候领导架子十足，也不跟她讲客套，对她挥了挥手，然后关照小丁，让他一路上当心一点，要照顾好她们。

姚牧和杨道远各自回去休息，一走进办公室，姚牧就接到杨道远打过来的电话，迫不及待地问他是不是要和张慰芳谈小艾的事，准备怎么谈。姚牧说一点不错，还真让你给猜着了，张慰芳今天本来是想在办公室里和他谈，他觉得这事当着小艾的面不好说，还是在电话里聊比较好一点，有些道理是得跟她说说透。杨道远听了无话可说，又随口问起了苏珊，想问问明白她和洪省长到底是怎么回事。姚牧一听到“苏珊”两个字，立刻找到了话题，说张慰芳怎么会知道苏珊这个人，你是不是跟她说了什么，她对你可是有了疑心。

姚牧话里有话地说：“你不会跟苏珊真有什么事吧？”

“真是胡说八道，我才刚认识她，能有什么事？”

“我也觉得这不可能，不过你们家张慰芳好像是多心了，今天竟然跟我打听起这个人。”

“她怎么会知道苏珊呢？”

“这个就要问你了，反正我是一口帮你否认，我说绝对没这个事，她信不信我就不知道了。”

杨道远的电话挂了不久，张慰芳的电话就打过来了。姚牧没想到她会这么快就来电话，于是便在电话里，把那天对杨道远说过的话，也就是劝他们协议离婚的事，简单地重复了一遍。张慰芳听了有些意外，说姚牧我明白你的意思了，你是让我和杨道远分手。姚牧强调说不是分手，是离婚，实际的分手和形式上的离婚还是有区别的。张慰芳急了，变得恶声恶气，说离婚还不是分手，算了，你也不要再跟我玩字眼了，你就直截了当地告诉我，这是不是杨道远的主意。

3

半个月以后，在一次厅局级干部大会上，杨道远又一次遇到洪省长。当时是传达中央的一个重要文件，省一级领导都陪坐在主席台上，洪省长排名靠后，所以坐在最边上。杨道远坐在下面，正对着洪省长，省委书记读报告的时候，洪省长坐在那无聊，往主席台下看，一眼就看到了杨道远，便对他点头示意，杨道远也连忙点头，微笑还礼。

这时候，手机忽然有了动静，因为是放在振动状态，又紧贴着大腿，杨道远被吓了一跳。偷偷地掏出手机，见号码有些熟悉，又想不起来究竟是谁，便低头回了一条短消息过去，问对方是谁。他反正是坐在第三排，别人也看不见他在做什么。很快回复过来了，就两个字——“苏珊”。

杨道远怔了一会，又回复过去：“我在开会，有什么事？”

“能说会话吗？”

“不能。”

“干吗那么严肃？”

“我在听报告，洪省长正坐在主席台上。”

“噢。”

接下来就没动静了，苏珊好像不想再说什么，杨道远心有不甘，看了看台上的洪省长，忽然想到了恶作剧，又低下头来，给苏珊发短消息：“一会可能会见到洪省长，要不要为你捎话？”

很快又回复过来，是不太高兴的口吻：“我干吗要你捎话！”

“向你洪叔叔问个好不行吗？”

这话显然是让苏珊不高兴了，半天也没动静。杨道远有些后悔，担心自己的玩笑是不是开得有些过头，玩笑一旦过火，不仅会惹苏珊生气，而且日后真让洪省长知道了，莫名其妙地就得罪他了，似乎也不太好，最主要是不值得。隔了很长一段时间，苏珊的短消息又过来了，这次就四个字，外加两个感叹号，口气有些娇嗔："你真没劲！！"

杨道远笑了，这条短消息起码可以说明，苏珊并没有真正生他的气。于是，他琢磨着应该如何回复，苏珊的短消息却又过来了："有空给我来个电话。"

杨道远立刻作答："好吧，我有空就打。"

大会有十分钟的休息时间，洪省长笑容可掬地从主席台上走了下来，与杨道远招呼，主动伸过手来要跟他握手。杨道远连忙敷衍，然后洪省长就问他去不去厕所，然后两人就一起去了厕所。去厕所的途中，洪省长不停地跟人招呼，他问候别人，别人问候他。在厕所里，两个人正办着事，杨道远忽然想到姚牧说过的话，想到集团正在筹建的影视基地，便就这件事向洪省长请示。洪省长很认真地听着，一边抖动身体，一边官腔十足地说："我觉得这又不是什么坏事，应该好好地研究研究。你们的报告已经交上去了吗？交上去就好，交上去就好办，行，我认真看一下，这个明摆着是好事嘛，应该支持，我看应该没什么问题。"

散会回去的路上，杨道远又接到了苏珊的电话，问他是不是已经散会了，现在方便不方便说几句话。杨道远说刚散会，他正准备回单位，这会儿人还在汽车上。苏珊说我就知道你散会了，你大概什么时候能到单位呢。杨道远说你到底有什么事，怎么这么着急，又问得这么仔细，这样吧，我一到单位就给你打电话。苏珊说我确实有些急事，我能到你那里去一趟吗，我们面谈好不好，有些事还是当面谈才好。

结果苏珊几乎是与杨道远同时到达的，杨道远刚走进办公室，苏珊就到了。这一次，杨道远心里存了一点警惕，他知道苏珊一定是有什么事要来求自己，而且很可能是与洪省长事先通过气的，要不然她不会追得那么紧，计算得那么准确，洪省长更没必要在大会休息的时候，主动与他打招呼。一想到苏珊与洪省长的暧昧关系，一想到她当初喊洪叔叔时那种语气，那种天真的神态，杨道远便有些说不出的别扭，他真不愿意相信这种事会是真的。

不过一旦与苏珊面对面，一旦面对苏珊那谜一样的微笑，杨道远就难免心猿意马，便有些狠不下心来。此时的苏珊光彩照人，显得十分明亮，她微笑着走了进来，像个老熟人那样走到他面前，然后也不说话，就那么微笑着看杨道远。从苏珊的天真表情来看，根本就看不出她会有什么事要求人，根本就看不出她与洪省长那样的老男人会有什么瓜葛。

杨道远说："你急急忙忙地赶来了，可是我看不出你有什么急事，一点也看不出。"

苏珊说："不，真的有点事。"

苏珊的脸色突然红了起来，但是她仍然还在微笑，这是一个让杨道远很难捉摸透的表情，他突然想起那天在医院的妇产科，马上就要进手术室，马上就要进行引产手术，她的脸上也还是保持着微笑。微笑只是苏珊最常见的一种表情，一般人很难捕捉到隐藏在微笑背后的真实含义。

杨道远目不转睛地看着她，很认真地问："有什么事？"

"这个，这个让我怎么说呢？"

"你不说我怎么知道。"

苏珊很犹豫，脸更加红了，她看着杨道远，显得非常无辜，非常渴望别人的同情。杨道远很有耐心地等待着，等她把要说的话说出来。苏珊还在犹豫，好像还是说不出口。两个人就这么僵持了一会，杨道远明显地占据了心理优势，他微笑地看着苏珊，苏珊也在微笑，然而这时候她的微笑已经十分勉强，甚至有一些无奈。

杨道远突然感到有点不忍心，和颜悦色地开导她："有什么话，你说呀，说出来吧，说什么都行。"

苏珊说："我觉得有点不好意思。"

杨道远笑了："说吧，没关系。"

"那我就说了，杨总，你知道事情是这样的，"苏珊有些吞吞吐吐，想说又不太愿意说出来，"我不知道杨总还能不能记得，还能不能记得我们上次说过的那个小秦？"

"就那个喜欢吃醋的年轻人？"

"就是他。"

"他怎么了？"

"他这人常常会做一些很过分的事，"苏珊开始有些放松，想说的话终于开始在说了，"你知道，他这人很疯狂，什么事都可能会做出来。"

杨道远说："这个我相信，我领教过。"

苏珊告诉杨道远，小秦给他们寄了一些照片，可能还有一些偷拍的录像，这些东西都是他偷偷拍摄的，小秦把这些东西寄给了电视台，想在电视上播放，然后通过这件事，彻底搞臭苏珊，彻底把她给毁了，让她身败名裂。杨道远听了有些吃惊，问苏珊究竟是什么样的照片，还有什么样的录像。苏珊说她也说不准，反正已经寄给电视台了，她很担心这些东西真的会在电视上播放。

杨道远突然明白了，突然间，他感到很有把握，审视着苏珊，信心十足地说：

"你肯定知道照片上是什么，也知道那录像里会有什么。"

苏珊的脸又一次红起来，现在，她也没办法再否认，抬起头来，看着杨道远，很无奈，无话可说的样子。

"你肯定知道。"

苏珊点了点头。

"到底是什么呢？"

苏珊不情愿地说："是我和他在一起。"

"你和谁？"

"和他？"

"他又是谁？"

苏珊再次沉默不语，她的脸已经没办法再红了。

杨道远却不打算放过她，话里有话地说："能不能让我猜一猜，也许我能猜到。"

苏珊看着他，表情十分尴尬。

杨道远说："是那位洪叔叔？"

这时候的苏珊显得很无助，既不承认，也不否认。

杨道远觉得自己稍稍有些居高临下，稍稍有些残忍。这是一场猫捉老鼠的游戏，事实上，这时候苏珊的不否认，等于已经承认了，可是杨道远还是不准备就这么放过她，他还要逼迫苏珊亲口承认，要听见那话从她嘴里吐出来。宜将剩勇追穷寇，他已经把她逼到了墙角，苏珊已经无路可退。

"这位洪叔叔，"杨道远慢慢悠悠地说着，语调不无讽刺和挖苦，"恐怕还不仅仅是叔叔吧？"

苏珊终于开始绝地反击，她有些想不明白，不能忍受杨道远近乎挑衅的声调：

"杨总干吗要用这种语气跟我说话？"

苏珊的话提醒了杨道远，他的反应确实有些过度，苏珊与谁好本来跟他就没什么关系。他突然想到当初小秦找到自己时的那种气急败坏，小秦显然是找错人了，冤有头，债有主，作为一个不相干的人，杨道远确实没必要去管那么多闲事。他只是觉得苏珊太年轻了，又漂亮又可爱，那姓洪的副省长再有金钱再有地位，也还是有些配不上她。鲜花经常会插在牛粪上，苏珊只不过是又一朵鲜花罢了。

"事实就是像你想的那样，我们就那样了，又怎么样？"苏珊脸色红得仿佛猪肝色，索性理直气壮地把话挑明白，气鼓鼓地说，"我没觉得怎么样，反正事情就这样了，你们爱怎么想就怎么想，想咋办就咋办。"

“我们并没有怎么想。”

“反正在你们眼里，我就是一个坏女人。”

“我可没这么说。”

“反正就一个字，坏。”

“我说了吗？”

“要不，还可以换一个字，贱！”

现在轮到杨道远无话可说，苏珊说得很有道理，反正事情就是这样了，别人还能怎么样呢？天下之大，无奇不有，道德审判这样的事情，也轮不到他杨道远来做。事已如此，杨道远知道他说什么都会显得多余，最聪明的办法，就是赶快把话题转开，就是赶快谈点别的什么事。杨道远立刻想到了她来的目的，他告诉苏珊，她的担心其实是多余的，小秦送来的那些东西根本就不可能在电视上播放，不要说洪省长身份特殊，换了任何普通人，电视台也绝不会乱播别人的隐私，小秦的威胁只能是吓唬吓唬她，电视台播放节目有严格的审查制度。

杨道远的话给了苏珊很好的安慰，她的脸上又开始现出了微笑，虽然还有些勉强，还有些无赖和无助，还有些不知所措，但是毕竟她又在笑了，又开始恢复了先前的那种天真活泼。苏珊的脸色依然还有些红，那是因为刚才的激动和不安，现在，她的面容又开始变得湿润起来，又有了先前那种明亮和光泽。看得出，苏珊并不是个有心计的女孩子，在杨道远面前，她显得还是很稚嫩。

“我跟他其实已分手了，”苏珊低声嘀咕着，“我们早已经没关系。”

这话杨道远并不是太相信，他不可能相信。他们的分手真也好，假也好，这些跟杨道远并没有关系。不过，他还是忍不住追问了一句：“你们真的分手了？”

4

八年前刚从农村来的时候，小艾完全是个涉世不深的乡下妹子。那时候，离十八周岁还差几个月，她的父母就已经迫不及待地开始为女儿考虑婚事，一转眼又过去了八年，小艾的婚姻大事还是没有着落，八字仍然没有一撇。小艾父母不能不为她的婚事着急，女儿的岁数要搁在乡下，那就算是老大不小，再不嫁人眼见着就要耽误了。

小艾的姑奶奶是张慰芳父亲的前妻，所谓前妻，其实是从未离过婚的弃妇。张慰芳父亲参加革命前，在农村有过一位父母包办的结发妻子，比他大了将近四岁，后来革命成功进了城，成为国家干部，张慰芳父亲借着反对包办婚姻的旗号，堂而皇之地与张慰芳母亲结了婚。好在农村的那位也没有孩子，当初结婚没有证书，后来也没离婚证书，就留在乡下照顾张慰芳的爷爷奶奶。张慰芳与哥哥张慰平直到爷爷奶奶过世，都不知道在老家还有这么一个女人，他们的父亲根本不回老家探亲，除了“文革”前夕的那一次，只是按月寄钱回去。后来爷爷奶奶都过世了，张慰平结婚生子，找不到合适的保姆，便由母亲做主，在父亲老家找个女人来帮着带孩子。

这个来自老家的女人就是张慰芳父亲的前妻，因为一直没有说破，很长一段时间里，张慰芳兄妹仍然不知道她的确切身份。这个女人十分称职地照顾着张慰芳的侄子小乐，和他的关系十分亲热，以至于小乐对她，比对自己的亲奶奶更亲。后来小乐进了幼儿园，这个女人突然发现自己身体出了点问题，沉寂了多年的体内竟然又流起血来，去医院检查，已经是卵巢癌晚期，稍稍地治疗了一下，便执意回老家等死。张慰芳父母过意不去，这个女人临回家前，张慰芳的父亲良心发现，把儿子媳妇女儿女婿都叫到一起，郑重其事地把这件事情坦白交代出来，说自己干了一生革命工作，无悔无憾，唯一感到对不住的就是这个女人，他让自己的两个孩子在送她回老家之前，喊她一声妈。

这个场面让所有在场的人都感到震惊，张慰芳母亲也在一旁悄悄地流了眼泪，张慰芳兄妹目瞪口呆，你看看我，我看看你，这一声妈他们很难喊出口，总觉得有些说不出的别扭。好在这女人天生是个通情达理的人，说自己没儿没女，其实一直是在心里把他们兄妹当做自己的儿子和女儿，当然，最让她舍不得的还是张慰平的儿子小乐，这么多年来，她一直把小乐当做自己的嫡亲孙子，如今人要走了，马上就要回老家了，最让她牵肠挂肚放不下的就是这个孙子，张慰芳父亲在张家是排行老大，而小乐也就是张家的长房长孙。

这个不幸的女人的存在，让张慰芳父亲在儿女心目中的形象大打折扣，但是他在老家的地位却是永远无法撼动。他永远是人们心目中的英雄，是后辈的好榜样。方圆数十里，张慰芳父亲是当地最大的人物，是最有名望的人，也是最大的官。他的前妻回老家以后，并没有很快就去世，她又苟活了好几年，而这多活的好几年中，她深深地影响了小艾的父母，对小艾的未来也产生了重大影响。小艾的母亲是她的亲侄女，在这位老姑奶奶的美好叙述中，城市人的生活被描述得跟天堂一样，结果无论是小艾父母，还是年幼无知的小艾，都对城市充满了不切实际的向往。

小艾只读到小学毕业，这以后，没有继续读下去。成绩反正也不好，她父母也不准备在女儿身上再花冤枉钱，女孩子迟早都是嫁人。小艾到城里照顾张慰芳，在别人眼里这是去当小保姆，在她父母看来，却是到城里去挣大钱，是从此就脱离了农村生活这个苦海。从进城的第一天起，小艾耳边就一直回荡着姑奶奶的叮嘱，那就是你只要有机会进了城，就一定要在那里扎根，不管遇到多大的困难，都一定要让自己变成城里人。这也是小艾父母最朴素的愿望，他们让女儿进城，就好像把女儿嫁给了城市。从一开始他们就坚决相信，万事开头难，只要小艾进了城，当过劳动局局长的张慰芳父亲怎么都是个很有权势的人物，只要他愿意，只要他出面打个招呼，小艾以后留在城市里易如反掌。

就像美好的理想注定会失望一样，小艾的愿望仿佛美丽的肥皂泡，一个接着一个破裂。她总是半明白半糊涂地知道一些事，不断地听说一些新名词，什么离休，什么下岗，什么养老保险，什么再就业，总之一句话，像她这样的女孩子，要留在城里，既不是大问题，又绝对是个大问题。除了嫁人之外，一个像她这样的农村女孩子，没有文化，姿色平常，要想留在城市里几乎没有任何可能。一开始，小艾的希望是张慰芳的身体尽快恢复，然后出于对小艾的感激，张慰芳的家人将会兑现承诺，为她在城市里找一份很体面的工作。就像在拉磨的驴子面前始终放一根胡萝卜一样，张慰芳母亲总是不断地给小艾希望，告诉她张慰芳迟早会从病榻上爬起来，许诺她进事业单位打杂，并会为她介绍一个城市中的小伙子。希望在不知不觉中一个一个变成失望，美好的事情没有一件成为现实，小艾终于明白，张慰芳根本就不可能重新站立起来，所谓进事业单位当勤杂工比当保姆也好不了多少，而城市中愿意娶她这种无知的乡下女孩的男人，不是养不活自己的窝囊废残疾人，就是从牢里放出来的劳改犯，要不便是那些死了老婆并且是层次比较低的中年老男人。

过去的这些年，由于活动的范围太小，小艾所有的知识都来源于三个途径。首先是张慰芳母亲的唠叨，这个已经退了休的老太太永远牢骚满腹，总是在不停地攻击现实社会，对什么现况都看不惯。从第一天开始，她对小艾不是胡乱许诺，就是斩钉截铁地无情打击。她不断给小艾希望，然后又一次次亲手毁掉这些希望，把责任全部推卸给了现实，把过错都归罪于社会。相对张慰芳母亲的唠叨，经过八年的艰难磨合，小艾与张慰芳倒是有点相依为命的意思。张慰芳是小艾精神上的导师，她给了她一些全新的知识，让她重新认识了城市这个怪物，让她真正地了解到什么是城里人，让她学到了许多在别的地方根本不可能掌握的技能。小艾已经成为一名很好的护理人员，现在张慰芳不仅要完全依赖她，而且根本就离不开她。

小艾还有一个最好的老师就是电视，她陪着瘫痪在床的张慰芳看了无数电视连续剧。电视剧的故事就像教材一样，不只是打发了太多时间，还能经常让小艾生活在一种不太真实的幻觉中，小艾总是很天真地跟着故事里的人物在走，尤其喜欢那些有着卑微出身的灰姑娘，常会情不自禁地与她们共命运同呼吸。现实生活中的小艾是个傻乎乎没有心计的女孩子，她与张慰芳的关系，不只是雇主与小保姆，不只是病人与护理人员，有时候更像古装戏中的小姐和丫鬟。就好比张慰芳离不开小艾一样，事实上八年来的生活经历，也让小艾感觉到自己同样离不开张慰芳。她们已经变成了一个共同体，张慰芳没有健全的身体，小艾没有成熟的思想，这两个人如果结合在了一起，就会变成一个非常完美的女人。

张慰芳是小艾第一次有机会近距离接触到的城市女人，这个女人的身体虽然有所残缺，虽然已经高位截瘫，经常大小便失禁，可是她仍然会给小艾带来非常强烈的震撼，会带来从所未有的触动。张慰芳的皮肤是那样光滑白皙，她的头发又黑又亮仿佛柔软的瀑布，她的浑身上下都洋溢着一种高贵和不安。从 开始，小艾就因为羡慕，不由自主地爱上了张慰芳的身体，喜欢她所拥有的一切。她为自己皮肤的粗糙黝黑感到脸红，为自己头发的干燥蓬乱感到自卑，每当她为张慰芳清洗身体的时候，都会有一种说不出来的冲动，好像有一只只小老鼠要从自己的身体里钻出来一样。

小艾也说不明白这是为什么，为什么会这样，张慰芳的身体总是会给她带来很多联想，很多丰富甚至有些怪异的联想。最初是让她想到婴儿的细腻，渐渐地，婴儿般的细腻其实已经不复存在，张慰芳的肌肉不仅失去了弹性，而且冰冷僵硬，越来越没有活力，然而这又唤起小艾的另一种感情，另一种爱怜。有时候，小艾觉得自己就像一个男孩子，常会产生一种忍不住要保护张慰芳的念头。张慰芳从来就不会真正地训斥小艾，她会不断地向小艾提出要求，不断地求助于小艾。毫无疑问，张慰芳的身份是小姐，小艾的身份只是丫鬟，但是在现实生活中，这样的关系有时也会颠倒，张慰芳常常会倒过来向小艾求饶，偶尔发生了一些不愉快，首先认错的一定会是张慰芳。

张慰芳母亲曾经非常担心女婿对小艾会有非分之想，考虑到女儿的身体，考虑男人的需要，老太太的担心并不是没有道理。小艾是个没心没肺的女孩子，很多事情她甚至都不知道回避。夏天的时候，露胳膊露腿全无禁忌，上厕所基本上不知道关门，替换下来的内衣到处乱放。张慰芳母亲把自己的担心说给女儿听，不止一次向小艾做出暗示，她的警告毫无用处，她的担心完全落空，杨道远的工作实在太忙，事实上，他根本就很少有时间去正眼看一看小艾。随着女婿在官场上的越来越得意，权力越来越大，张慰芳母亲的心思开始发生变化，原来担心发生的事，现在变成了担心这事不会发生，过去是担心杨道远会对小艾有非分之想，现在却变成了忍不住就要琢磨为什么他就没有非分之想。

这些年来，小艾的工资都是分文不少地寄回家去，她的父母已习惯了这份孝敬，已习惯了这种无私的奉献。习惯可以成为自然，小艾父母不时地也会想到女儿的婚事，想到女儿最终有可能失嫁的危险，同时又在内心深处害怕女儿结婚。小艾只要真的嫁了人，那到日子就会来的一张汇款单，便不可能再持续获得。养儿防老，养了女儿总不能就白白地送人吧，小艾的父母一有机会，就拜托张慰芳母亲帮女儿寻个有钱的对象，条件一次次放宽，要求一次次降低，但是无论如何放宽和降低，日后能照顾到小艾的娘家，能源源不断地接济一点丈母娘和老丈人，却是最最基本的条件和要求。

因为有了这种种念头，张慰芳母亲与小艾父母就会一拍即合，在设计小艾的未来时，很快便能达成一致。这显然两全其美的方案，对大家都有好处，在一开始，张慰芳坚决不能接受，而且她也有充分的理由相信，杨道远同样不可能接受。张慰芳和杨道远都是生长在红旗下的一代人，思想并不保守，行为并不过分传统，也可能会做出一些出格的事，可是真让他们像张慰芳母亲设计的那样，组成一个和谐的三人世界，这也未免太过荒唐。不过有时候，荒唐的事情也会变得不荒唐，张慰芳最终还是让母亲做通了思想工作，她知道自己要想留住小艾，要想让杨道远永远不变心，三人世界便是唯一可行的方案，事实上也非常容易操作。

5

姚牧的电话再次打破了张慰芳的底线，她万万没有想到，自己的小学中学同学，杨道远的大学同窗和好友，姚牧竟然会出这么个馊主意，竟然会建议她与杨道远离婚。虽然只是在形式上，虽然是离婚不离家，虽然基本上还是维持现状没有任何改变，然而张慰芳知道这一出一进，区别很大很大。她其实真的很在乎这个名义，她很在乎杨道远合法妻子的这个头衔。当初的张慰芳曾经深深绝望过，得知自己的结局将是高位截瘫以后，想到自己的余生将在轮椅上打发，她完全丧失了继续活下去的勇气，是杨道远给了她力量，是杨道远的宽容拯救了她的生命，当时那么大的困难都挺过来了，那么可怕的危机也克服了，现在，虽然谈不上什么明显好转，生活也算平静还能过得去，姚牧却要她与杨道远解除婚约，早知今日，何必当初?

在第一时间里，张慰芳作出的强烈反应就是，她坚决不离婚，她要捍卫自己的神圣婚姻。张慰芳向自己的母亲求援，明知道不会有什么好的帮助，明知道可能是帮倒忙，可是事已如此，也没有别的人可以商量。母亲的态度既让她吃惊，又让她感到并不意外，老太太先是大怒，怒斥女婿是个忘恩负义的白眼狼，吃准了他与姚牧是同谋，他们肯定事先商量好，设计好了一个陷阱让张慰芳往里跳。如今杨道远早已是羽翼丰满，子系中山狼，得志便猖狂，他肯定十分后悔没有与张慰芳离婚，当初是一个多么好的逃脱机会呀，可惜天下事不称心的居多，从来就不能十全十美，如果他选择弃张慰芳而去，如果他当时抛弃了张慰芳，就不可能会有那么好的发展。因祸而得福，没有选择离婚的杨道远获得了良好口碑，他对病妻的不弃不离，为他日后仕途上的不断升迁增加了砝码。

经过对女婿的一番分析和审判，张慰芳母亲作出了最后的总结："该演的戏演完了，这人的真面目，也就该露出来了。"

接下来，张慰芳的母亲开始开导女儿，虽然这样的比较让女儿很难接受，这时候举这样的例子并不合适，但是老太太还是要现身说法，大谈自己丈夫和他前妻的故事。为了能说服女儿，张慰芳母亲不得不对张慰芳掏心窝，把自己埋藏内心深处的隐痛说出来。她告诉女儿，说当初刚知道有那位女人的时候，她也是什么样的念头都有过，上吊跳河寻死觅活，凡是能想到的招数都用过。男人的奸和坏女人永远也不会看透，张慰芳父亲看上去老实巴交，看上去对她唯命是从，可是直到张慰芳的哥哥张慰平都已经会走路了，她才第一次知道他在老家还有这么一个老婆。不过，最让她不能接受的，是"文化大革命"前夕，似乎意识到就要来运动了，借着张慰芳奶奶生病，张慰芳的父亲去乡下老家住了一个星期。这是和张慰芳母亲结婚后唯一的一次回乡，后来她才知道，这一个星期他不仅是在母亲身边尽孝，而且还和那个女人睡在一起。

张慰芳不相信父亲竟然会做出这样的事，她充满怀疑地问母亲："你怎么会知道，是爸说的？"

"他怎么会说，他那张嘴，不该说的话，坐老虎凳灌辣椒水，你都别想让他说出来。"

"那你是怎么知道的？"

"那个女人回老家前，被我问出来的。这一直是我的一个心思，那时候，她不是要走了嘛，就要回老家了嘛，我说事已过去那么多年，也不会再计较，你就跟我说个痛快话，老张那次回家到底有没有和你住在一起，你知道她怎么说，她说妹妹，你天天跟他一张床上睡，我们就那么几天，你还要那么在乎。我说不是在乎不在乎，只是想弄明白。她说非要问明白，我就全告诉你，跟他结婚不到一个月，他就走了，后来就有了你，我们就算加上那次他回来，你说一共能有多少个晚上，你算算看，他娘总说我肚子不争气，没有生养，我是不争气，可他给我的机会也太少了不是。”

张慰芳既吃惊父亲能守口如瓶，也佩服母亲保密的涵养，直到今天才说出来。真是一代人有一代人的生活，一代人有一代人的秘密。现在，她很想知道如果真与杨道远离婚，那么自己今后扮演的角色，是像父亲的前妻，还是更像自己的母亲。张慰芳母亲似乎也看透了女儿的心思，在对女婿进行过一番攻击之后，又开始为杨道远说起话来。她告诉女儿，根据张慰芳的哥哥张慰平的说法，在过去是劳动局长人事局长最牛，而到了如今这个年头，又有钱又有行政级别的干部，也就是说像杨道远这样的集团老总才最吃香，考虑到很多干部党风不正，很多当老总的在外面有女人是正常的，没女人反倒不正常。

张慰芳听不下去，说：“妈的意思，是说杨道远外面有女人了？”

张慰芳母亲连忙辩解：“傻闺女，妈不是说他现在有，妈是担心他以后会有。”

“他要有，我有什么办法？”

“那就得想办法，想办法不能让他有！”

杨道远与姚牧一起调阅了小秦送来的照片和录像，也说不清他为什么要拉着姚牧，反正这些东西作为证据已经足够了，需要认真对待的是如何处理。他们并不担心这些证据会出现在电视屏幕上，担心的只是一旦私下里泄露出去，会把一个简单的问题给弄复杂，别人会怀疑是他们捅出去的。为这件事该不该让洪省长知道两人进行了讨论，答案显然是否定的，如果贸然去拜见，既有讨好拍马之嫌，弄不巧还会反受其累。不就是几张搂搂抱抱有些亲密的照片，还有几段记录着进出宾馆时间的录像嘛，没有一个领导愿意群众知道自己的隐私，没有一个上司愿意让下属掌握自己的把柄，眼下最稳妥的办法，就是装作谁也不知道这件事。

“当时我一看，就知道这两人不太对头，说给你听，你还不相信，”姚牧有几分感慨，叹着气说，“现在看了这些东西，你总不会再有什么疑问吧？”

杨道远说：“我也没什么不相信，只是不想操这个心。”

“这话倒也对，谁他妈想管这个屁事！”

不过，姚牧还是有些不放心，觉得苏珊既然能和杨道远说，也很可能会把这件事透露给洪省长，在官场上混，多一事不如少一事，很多事往往不知道比知道好。事已如此，杨道远反而比姚牧显得豁达，他并不太担心苏珊把这事告诉洪，担心也没有什么用。官场上的派系斗争永远免不了，他们现在所要力图避免的麻烦，无非是不让洪的竞争对手从他们手上得到证据，不要为人家提供炮弹。这些人很可能正在四处搜集对洪省长不利的材料，他们犯不着去趟这趟官场斗争的浑水。

静观其变永远是上上策，就在他们若无其事地继续与洪省长敷衍，郑重其事地请他吃饭，希望他能尽快在影视基地规划报告上签字的时候，传来了洪省长被双规的消息。这个消息自然是很出人意外，风平浪静，事先没有一点点征兆，请吃饭的日子和地点都已定好，李部长突然打电话给姚牧，问他知道不知道洪省长出事了。姚牧吓了一跳，匆匆问了几句，立刻又在第一时间里通知杨道远。电话里他们不胜感慨，虽然都知道在官场上什么事都可能发生，可是怎么也不会想到姓洪的这么快就被拉下马，多么风光的一个人，多么春风得意的省级领导，说完蛋就完蛋，说不行就不行了。

杨道远心里似乎还有些疑惑，百思不解地问姚牧：“你知道是为什么，会不会与那个叫苏珊的女人有关？”

“这个谁知道，反正不出事都不是事，一旦真出事，什么事都是事！”

“会不会只是审查一下，最后并没有什么大事？”

姚牧冷笑了一声，说：“杨道远你说这个有可能吗，不要说他一个堂堂的副省长，就你我这种级别的干部，一旦真被双规了，还有可能会没事吗？”

杨道远知道这个几乎绝无可能，一时间，也说不出自己是不是在幸灾乐祸，竟然对着电话笑了起来。他突然想到了苏珊，想到了她可能会面临的处境，可能会有的压力。姚牧在电话里继续说着，他说洪省长的工作能力还是很强的，年龄和学历都有优势，一般人眼里，继续往上提拔，几乎就是迟早的事，但是这些年来树敌太多了，行为处事又过于强悍和武断，加上生活作风太不检点，所以最后迟早出事。最可惜的是，他这一双规，集团的那个影视基地规划，又不知要拖到猴年马月，说不定就会因此泡汤，说不定就是煮熟的鸭子，还没端上桌就又飞了。姚牧喋喋不休地说着，杨道远一声不吭，以至于到最后，姚牧都怀疑他是不是还在听电话：“喂，杨道远，我在说什么你听见没有？”

张慰芳天天都会上网络浏览，网络可以消磨时间，可以看到许多乱七八糟的东西。她从来不在网上玩游戏，也很少跟陌生人聊天，却常常会去浏览一些色情网页，不仅自己看，有时候还会与小艾一起看。这是很荒唐的一件事，两个女人一起津津有味地观看淫秽画面，一个是未涉性事的大姑娘，一个是半身不遂对性已经麻木的病人，有时候竟然是看得很投入。在刚开始，完全是因为偶然，因为无聊，张慰芳误入了色情网站，只是出于好奇，渐渐地便是有意识地去寻找，为了便于浏览，她甚至在网上注册了一个 VIP 账号。

事实上，张慰芳生活中的一举一动，根本就不太可能离开小艾的帮助。刚开始的时候，为了避开小艾，张慰芳要想登录到色情网站上去，往往要做许多掩饰，要克服很多困难。而且即使这样，她要看的那些东西，最后还是会让小艾看见。张慰芳一度公开地不让小艾看，她说你还没有结过婚，这种不好的东西你是不应该看的，可是渐渐地，也就没有了什么忌讳，小艾傻乎乎地总是在偷看，有意无意地就看到了，觉得这挺好玩，张慰芳也终于把这事想明白，天下事本来就无所谓应该不应该，也没有什么可以不可以，与其大家偷偷摸摸，还不如索性公开，两个人大大方方地看，只是不让别人知道就行了。

张慰芳不仅会与小艾一起欣赏那些色情画面，有时候还跟她一起讨论。小艾很喜欢看那些漂亮女孩的身体，尤其是喜欢日本的AV女星，这些白白净净的女孩子实在是太可爱了，不只是男人喜欢，小艾作为女人看了也会忍不住激动。这么好的身体不让人看，实在是太可惜了。有一天，张慰芳在跟她一起浏览某网站的时候，突然随口对小艾说了一句，赤裸裸的，一点都不加掩饰："小艾，跟我说老实话，你想不想和男人那个？"

"你说什么呀？"

"我说什么，说的就是这个，想不想？"

小艾被问得面红耳赤，说："我才不想呢，恶心死了，我才不想做这种事呢！"

"我准备要跟他离婚了。"

"小婶要跟谁离婚？"

"傻丫头，不是明知故问嘛，我还能跟谁？"

"你们干吗要离婚？"

这么多年来，小艾第一次听张慰芳说起"离婚"这两个字，因为是第一次，觉得情况挺严重。

"我和他离婚，我们先离婚，"张慰芳很平静地说着，眼睛盯着电脑屏幕，"然后你们结婚。"

"为什么？"

这三个字若是从别人嘴里出来，张慰芳一定会觉得是装傻，可是从小艾嘴里冒出来，却完全有可能发自内心。小艾就是这么一个缺点心眼的女孩，张慰芳把脸转了过来，笑嘻嘻地看着她，小艾立刻觉得很不好意思，连声说我不，我不，我才不结婚呢。张慰芳问她是不是不愿意跟自己在一起，又问她是不是最终还是要离开她。小艾说我没有啊，她觉得有点委屈，说我觉得就现在这样挺好，谁说我不愿意跟你在一起了，谁说我要离开你了。

张慰芳不放心地说："你真的愿意跟我在一起？"

"愿意啊。"

"愿意一直在一起，不离开我？"

小艾把嘴撅了起来，气鼓鼓地反问："到底是谁，是谁说的我要离开你了？"

6

自从洪省长出事，杨道远总是忍不住就会想到苏珊。他也说不清楚为什么，有意无意地，自己的脑海里就漂过苏珊的形象。实际上，他和苏珊一共也没有见过几次面，可是每一次的见面，都会给他留下很深刻的印象。他不知道她现在是不是还在微笑，在杨道远的印象中，苏珊总是在微笑，微笑是苏珊的标志，是她几乎不会改变的招牌表情。

因为会想到苏珊，杨道远也是有意无意地会关注那个已经被双规的洪省长，都是内部的小道消息，都是事出有因的流言飞语。小道消息满天飞，流言到处传，最主要的问题还是受贿，已经铁板钉钉的已经有好几桩，而且数额惊人，足以让一个人把牢底坐穿。其次才是生活作风问题，潇洒自有代价，风流债终于也有偿还的日子，好像还远不止苏珊这一个美女。反正是不审查不知道，一审查吓一大跳，和所有的腐败典型一样，洪省长立刻成了一名标准的贪官。

苏珊自然也就跟着受累，先是学校里被除名，本来她也没有好好地读过书，像她这样的在职研究生，来学校就是花钱混张文凭，所谓考试也就是交个作业。校方和导师对这类学生向来都是睁只眼闭只眼，可是突然就整顿起来，又要查看平时的考勤，又要突击玩闭卷考试，反正这一整顿，校规校纪都道貌岸然起来，苏珊就被学校除了名。接下来，苏珊供职的那家传媒公司也不要她了，理由是对她未来的工作能力表示怀疑。苏珊平静地接受了这一切，她并不在乎那张硕士文凭，也不想再在那家过于势利的传媒公司干下去，但是她不能接受在已经制作好的电视节目上，把她作为策划人的名字给除去。

为此，她给杨道远打了电话，为自己的权利进行力争。杨道远感到很吃惊，他没想到她还会主动给自己打电话，没想到出了那样的事情以后，她没有躲起来不见人，还会主动联系自己。经过简单的交流，苏珊依然很高调，旗帜鲜明地表明自己的态度：

“杨总，那档节目从头至尾，我都是参与的，在策划人署名上，应该有我的名字，对不对？”

杨道远奇怪她到了这个时候，竟然还会在乎这个署名，又不是什么有影响的节目，听手下的人说，因为收视十分不理想，这档节目很快就会停播。印象中的苏珊应该是个很天真的人，她根本就没有必要在乎这个署名。当然，保留她的署名也是一件很容易的事情，杨道远很想问问她的近况，想知道她现在怎么样了，毕竟外面有一些对她很不利的传言。但是从苏珊的言谈中看，一切都显得若无其事，就像什么都没发生过一样，她告诉杨道远自己已经离开学校，已经离开那家传媒公司，目前正在努力寻找一份新的工作。

杨道远忍不住问了一句：“你还好吧？”

这话也许根本就不应该问，但是杨道远还是问了。

苏珊迟疑了一下，说：“有什么好不好，马马虎虎吧。”

让杨道远没想到的，是他竟然还会再问，而且是直截了当地问了：“那事对你没什么影响？”

“什么事，噢，我知道你说什么，当然会有影响，要不然我也不会被学校除名，也不会丢了工作。”

杨道远无话可说。

过了一会，苏珊略略有些沮丧：“杨总，你是不是觉得我这是活该？是罪有应得？”

杨道远不知道该如何回答。

苏珊追着问：“喂，你说话呀！”

“不，我没有这个意思。”

“我不是说你有这个意思，是我自己在这么说。”

杨道远只能安慰，希望她不要把这事放在心上：“事情过去就过去了，也没什么大不了的。”

“当然没什么大不了。”

“你能这么想就好。”

“我当然就是这么想的。”

电话里苏珊表现出的不在乎，仿佛活生生地就在杨道远面前。他仿佛又看见了她的微笑，这微笑对杨道远来说，不只是熟悉，而且十分亲切。所有的担心看来都是多余了，人家苏珊根本就不在乎。突然，杨道远无端地有些惆怅，心里酸酸的，很羡慕已经双规的洪省长，同时又为苏珊感到惋惜，身败名裂真是不值得。最后他只能又把话说回来，问她今天打电话的目的到底是什么，难道就是为了那个无关紧要的署名权。

“当然，我当然应该署名。”

“这个我看没什么问题。”

“没问题就好，”苏珊现在准备要挂电话了，“那就谢谢杨总——”

杨道远意犹未尽，还想再说什么，苏珊那边再一次说了谢谢，他只能说没关系，说这不过是小事一桩。

苏珊说：“好吧，那我真挂电话了，再见。”

“再——见。”

这次，苏珊把电话真挂了。

挂了电话，杨道远的心情久久不能平静。这以后，他一直若有所失，心里总会想到苏珊，有些事还想搞搞清楚问问明白。晚上回到家，张慰芳看他忧心忡忡，便关心地问遇到什么事，干吗要这么愁眉不展。杨道远掩饰说也没什么大事，就是单位里的工作太忙，乱七八糟的事情太多，太烦人了。张慰芳对杨道远并不怀疑，她想到的是他近来工作很忙，已经很长时间没有跟自己那个了。虽然她并没有那种欲望，也根本没有那种需要，但是自己老公是个正常的男人，是男人就会有欲望，是男人就免不了那种需要，因此主动地向他请战，问他是不是该上缴公粮了。

杨道远心里正想着苏珊的事，被她这么一问，吓了一跳，既不能拒绝，又不是很有情绪，便十分勉强地问她最近身体怎么样。张慰芳有些变脸，说你这人真是有点假惺惺，我身体再不好，又什么时候拒绝过你。杨道远说我不过随便问问，你看你怎么就这么难说话，说当真就当真，说不高兴就不高兴。张慰芳说我知道你是随便问问，我当然要当真，好吧，你既然随便问问，我就告诉你，我没有不高兴，老实说这事你不想，我还有点想呢。这话当然也是随口说说，袁婉约曾经开导张慰芳，让她在性爱活动中，要尽可能表现得主动一些，她现在这样，无非是想表现主动，以进为退，心里却在想他们是不是该谈谈离婚这件事。

到目前为止，张慰芳还从来没有与杨道远正面谈及这个话题。她早就想谈了，当离婚这个话题刚被姚牧提出来的时候，张慰芳就想与杨道远公开地谈一次，可是她忍了再忍，一直没有说出口。不想说出来的原因很简单，她始终是拿不定主意，在一开始是不愿意，根本就不想同意，渐渐地，经过激烈的思想斗争，经过母亲的开导，反复地衡量利弊，她已经在理智上被迫接受了。好胜的张慰芳终于明白，命运的力量是不可抗拒的。有时候你不得不接受，不得不接受对你来说并不是很好的一个安排。有时候你不得不妥协，除了妥协，你别无选择。

结果张慰芳选择了一个最不合适的时间，来谈论这个准备了很久，却迟迟没有最后说出来的话题。也许是觉得只有这样小艾才不会打扰他们，也许是觉得这样可能会提高他的性趣，当杨道远进入以后，十分机械地开始动作时，张慰芳冷不丁地对他说：

“我想明白了一件事，杨道远，我们离婚吧。”

杨道远也习惯了在这时候会冒出一些稀奇古怪的话来，可是今天的这个话题，太让人吃惊。

“我想明白了，我们离婚，你和小艾结婚。”

“你在说什么呢？”

“真的，我不是开玩笑。”

“还不是开玩笑，在这时候，说这种话。”

张慰芳话已经说出口，也顾不上杨道远会怎么想了，只能由着自己的性子说下去。她说自己完全是为了杨道远好，她说她知道他的性格，知道他是个正人君子，不屑于偷偷地做那种与小保姆上床的肮脏勾当。而且姚牧的想法也是对的，他现在是有身份的人，是领导干部，偷偷摸摸地做这种事，一旦被竞争对手知道，传出去了确实不好听，太丢人了。既然这样，她就应该成全他，就应该让他没有任何心理负担。

杨道远哭笑不得：“我说你能不能换个话题？”

“为什么，难道你一点都不喜欢她，一点都不想？”

“换个话题好不好？”

“小艾可是个大姑娘。”

“大姑娘又怎么样？”

“人家一个黄花闺女都愿意，都心甘情愿，你就别搭臭架子了好不好？”

这时候，杨道远既然不能让张慰芳住口，就只能让自己的思想开小差，他索性想象自己正在跟小艾做，躺在自己身下的就是小艾。他对张慰芳说，他嫌小艾身上有狐臭，他不喜欢有狐臭的女人。张慰芳说狐臭怎么了，时间长了就会习惯了，刚开始我也觉得难闻，可是我现在根本就闻不出来，习惯了就好。杨道远发现还是不对劲，张慰芳一动不动地躺在那，无论自己怎么努力，那个地方仍然是冰凉的，最关键的是她那张嘴还是不肯停下来，还在嘀咕，也许她觉得这样做是在刺激他。

“杨道远，这可完全是为了你，我也是为了补偿，为了补偿你，我知道你心理不平衡，怎么会平衡呢，你当然不会平衡，你还没有和别的女人那个过，我知道你是个正派的人，可这并不代表你心里不想，哪个男人心里不想呢，哪个男人都会想，男人最后都得为女人坏事，我跟你说，这么做完全是为了你，一旦有了小艾，你就不会再到外面去找别的女人了，杨道远，你不会去找别的女人吧，我可不会让你有别的女人，别的女人她们休想得到你，她们休想——你怎么啦，怎么还没有完，你今天是怎么了？”

杨道远想到了苏珊，既然想象小艾还不行，就必须继续胡思乱想，就必须病急乱投医。他突然想到了苏珊，想到了苏珊正在微笑，她正在对自己微笑，她正在笑他眼下干的这个事，她正在欣赏他的狼狈。杨道远觉得今天的事情太过荒唐了，这时候，他已经听不清张慰芳在说什么，说什么已经不重要。一时间，他的脑子里全是苏珊，全是苏珊含义丰富的微笑，他想到了苏珊的一切，想到了苏珊躺在手术室里，一群穿着白大褂的男医生们正在为她引产，男医生们的手上拿着发亮的钳子，男医生们戴着蓝色的口罩，男医生们色迷迷地看着苏珊的那个地方。苏珊两条光溜溜的大腿分得很开，苏珊雪白的大腿抬得很高，苏珊不再微笑，她在痛苦地呻吟，突然，苏珊大声叫了起来，苏珊惊天动地地喊了起来。

第五章

张慰芳又一次很认真地与杨道远讨论离婚问题，她觉得长痛不如短痛，伸头是一刀，缩头也是一刀，反正事情已经到了这一步，不如索性做个好人，索性尽快成全他们，要离就快离，赶快把婚约解除了拉倒。

1

苏珊是在上海一家市区医院出生的，她总是喜欢告诉别人，自己是上海人，其实她的童年是在上海郊县度过的。郊县的人对大上海总有一种精神上的向往，这也是她不愿意待在上海的原因，在真正的上海人眼里，一个郊县的女孩子永远都是外地人乡下人。苏珊母亲与洪省长是中学同学，年轻的时候他们没有任何故事，洪省长对苏珊母亲一直有点单相思，后来上了大学，仕途上春风得意，职务一再升迁，对自己的梦中情人念念不能忘，一来二去就有了些联系。当然，这种联系自始至终都是很清白的，先只是老同学聚会，是他主动联系了苏珊母亲，然后苏珊要考大学，苏珊母亲又托他这位洪叔叔帮忙照顾。

苏珊来到了洪省长工作的城市，在这位洪叔叔关照下进了大学，这以后，每到人生关键时刻，都是因为有洪叔叔的关照，苏珊过关斩将心想事成，想怎么样就能怎么样。苏珊父亲是一个老实巴交的小干部，一生都是很平庸地活着，蛰居在小县城里，为人难免有些窝囊，苏珊母亲总是有种恨自己嫁错的遗憾，常在女儿面前抱怨她父亲如何不好，把那个洪叔叔说得跟朵花似的。受母亲影响，苏珊也有点看不起自己的父亲，同时还为自己的母亲抱屈。她跟母亲一样欣赏和喜欢这位洪叔叔，一度把他当做自己的父亲，甚至说比父亲还亲，什么掏心窝的话都愿意跟他说。

渐渐地这种关系就变了味，谈不上她主动送上门，也谈不上洪叔叔勾引了她，苏珊本来就不是个有心计的人，上当受骗本并不奇怪。她是1989年秋天进的大学门，对于这一时期的大学生，学校辅导员有个基本判断，认为正好是分界线，此前的学生读书都用功，很在乎自己的前途，此后的学生便潇洒爱玩，根本不把未来当回事。苏珊在大学混了四年，几乎一年换一个男朋友，不是人家有意蹬她，就是她把人家给无情地淘汰了。当时的社会风气就这样，用功读书的人成了极少数，同学中不缺乏游戏人生的，艺术类院校的学生本来就五花八门传奇多彩，女学生傍大款，男孩子找富婆，不能说是普遍现象，起码也是可以经常听说。

这位洪叔叔没花太多的力气，便把自己当年梦中情人的女儿，很巧妙地弄到手。也许苏珊当时正在失恋，那时候的女孩子往往是最脆弱的，轻而易举地就会被别人所捕获。也许刚和自己母亲吵过架，当苏珊母亲意识她和洪叔叔的关系已不太正常后，开始极力阻止他们来往，然而这种阻止有时候也会弄巧成拙，反而会变成一种积极推动。当然，也许还存在着别的什么原因，反正在一家超豪华的五星大酒店总统套房，老到的洪叔叔和天真的苏珊碰了面，一个是有着丰富经验的狩猎者，一个是根本就不害怕大灰狼的羔羊，两人匆匆喝了一瓶高档的法国葡萄酒，看了几眼电视，苏珊去洗澡，在盥洗间奢侈的大理石浴缸里刚泡了一会，洪叔叔就迫不及待地冲了进来，湿漉漉地借着那股疯狂劲儿，把不该做的事做了。

事后，如愿以偿的洪叔叔大发感慨："我一直想着你妈，你真是不知道，我是多么喜欢你妈！"

苏珊感到很不高兴，当时她真想问他真实的感觉是什么，是跟她在一起，还是在跟她妈做。这话太粗俗太赤裸裸，苏珊一时说不出口，事情既然已经做了，苏珊并不后悔。错了就错了，后悔也没用，只能将错就错。掩饰过错的最好办法就是若无其事，洪叔叔的本事十分了得，炉火纯青技艺高超，要比那些涉世不深的男孩子厉害得多，一想到这个，苏珊就觉得更加不好意思。恨自己居然神魂颠倒，她居然也会那么投入，那么陶醉，那么疯狂，太容易让人产生那种不好的联想，以为她生来就是一个轻佻的女孩子。这以后，大家开始心照不宣，该理智的时候理智，该癫狂的时候癫狂。隔一段日子，洪叔叔便会找理由约她见一次面，地点不断改变，花样不断更新，有一次还坐飞机去了海南。当然是分开而行，两人分别坐了不同航班的飞机，然后下榻在海边的同一家酒店，然后再假装是在餐厅偶然相遇。

苏珊很快就习惯了这位洪叔叔的关照，渐渐地，也知道他还有别的女人。好在她并不是太把别的女人放心上，在一开始，苏珊还故作洒脱，真以为洪叔叔是个大情种，是个一直在偷偷暗恋她母亲的老男孩，自己不过是替代母亲满足了他的虚荣心，后来终于明白，一切都是假的，幸好自己母亲没有机会上钩，要不然后果会不堪收拾。苏珊知道母亲跟自己不一样，她们那一代人都很保守，轻易不会跟男人上床，心里都有一座贞节牌坊，可是一旦真落入男人的圈套，一旦上了男人的当，却往往受伤更严重，伤口常常会流血不止。

事实上，在洪省长出事前，苏珊与他的关系基本上就断了。除了有事还需要他关照之外，他们早就若即若离，而且自从苏珊人工引产以后，就再也没有过那种交往。虽然苏珊也没有绝对把握，百分之百地认定这个孩子就是他的，但是她更愿意相信是他的。对于一个未婚的女孩来说，有孩子的感觉非常不好，也许是还没有做好准备，也许是因为她根本就谈不上有多爱那位洪叔叔，几乎是在第一时间，刚拿到妊娠报告，她就断然决定要去医院流产。

苏珊并没有把自己怀孕的事情告诉洪省长，倒不是怕他有什么心理负担，而是在内心深处，不希望这件事让别人知道。就像鸵鸟遇到危险把脑袋埋在沙里一样，是掩耳盗铃也好，是自欺欺人也好，苏珊只希望这件事最好跟没发生过一样。洪省长出事以后，他们的关系想不暴露已不可能，声名不可能不因此狼藉，生存状态也不可能不因此改变，苏珊很平静地接受这次变故，把它看成了一种天意，凡事总是会有好有坏，未来再也不会有洪省长这样的贵人保佑了，但是她正好也可以有机会彻底摆脱他的纠缠。

苏珊被她所在的那家传媒公司解了职，或者按照她的说法，是自己辞职不干了，然后一连找了好几家单位。漂亮的女孩寻找工作总会有许多方便，谋职的道路并不像别人想象的那么困难，不过所有的活她都干不长，也干不好。就仿佛相亲一样，结果不是人家看不上她，就是她看不上人家。虽然年龄已经不小了，苏珊其实并没有什么工作经验，更谈不上什么社会经历。过去因为有洪省长罩着她，别人对她总是很客气；现在不同了，别人不只是会在背后指指戳戳，甚至有可能会当面为难她。最麻烦的是那些好色的男人，他们似乎都认定她是个很容易就得到的女人，一有机会，就肆无忌惮地骚扰她。

最后，苏珊又去了一家刚成立的广告公司求职，这家广告公司是一位女老板，因为有熟人事先推荐，打了招呼，女老板对苏珊的传奇经历略知一二，立刻产生了浓厚的兴趣，觉得自己公司里能拥有苏珊这样的女人，本来就是一个很好的广告。在一次谈话中，女老板与苏珊无意中谈起杨道远，在得知他们有过交往的时候，立刻追问他们关系怎么样。

苏珊说：“我和杨总的关系还不错，他这个人挺好的。”

女老板说：“你们真的很熟？”

苏珊因为想在这家公司待下去，见女老板很在乎杨道远，便夸口说自己与他是不错的朋友，前不久还联系过。苏珊并不是一个喜欢说大话的人，她不过是随口一说，说完就有些后悔，女老板已当了真，说你们既然是朋友，什么时候见了杨总，我倒想问问他，问问他你们到底是什么关系。女老板话里有话，抓住了杨道远这个话题就不肯放，她说不瞒你苏小姐，我和杨总也是不错的朋友，有一段时间，我们也经常打交道。她这么一说，苏珊不仅后悔，而且有些着急和担心，她害怕这个人真是杨道远的什么朋友，见面时突然问起，杨道远肯定会产生误会，会觉得她在外面打着他的旗号骗人。

于是苏珊偷偷又给杨道远打电话，想跟他解释清楚，自己只是不小心说漏了嘴。杨道远接到她的电话，一时不明白来意，想了半天，也没想起苏珊说的那个女老板是谁，最后终于想起来了，说确实是有过这么一个人，见过几面，根本就不是什么熟人，更谈不上是朋友。苏珊听他这么说，首先想到的不是女老板跟他到底熟不熟，而是想到如果别人打电话给他，杨道远也很可能会这么描述自己与他的关系，一想到这个，苏珊不由得面红耳赤。

杨道远想不明白地问："苏小姐干吗要跟我提这个人？"

苏珊把自己的担心说了出来。

杨道远笑了，说："我跟她确实不太熟，真的不熟。跟你呢，如果苏小姐觉得我们是朋友，那就是朋友了，苏小姐要是能看得上我，我怎么可能会跟人家说与你不熟悉，这怎么可能，也许我还求之不得呢。"

杨道远说完这话，自己的脸也有些红了，神色也慌张了，心口咚咚乱跳，幸好是在打电话，对方看不到他的表情。他的性格一向稳重内向，平时绝不会这么信口开河，从来不和女人开这种有点轻薄的玩笑。他也不知道自己怎么会这样，好像每次和苏珊在一起，自己就会变得年轻，就会有那么点失去控制。好在类似的玩笑，苏珊却是很熟悉，经常有人会对她这么说，所以也不太会往心上去，倒是杨道远接下来的一句话，让她觉得不好意思。

杨道远说："对不起苏小姐，我这可不是想占你便宜。"

杨道远说这话的口气十分诚恳，不由得让苏珊有些感动。这样的声明真是没有必要，不过这一来，打电话的目的已经完全达到，同时也让她觉得，这个杨道远虽然不善于开玩笑，却还真是一个好人。杨道远见苏珊不往下说了，以为她是在意了，变得很尴尬，想再次道歉，又明白没这个必要，有些话是不能多说的，多说了不但假，而且更加容易引起误会。

苏珊说："杨总，真的很谢谢你了。"

杨道远说："谢什么，我又没为你做什么事。"

"不是，我是真的很感谢。"

杨道远也听出她这话很诚恳，便又主动请缨："对了，要不要我为你打个招呼，好像你很想在那家广告公司干下去，是不是？"

苏珊求之不得："杨总如果愿意，那当然是太好了。"

"这个很容易，你给我一个号码，我打给她，让她对你多多关照。"

"这——这真是太感谢了，谢谢。"

"没关系，小事一桩。"

苏珊十分感激，声音压得很低地说："不，这对我可不是什么小事。"

2

杨道远当真还就给广告公司女老板打了个电话，请她对苏珊多多关照。女老板原来不相信他们认识，现在这么一通电话，想法完全改变了，不是不相信认识，而是不相信他们会一点没事。苏珊也懒得再去跟她多解释，既然杨道远已经说了，他跟女老板并不是太熟悉，想来他们也不会有什么再见面的机会。一个人要是喜欢瞎想，就让她去瞎想好了。苏珊因为自己已一连换了好几家单位，想稳定一些，很想在这家公司做下去，可是干了没多久，女老板存心想留下她，她又有点觉得这家公司也就这样，并不比原来工作过的地方更好。

打过电话以后，杨道远总觉得苏珊还会和自己再联系，不是指望她会来电话感谢，而是想和她随便聊聊，想知道她的一些近况。上次在电话里其实并没有说什么，关于她，能听到的都是传闻，有些传闻太邪乎了，而且近乎下流，杨道远根本就不愿意相信。一个星期过去了，办公室里闲着无聊，杨道远也说不明白自己为什么会老惦记着苏珊，便又给她拨了一个电话。苏珊喜出望外，没想到他会来电话，让他先把电话挂了，她会用座机拨过来。

杨道远刚挂上电话，苏珊的电话就立刻又打了过来。电话没接通以前，杨道远隐隐地感到他们可能会有很多话要说，听她的口气，好像正在等他的电话。如果没有多少话，苏珊在手机里随便说几句就可以了，现在这个阵势，明摆着是要正经八百地谈什么。没想到电话一通，问好之后，双方都有一时不知说什么好的感觉。杨道远说我给你们那位什么人打过电话了，她难道没有跟你说起这事。苏珊被他一问，连忙道歉，说她已经知道这事，知道他打过电话，自己却忘了打电话向他表示感谢。其实苏珊根本没忘，她只是觉得杨道远未必会愿意听感谢的话，而且光打一个电话感谢人家，也是无趣得很。果然杨道远说这有什么好感谢，他只是想知道一下结果。说完“结果”这两个字，杨道远却也有些后悔了，这种事本来就没什么结果，不就是打个招呼吗，人家能给面子最好，不给也是没有办法。

两个人在电话里支支吾吾，说的都是一些无关紧要的话。苏珊有些不安，说我真的没想到你会打电话过来。杨道远说，怎么，不欢迎吗，不希望接到我的电话。苏珊说，不是这个意思，当然是愿意，当然是希望，不过应该是我给杨总打电话才对。显然苏珊突然遇到了什么事，正说着，她在那头停顿了一下，低声招呼说，对不起杨总，我这边有点事，待会我再给你打电话好吗，真的不好意思。杨道远说没关系，那边已经把电话挂了。接下来，杨道远也开始忙碌起来，底下的几个部门分别上来汇报工作，讨论各种计划，倒把苏珊还要打电话来的事给忘了。以至于她的电话打来，响了半天，杨道远都没有去接。那电话铃声源源不断，杨道远嫌烦，终于拿起电话，是苏珊质问的声音:“你为什么老是不接电话?”

杨道远一怔，说:“噢，我这正忙着呢，你待会再打来。”

杨道远继续处理公务，一桩接着一桩，教训完张三，又接着指责李四，这个人还没走，那个人又来了。隔了没一会，苏珊又打电话过来，笑着说现在你没事了吧。杨道远没办法，仍然是让她过一会再打来。就这样，前前后后苏珊一共来了四个电话，最后杨道远也急了，说这样吧，待空下来，我打给你。苏珊听他的语气有些不耐烦，说你怎么啦，没关系，我只是随便给你打个电话，又没什么事。当着下属的面，杨道远也不想多解释，只能还是那句话:“待会我打给你。”

等歇下来，都已经是应该吃饭的时候。杨道远根据来电显示，给苏珊的座机打电话，先是没人接，后来终于来了一个人，却不是苏珊，一个男人沙哑的声音，说苏珊吃饭去了。杨道远怔了一下，脱口说她来了，你让她给我打个电话。沙哑的声音便问，你是谁呀，号码是多少。杨道远听了，便说算了，一会我再打过来吧。待吃过饭，杨道远也吃不准苏珊在不在，又打了个电话过去，仍然是不在，这次是一个女人接的电话，很无礼地就把电话挂了。杨道远干脆打苏珊的手机，苏珊接了，说自己这会儿正在外边小馆子吃面条。杨道远说我知道，打你单位，说你出来吃饭了。

苏珊笑了，说知道了还要打，这不是花我手机钱吗。杨道远连声说不好意思，说她打那几个电话的时候，自己正好有事，真的是有事。苏珊说我知道你有事，杨总嘛，一个集团的大老总，肯定是有很多工作上的事。杨道远说那好吧，我也不多说了，你是手机。苏珊说没关系，我接都接了，你别急着挂。杨道远说，还是等你去单位吧，我反正是在办公室。苏珊就说这样也好，对了，到时候我先发一条短消息给你，杨总如果有时间就回一个，我再打电话过来，你看这样好不好。杨道远笑了，说这办法不错，就这样。

一来二去，两个人不知不觉中，打了好几个电话，正经八百的话倒没说上几句。接下来，每天吃饭以后，他们都会聊上一会，也没有什么严肃的话题，不过是随便说上几句，聊聊天说说地，刚开始也没有多少话，后来就越说越多。苏珊因为天天中午占据了办公室的公用电话，同事有意见，女老板竟然跟她计较电话费，她便索性买了一张电话 IC 卡，天天用路边的 IC 电话跟杨道远通话。本来每天杨道远都有午睡的习惯，可是自从与苏珊通了电话，午觉就常常被打扰了。

在电话里，苏珊一口一个杨总，杨道远听了觉得别扭，或许别人都是这么喊的缘故，他不愿意苏珊也这么称呼自己。杨道远说你别叫我杨总，喊什么都行，别喊杨总。苏珊说那我怎么称呼呢，杨道远说我不是说了吗，喊什么都行。苏珊想了一会，说想起来了，有一个问题，我始终没好意思问，那天在医院里，让你随便签个名字，我记得你签了个“邢”字，下面是什么我记不清了，反正是叫邢什么的，为什么要签这么一个名字。杨道远笑了起来，把老邢的故事说给她听，苏珊听了也笑，说想不到杨总也会开这样的玩笑，对不起杨总，我又叫你杨总了。杨道远说，你一提起，我也想起来了，记得那天你写的是个“吕”字，很长时间，我一直以为你姓吕。苏珊说她当时也是乱写的，吕是她母亲的姓。说到这里，苏珊忽然有了主意，说以后就这样，我呢，就叫你邢哥，你呢，就叫我吕妹，这样我们就分别有了新的代号，你觉得怎么样。

杨道远不是很赞成，也说不出什么反对的意见，好在也就是这么说说而已，邢哥和吕妹终于没有成为现实。杨道远从来没叫过吕妹，苏珊也觉得这邢哥不像是在喊杨道远，倒像是在喊一个毫不相干的人，仿佛喊一个黑道上的男人。最后能定下来还是最普通的小苏和老杨，杨道远一会叫她苏珊，一会叫她小苏，她称呼杨道远也是没个准，一会老杨，一会杨总，全看她高兴。与苏珊通电话是一件很愉快的事，在别人眼里，杨道远属于人生得意，官场亨通，真活到他这个份上，占据了他这样的有利位置，基本上是大功告成，就算是什么事都不干，也可以坐享其成。没有人知道他在工作上的压力，更没有人会去真心关心他的家庭生活，与苏珊电话里随便聊聊天，杨道远虽然从不跟她谈工作，也从不谈家庭，却感到了有一种前所未有的愉快和放松。

想到被双规的洪省长，杨道远的心里不由得百感交集。有一些嫉妒，有一些羡慕，也有一些幸灾乐祸。想到苏珊的美貌，想到她迷人的微笑，想到她的天真和青春活力，洪省长最后虽然落到了这样的下场，也不能算是白活，毕竟他曾拥有过苏珊这样的红颜知己，牡丹花下死，做鬼也风流。关于洪省长显然是个敏感的话题，他们说东道西，总是小心翼翼有意识地避免，有几次，杨道远话都到嘴边了，又非常谨慎地绕了回去。杨道远想，苏珊已经说过，她已经表明过自己的态度，说她与洪早就没关系了，他们早在他双规之前，就已经没有什么来往，杨道远到这时候再去跟她谈这个，明摆着是让她难堪，他又何苦要为难她呢。

终于有一天，苏珊主动与他说起了洪省长，她说杨总一定很想知道我和那位洪叔叔的事情，你不过是不好意思提起罢了。杨道远心里咯噔一下，一时不知道说什么好，苏珊又说，难道你就不想知道，就不想知道我们到底是怎么一回事。杨道远说，我对一个人的隐私并没什么太大兴趣，如果你不愿意说，我绝不会问。苏珊说，我要是愿意说呢，你有没有兴趣听。杨道远说，你愿意说，我当然愿意听。

结果苏珊也没有说什么，还是把过去说过的话，重复一遍，无非是她敢做敢当，无非是说她跟他已没有关系了。苏珊问他知道不知道一点洪的最新消息，好歹杨道远也是个有级别的领导干部，认识的人多，有没有什么内部消息。想到苏珊还在关心洪省长，还在惦记他的命运，杨道远不免心里又有些酸酸的。

“听说是受贿，拿了不少钱。”杨道远随口一说。

“像他这样，估计会判多少年？”

“这个说不好，像他这样的省级领导，以后将会异地审判，没有正式宣判前，怕是谁也不可能得到准确消息。”

苏珊突然又把话题扯开了，问杨道远会不会因为这件事，看不起她。杨道远说你干吗要这么想，难道你觉得我像是看不起你的样子吗，你为什么会这么想呢。苏珊说你要是真看不起我，这也是正常的，毕竟这对于我，算不上什么光彩的事。老实说，在别人面前，我并不在乎，我并不在乎别人怎么说，爱怎么说就怎么说，可是我就是有些担心，担心你杨总会怎么想，虽然你怎么想都是正常的，都是应该的，但是我还是有点担心，我不在乎别人，我只在乎你。

苏珊这番贴心话让杨道远感到很舒服，因为她显然是把他当做了知心朋友。一个人只有对最知心的朋友，才会说这样知心的话，这一番谈话中充满了信任，也充满了期待。虽然是在电话里，根本就看不到苏珊的表情，但是杨道远却有一种面对面的感觉，他觉得自己终于看清了苏珊的真面目，看到了她平时不易被人看到的那一面。连续很多天，每天中午都是这样，刚开始是苏珊从路边的 IC 电话打过来，后来发现这样花费还是太大，便让杨道远回拨过去，回拨 IC 电话的号码。这样的通话方式让杨道远有点过意不去，他自己坐在办公室舒适的沙发上，而苏珊却是站在街头露天的电话机旁边，站在已经开始有些变得寒冷的秋风中。

有一天通着电话，苏珊忽然说今天是她的生日。杨道远便说既然是生日，应该好好庆祝一下。苏珊想了想，说我们一起去看场电影怎么样，你敢不敢跟我一起去。杨道远就笑了，说你又不是什么狮子老虎，我为什么不敢跟你去，况且这种吓唬人的话，本来应该是我来说的，哪有女人吓唬男人的。苏珊说那好，我们一起去电影城，有什么电影就看什么电影，看下午场怎么样，下午场便宜。杨道远说还是看晚上的好，我来请客。结果就约了晚上八点半，杨道远还考虑是不是顺便也请她再吃个晚饭，可是又觉得不方便主动提出来。男人很冒昧地单独请女人吃饭，多少都会有些暧昧，看电影这是苏珊主动提出来的，否则杨道远绝不会有这个勇气，请女孩子一起看电影，显然要比吃饭更加暧昧，更加具有挑逗的意思。

是自己开车，还是让司机小丁送，杨道远也动了一番脑筋，最后选择了一个折中方案，让小丁送他去，然后把车钥匙留给自己，这样就可以在看完电影后，顺理成章地送苏珊回去。一想到要送苏珊回家，杨道远的心口就不由自主地咚咚乱跳。那天晚上看的是大片《泰坦尼克号》，苏珊已看过盗版碟，连声说这部片子很不错，很值得再看一遍，当然她这么说，是因为杨道远没有看过，她愿意再陪他看一遍。看完电影出来，杨道远开车送苏珊回去，她坐在车上，东张西望，说想不到会又一次坐上了你开的车。杨道远自以为认得路，开着开着，苏珊突然告诉他自己已经搬家了，她已从原来的那套房子搬了出来，现在是与另一个女孩子合租一套房子。杨道远有些意外，并没有追问为什么要搬家，苏珊却主动告诉了他，原来那房子是洪省长一个熟人的，过去一直是免费让她住，洪一出事，房子主人也就把房子收回去了。

到了目的地，杨道远想今天就这么分手，还真有些舍不得，真有些不死心，看电影的时候，坐在黑暗里，他倒是动过一些坏脑筋，想抓抓她的手，碰碰她的大腿，可这些念头都是一闪而过，像流星一样，始终是有贼心没贼胆。现在，苏珊就要下车了，她就要消失了，杨道远觉得很遗憾，说你难道就这么走了。苏珊不明白他要干什么，很天真地回过头来看他，脸上依旧带着微笑，杨道远的手还抓着方向盘，他突然很大胆地将脸凑过去，想亲她，苏珊赶紧避让，结果只是亲在了她的脖子上。杨道远也没想到自己会有这么大的勇气，苏珊显然是被他吓到了，拉开车门就走。

杨道远想喊住她，这时候，他的理智已经占了上风，已经开始后悔自己的冒失。他喊住她的目的是为了致歉，向她说一声对不起，可是苏珊已经一路小跑，消失在小区里了。

3

杨道远将汽车开出去一大段，突然停了下来，往苏珊的手机上拨打电话。电话响了一阵，没人接，杨道远继续拨打，还是没人接。他想苏珊一定是生气了，自己刚才的行为实在太冒失，把她给得罪了。一连拨打了好几个电话，苏珊都没有接，.杨道远只能放弃再打，若有所失地继续往家开。时间已经很晚了，街道上显得很空，到家停车的时候，手机响了，杨道远一看号码，竟然是苏珊，这让他大喜过望。

苏珊在责问："你打那么多电话给我干吗？"

那声音里充满了委屈。

杨道远忙不迭地道歉，连声说对不起，说他并不想冒犯她，他感到很内疚，很自责。

苏珊说："你不用假惺惺的，这也不能怪你，主要还是我不好，你一定会觉得我是那种很容易得到的女人。"

杨道远没想到她会这么说。

苏珊说："你一定觉得我很贱，很容易跟男人那个的。"

杨道远急了，口不择言地辩解说："我是那样的人吗？我要是那样的人，都不会跟你来往了。我跟你说，你要真是那样的人，我也不会跟你来往了，我知道你不是那样的人。"

苏珊却偏要跟他计较："我就是那样的人，你不要跟我来往好了。"

杨道远说："对不起了，我真不想让你生气。"

苏珊说："对不起有什么用，我已经生气了。"

苏珊说着说着，把电话挂了。

第二天中午休息，杨道远一个劲地给苏珊打电话，想再一次表示歉意。苏珊还是故意不接，故意不理他，有几次显然是有意掐了电话。杨道远有些死心，心想自己再拨最后一次，如果不通，就算了，就以后再也不跟她联系，就当做什么也没有发生过，就永远忘了苏珊。可她依然是不接，正在杨道远失望的时候，手机来短消息，显示了一个熟悉的座机号码，杨道远心口一阵乱跳，立刻拨了过去。

苏珊说："你烦不烦呀，一遍遍地拨电话。"

杨道远说：“主要是想看看你还有没有时间说说话。”

苏珊说：“我没时间，忙着呢？”

“忙什么？”

“不忙什么，不想接你的电话。”

“苏珊，昨晚的事，真的是我不好，”杨道远无话可说，还是只能道歉，“你不要生我的气好不好？”

“我为什么不生气？”

“对不起了。”

“我就要生气，就生气！”

听这口气，已经不太像是在生气。杨道远继续解释，说昨晚他太冲动了，脑袋有些发热，一时控制不住。苏珊说我们能不能不再说昨天晚上的事，你烦不烦呀，我都不想再听了，你也不许再说。杨道远说你要是不再生气，那我就不说了。苏珊说你不说不说，还在说。杨道远说我不能不说。苏珊说你再说，再说我可真的要生气了。杨道远说那好，你既然不生气，我就不说了。苏珊说谁说我不生气了，我当然要生气，我凭什么就让你白占了便宜，凭什么。杨道远说那我就要继续道歉，直到你不生气为止，直到你真的不生气为止。两个人像是在玩绕口令，你一言我一语。

最后苏珊笑了，说：“你这人真讨厌，一点诚意都没有。”

杨道远说：“怎么能说我没诚意呢？”

“反正我是没有看出来。”

“我真的是诚心诚意。”

“好了好了，就算你是诚心诚意。”

“你相信了？”

“不是相信，是不想再听你的诚心诚意。”

“那还是不相信？”

“好好好，相信，我相信了，行不行。”

两人都笑了，接下来，就跟什么也没发生过一样，一场看似危机的危机就算过去了，每天在固定的时间，几乎是同样的方式，他们通过电话继续谈天说地。酒逢知己千杯少，话不投机半句多，这两个人似乎都很喜欢听对方的倾诉，听对方谈自己的童年，谈自己怎么考大学，谈各自的父母，谈各自的生长环境。什么样的话题都可以深入，什么样的思想火花都能碰撞，有一次甚至心平气和地谈到了张慰芳，谈到了她的车祸，谈到了她的高位截瘫。

苏珊说："那你妻子原来是个警察了，警察很厉害，我觉得凡是能当警察的女人，一定是个很了不起的女人。"

杨道远告诉苏珊，张慰芳这个女警察与电影电视上的女英雄完全不一样，她不过是大学毕业后分配到公安局工作，虽然也穿警服，因为是文职人员，其实连枪也没有摸过。苏珊问杨道远，他的妻子既然已经不能再去上班，那还有没有工资，如果没有，这未来的生活不就成了问题。杨道远说这就是公安局的好处了，张慰芳是在出差途中遭遇车祸，按照规定这就是因公受伤，公伤和工伤是有区别的，公安局不但要给张慰芳付工资，还要付一笔保姆费用。说着说着，话题转到了张慰芳的相貌上，苏珊说她曾听别人说起过，说杨道远的妻子很漂亮，是个美人胚子，而且出身于一个相当有级别的干部家庭，当年曾经有很多人追求她。

杨道远觉得奇怪，说："你听谁说的？"

苏珊笑着说："谁说的并不重要，你就说是不是吧？"

杨道远说："要说漂亮嘛，还说得过去。"

在说这话的时候，杨道远的心里却在盘算，究竟是谁把自己的家庭情况说给她听的。他首先想到了姚牧，如果是姚牧，他说的很可能就远不止这些。有些隐私杨道远并不愿意让苏珊知道，起码是现在他还不想让她知道。好在话题说到这，就没有继续往下说，又谈起了别的事情。话总是说不完，这个话题刚铺开，一个新的话题又开始。

苏珊有时也会对杨道远说起自己的工作，显然，她对她的工作越来越不满意，对同事不满意，对领导不满意，对自己手头正在干的活毫无兴趣。既然是把对方当做了倾诉对象，苏珊便忍不住要发牢骚，抱怨一起合租房子的女孩，说她有很多坏习惯，不讲卫生，不把厕所冲干净，从来不会主动倒垃圾，经常会带一个长得很奇怪的男孩子回来。杨道远听了觉得好笑，问她什么叫长得很奇怪，苏珊说你别跟我死抠字眼好不好，反正就是长得奇怪，我也说不清楚什么叫奇怪。

渐渐地，杨道远又有了约苏珊见面的心思，却不知道如何开口，有一天，他很笨拙地说，什么时候再一起看一场电影怎么样，苏珊随口说算了吧，我才不会再跟你一起看电影呢，到时候你又要耍流氓。杨道远立刻面红耳赤，好在是在打电话，苏珊看不到他的表情。他喃喃地说，自己绝不是流氓，苏珊在那头说，我知道你不是流氓，但是再也不会做那种送上门的事了，我才不会那么傻呢。

杨道远不无遗憾地说："那我们就再也不见面了？"

苏珊话里有话："你真的想见我？"

"当然。"

"什么叫当然？"

"就是说想见个面。"

苏珊怔了一会，说："好吧，你想个理由。"

"我请你吃饭吧——"杨道远刚说完就后悔，这个理由太勉强了，还不如说看电影，但是更糟糕的是，他竟然还补了一句："就只是吃个饭。"

苏珊说："你让我想想。"

"好，你慢慢想，我等你的回答。"

苏珊的回答完全出乎杨道远的意外，她说："吃饭就吃饭，不瞒你说，我都好长时间没有好好地吃过了，你要请，就请我吃一顿好的，精致一点的。"

结果当天晚上就去了一家开张不久的日本料理店，价格奇贵，味道很一般，也许是他们吃不惯，只能说是吃个情调。好在环境非常好，非常安静，布置得十分优雅，两个人坐在那感觉很好。苏珊穿了一条很好看的长裙，杨道远看了十分眼熟，突然想起他们第一次见面的时候，她就是穿的这条裙子。苏珊当时就是穿着这条裙子，一下子扑到了车窗玻璃上，吓了杨道远一大跳。现在又见到这条熟悉的裙子，他不由得会心一笑，因为吃料理要席地而坐，苏珊抱怨说早知如此，就不应该穿裙子来，她实在是不习惯跪坐在那里。杨道远说反正就我们两个人，你想怎么坐就怎么坐，就像我这样，盘腿而坐也挺好。苏珊便尝试着盘腿，盘了没一会，就连声喊腿疼得吃不消。杨道远正襟危坐，也不好意思去偷看她的腿，她的裙摆掀过来掀过去，自己要是老盯着看，她恐怕又要怀疑他不怀好意了。

席间来了一位穿和服的女孩，问他们想不想听歌，苏珊便问她是日本人，还是中国人，女孩子不吭声。杨道远便说，你傻不傻呀，日本女孩要什么代价，当然是中国女孩了，要不然她怎么说的是中国话。

苏珊笑了，一本正经地说："那好，我们就让她唱一首日本歌，对了，唱歌要收钱的吧？"

杨道远也笑了，说收不收钱这事你不用管，想听就让她唱，你就说你想听什么吧。苏珊也不知道自己想听什么，说了声随便，那女孩便胡乱地唱了两首日本小调，听着很耳熟，因为是用日语唱的，当然就不明白歌词是什么。两小瓶清酒很快就喝完了，杨道远又要了两瓶，苏珊说自己今天不想多喝酒，后来的那两瓶就都让杨道远一个人喝了。或许是他们到得比较早的缘故，刚开始的感觉真的很好，渐渐地人开始多起来，那种环境的优雅便不复存在，从周围包厢不时地传来劝酒的声音，很快就是越来越热闹，越来越疯狂，最后终于让人没办法忍受，苏珊他们只能埋单走人，逃之夭夭。

从料理店出来，时间还早，两人似乎都还没有尽兴，苏珊说你开车带我出去兜兜风吧，随便去个什么地方。于是就一路开出去，一直开到江边，那里有一个很大的江景公园，新开辟的，刚修好的水泥上稀稀落落有几个人在散步。广场的一角成了露天舞场，吊挂着两盏应急灯，放着十分缓慢的音乐，几对中年男女在翩翩起舞。他们把车停在一个僻静的地方，下了车，锁上车门，往江边走去，在光秃秃的大坝上站了很长时间，望着黑糊糊的江面。

不时会有几条船走过，机器声轰鸣，远远地能看到船上的灯光，能看到灯光里隐约的人影。苏珊说你信不信，我能一口气游到那条船上去。杨道远觉得她有点疯狂，说这也太夸张了吧，你知道这有多远，再说那船是移动的，你也不可能追上。苏珊说我突然产生了一个念头，就是跳到江里去，只要我跳下去了，我就能追上它。杨道远只当她是说笑，说我相信，我绝对相信，你就跳吧。听了他的话，苏珊竟然真的做出要跳的样子，傻乎乎地就往前冲，吓了杨道远一大跳，连忙伸手拉住她。大坝上还有些别的人在走动，听到动静，都回过头来看他们。

杨道远说："我说你不会真的要跳吧？"

苏珊说："你要是不拉住我，我就真的跳。"

杨道远只当她是在说笑，是吓唬他，看到路过的人还在注意他们，便感慨地说："想不到如此空旷的地方，竟然还会有这么多人来。"

苏珊说："这个就是中国特色，只要是个地方，就会有人。"

"有人也好，"杨道远看看四周，没灯光的地方一片漆黑，笑着说，"真要是没人，这地方就没人敢来。"

"那也不一定，说不定我就敢来，你信不信？"

"好好好，我信我信，"杨道远依旧当她是在说笑，一本正经地说："听说规划中，这里要建个新的小区，就在这江边上，人口将达到十万，十万，你想想看得多少人，不过这环境太好了，这可是江景房，住在这，天天可以看到长江——"

他们有一句没一句地说着，时间在慢慢地过去，忽然苏珊没有了声音，杨道远说着说着，也不再往下说了。周围有人在说着话，黑暗中能听见声音，却看不到人影，也听不清在说什么。杨道远情不自禁地搂了搂苏珊，见她没有什么反应，胆子便又大了许多，索性将她搂到自己怀里。这一次，苏珊非常温顺，没有任何抗拒。杨道远在她脸上亲着，她先是无动于衷，很快也作出了响应。只是亲吻了一会，两人就分开了，杨道远笑着说对不起，说自己又耍流氓了，他真不是个东西。苏珊也笑了，说不能全怪他，是她不好，是她这人没记性，自己主动送上门的。

这以后就是准备离去，该回家了，经过露天舞场的时候，空旷的广场上只剩下两对男女，跳得却十分投入，是一种节奏很强也很规范的探戈。杨道远和苏珊一边走，一边看，不知不觉两人的手已经拉在了一起。他们的汽车停在不远处的树林边上，一盏昏暗的路灯朦朦胧胧地照着。终于到了汽车那里，杨道远非常绅士地为她拉开车门，让苏珊先上去，自己再绕到驾驶座那边，开门上车，坐好，关上车门，插入钥匙启动，同时像上次那样，把头伸过去要亲苏珊。苏珊还是没有避让，不仅没有避让，还迎了上去。接下来，他们就这样坐在那，歪着脑袋亲吻了一小会，然后苏珊情不自禁就扑了过来，杨道远连忙随手将车灯关了。灯一关，黑暗中的苏珊变得惊人的放肆，竟然跨坐在了他的身上。杨道远用力将坐椅往后移，将空间调到最大，接下来就傻傻地抱着她，不知道下一步应该怎么办，心里有点慌乱，怕远远地会有人看，怕有人走过来。两人就这么亲了一会，舌头咬得吱吱直响，大家的手开始都不安分起来，在对方的身上乱摸。苏珊找到他的手，示意他应该如何进一步动作，空间实在是太局促了，都有些笨手笨脚，最后只能是手忙脚乱，各解各的衣，自己除去自己的障碍，苏珊褪去裙子里的内裤，杨道远拉开裤子上的拉链，忙乱中，苏珊总是不够小心，她的手臂在半空中舞来舞去，不止一次地按响了方向盘上的喇叭。

4

该结束的都结束了，虽然发生得有些突然，一切都很意外，却仍然在情理之中。接下来，苏珊和杨道远做的第一件事，就是赶快去药店买紧急避孕药。在这方面，苏珊表现出来的疯狂和理智，都让杨道远感到吃惊。她似乎是太成熟了，也太老练了，在去药店的途中，他们一言不发，就像什么事都没发生过一样。苏珊不时地看着窗外，汽车已经驶进市区，灯火通明，杨道远一边开车，一边偷眼看她。终于到了一家药店门口，苏珊让他在附近找地方将车停好，又关照他在车上等他，然后下车直奔药店。

杨道远看着她朝药店奔去，路灯下，只见身着长裙的苏珊一路小跑，消失在药店的玻璃门后。她奔跑的样子显得很轻盈，像一只在细雨中滑过的燕子。这时候，杨道远才第一次深深地松了一口气，他也说不清楚自己现在是什么样的一种心态，似乎还没有从刚才的疯狂中解脱出来。有些事就这么发生了，有些事刚刚开始就结束了。杨道远还在回味，对刚刚结束的事情，仍然还有些半信半疑，不相信那竟然是真的。

苏珊很快就出来了，杨道远看着她向这边走过来，她显然是看不清楚他的脸，微笑着对汽车挥了挥刚买的药。一时间，苏珊显得那么的天真纯洁，那么的轻松活泼，完全像个涉世不深的小孩子。很快，她已经走到汽车面前，先透过车窗玻璃往里望了望，然后拉开车门，在位子上坐好，随手系上安全带，对他做了一个继续开车的手势。杨道远一边踩油门，让车辆处于行进状态，一边随口问是不是已买到药了。苏珊很严肃地给他看了看手中的小塑料袋，说就在这儿呢，又说一回去我得赶紧吃药，这几天是最不安全的日子，千千万万别出事，别弄出人命来。杨道远忍不住笑了起来，苏珊说你干吗要笑，有什么好笑的，我说的可是真的。

下车前，杨道远又与苏珊亲了亲，这一次两人表现得都很自然，配合得非常好。杨道远的手始终没有离开方向盘，他看着她下车，看着她依依不舍地回头与自己招呼，看着她对自己做鬼脸，看着她消失在黑糊糊的小区里。

杨道远在停车场将车停好，正准备回家，突然收到了苏珊的短消息，长长的一封信，很热情地问他到家了没有，正在干什么，是不是还在想她，今天快乐吗，我们能不能通一会电话，要不大家就写短消息，用短消息聊上一会。杨道远想了想，干巴巴地回了几个字，说已到家，明天打电话给她，然后就把来去的短消息都删除，将手机处于关机状态。上楼梯的时候，他有些不放心，又将手机再次打开，果然苏珊的短消息又有了，这一次就两个字“好吧”，外加三个感叹号。杨道远依然是将短消息随手删除，然后掏出钥匙，悄悄地开门进屋。

张慰芳和小艾正在看电视，杨道远走进她们房间，准备与张慰芳敷衍一会。两个人看电视正看到紧要关头，谁也不愿意理会他，杨道远只好陪她们没头没脑地看了半集电视剧，听她们一惊一乍，很投入地发出一声声感叹。电视剧终于完了，张慰芳让小艾赶快抱她到床上躺着，因为是坐在那看电视，她已经感到很累。杨道远自告奋勇，说我来吧，就上前抱起了张慰芳，将她放在床上。接下来，张慰芳便问他最近在忙什么，又跟他随便谈了几句刚播放的电视剧，杨道远便去洗澡，回自己房间休息。

现在，一切终于停当了，杨道远终于有机会静下心来，好好地回味一下，回味前不久才发生过的事。直到自己都已经睡在了床上，他仍然有些不相信，不相信那事就算是真的发生了。一时间，杨道远感到很快乐，心情非常的舒畅，恨不得能扯开嗓子叫上几声。他竟然如此轻易地就把这么好的事给办成了，实在是太完美了，实在是太奇妙了。没想到出轨会那么容易，没想到出轨可以带来那么大的快乐，他不由得在床上手舞足蹈，像小孩子一样对空中乱挥拳头。真是不可思议，尽管那事已经完了，尽管那事已经结束，杨道远却意犹未尽，仿佛还能感受得到苏珊的体温，仿佛还能感受得到她的那种湿润，她表现出来的疯狂真是太完美和太奇妙。

杨道远躺在床上，睡在黑暗中，听任思想的野马到处狂奔。起点自然是应该从最初那次神奇的碰撞开始，苏珊像只受惊的小鹿那样，对着他的车头直奔而来，砰的一声撞了上去，吓了杨道远一大跳，然后她就像歇在树枝上展开了翅膀的花蝴蝶一样，趴在了他的车窗玻璃上。这就是他们的初次见面，这就是令人难忘的第一次，杨道远忘不了她穿的那条色彩鲜艳的长裙，宽大的裙摆随风而舞，掀过来掀过去，白花花的大腿隐约可见。一想到这些往日的场景，重新沉浸在当时的画面中，杨道远情不自禁地笑了起来。这样的初次见面真是太过传奇，这种传奇的见面本身就是一种注定，它注定有个更传奇的结尾。杨道远觉得自己应该好好地感谢这次碰撞，这种有惊无险的遭遇，简直就是老天爷送给他的一份大礼。

事实上，这一夜杨道远并没有睡好，起初他只是感到兴奋，有些得意忘形，渐渐地就开始冷静下来。毕竟这是杨道远的第一次出轨，他情不自禁地比较起苏珊和张慰芳的区别，比较着那种明显的不同之处。都是第一次，体会却完全不一样，感觉有着天壤之别。想当年，他和张慰芳的第一次是在新婚之夜，也不过是十多年前，他们竟然还会那么传统。虽然最后有过不贞的行为，但是当年与杨道远结婚的时候，她还是货真价实的处女。第一次十分艰难，就好像是在进行一场什么伟大的战役，大家都是新手，都是地道的菜鸟，新婚手册上的注意事项根本起不到任何作用，而且干脆是帮倒忙。张慰芳就像是个不能开窍的石女，她忍着剧痛，嘴里甚至咬了一条毛巾，结果弄到天亮还是没有成功。袁婉约的解释是她过于紧张了，她的受难者形象不仅无济于事，还会造成肌肉的僵硬，当然也会严重影响到杨道远的情绪。

杨道远也说不清楚哪种感觉，更值得让人去回味。对于一个男人来说，或许两种感觉都应该拥有，这两种感觉都不是太坏，既需要那种生涩的第一次，又不妨玩点成熟和刺激的偷腥。突然间，杨道远开始非常怀念和张慰芳的初次，非常怀念她的清白，非常怀念她的纯洁，想当初他是那么爱她，那么神魂颠倒，把她当做了女神，当成了天使，只要一想到她心头就会充满爱意。那是一场多么执著的爱情，因为执著，因为付出得太多了，杨道远难免锱铢必较，对张慰芳的出轨恨得咬牙切齿。是张慰芳把原本很美好的一切都给毁了，她背叛了他，也彻底毁了自己，一想到这些，杨道远对于自己今天的所作所为，不仅没有一点悔意，没有一丝一毫的愧疚，反而感到有一种复仇的快感，有点理直气壮。

这真是一种很奇怪的感觉，杨道远也想不明白自己究竟是怎么回事，如果单纯是为了复仇，为了向张慰芳报复，八年来这样的机会很多，正如姚牧所描述的那样，一个像他那样的成功男人，女人从来就不是问题。杨道远似乎根本就不用等待那么久，只要他愿意，只要稍稍地用一点心，像苏珊这样的女人也许早就出现了。杨道远似乎一直是在忍耐，也一直都在等待，终于他等到了苏珊，苏珊终于在一个最恰当的时机出现了。多少年来仕途上的跌打滚爬，已经让杨道远感到很累，感到无聊和身心疲惫，很多人都以为他所以能够成功，靠的是运气好，靠的是无为而治，是因为杨道远不去经营，不参加官场的这派那派，从来不与同事钩心斗角，为人清廉正派，没有传出过什么绯闻，实际上一个人真正能做到这些又谈何容易。

天快亮的时候，杨道远从迷迷糊糊的梦中惊醒过来。他梦到自己独自在茫茫的草原上散步，绿油油的青草一眼望不到边，天边没有云，天上没有太阳，大草原仿佛一幅很安静的油画。突然，绿色的青草改变颜色，开始变成了蓝色，然后越来越深，最后完全变成了黑色，黑色的茅草疯狂地往上生长，很快就有一人多高，杨道远发现自己深陷其中，已经无路可走，就在这时候他醒了。

杨道远开始认真思考与苏珊的关系，突然意识到自己必须谨慎行事。在官场上他已没有太多追求，对于自己目前所处的位置，杨道远已经相当满意。有些线索还必须很好地清理一下，事实上，杨道远对苏珊仍然是所知甚少。很多真相仍然还蒙蔽着，他突然意识到自己很可能正处于一个骗局之中，最初有些蹊跷的撞车，然后便立即去病房引产，与洪省长的不正常关系，一次次地跟他通电话，最后在长江边的水到渠成，所有这些都不能不让杨道远有所警惕。苏珊显然是对他另有所图，接下来，杨道远很可能会遭遇到一系列麻烦，她很可能是有备而来，要不就不会那么轻易地与他成事。

像苏珊这样的女孩子，与男人有点事，显然算不上什么大不了的买卖。现在有些疯狂的女孩子实在是太多了，杨道远发现自己不可能不产生联想，事实上，当他们还在车上癫狂的时候，他就想到苏珊也很可能与洪省长这么做过，当然这念头只是一闪而过，因为他几乎立刻就想到洪不可能会开车，像他那样的省级领导，到什么地方司机都会跟着。一想到洪省长，杨道远不由得醋意十足，而且还有一丝不祥的预感。红颜祸水的典故在洪省长身上已经应验了，杨道远必须悬崖勒马。

第二天上班的时候，杨道远一边处理繁忙的公务，一边在思索假如苏珊打来电话，自己应该如何应付。也许他们应该开门见山，各自都把底牌亮出来，自己究竟准备走出去多远，有些什么样的想法，要尽一些什么样的义务。杨道远不得不承认自己非常喜欢苏珊，不得不承认自己与她在一起感到很快乐，如果她只是允诺做自己的情人，如果他们只是经常地幽会，如果她没有太多奢求，只是要一些钱，只是通过他找一份好一点的工作，他们的关系就不仅可以维持下去，而且还有可能会进一步发展。这样赤裸裸的谈判显然不近人情，有些话其实很难说出口，杨道远知道自己根本就没什么与女人打交道的经验，他只是在脑子里想想而已。

这一天里，杨道远无数次地掏出自己手机观看，苏珊始终没有电话给他，也没有发短消息过来。显然是在等他主动打电话给她，杨道远知道，这时候谁主动打电话，谁就有可能会陷入被动。他希望自己能够沉着一些，老练一些，尽量不要去想到苏珊，要静观其变，耐心地等待她打电话过来。中午休息的时候，手机上突然传来了短消息，杨道远一阵激动和慌乱，打开手机一开，却不是苏珊发来的，而是一条莫名其妙的公益广告。冲动中，杨道远想到了放弃固执己见，差一点就要往苏珊的手机上打电话，但是最后还是控制住了，他想自己既然已决定要保持主动，就要态度坚决，就要贯彻始终，继续保持以不变应万变的姿态。

第一天就这么过去了，苏珊没有与他联系，杨道远觉得自己有些像热锅上的蚂蚁，整整一天都是忐忑不安。第二天又是在漫长的等待中度过，杨道远继续忐忑不安，继续无数次地查看手机，苏珊还是没有电话来。到了第三天，杨道远终于憋不住了，他不想再忍受煎熬，不想继续搭臭架子，也不想以不变应万变，便主动往苏珊的手机上打电话，然而结果让人非常吃惊，苏珊的手机竟然已经停机了。

5

苏珊的手机突然停机，完全出乎杨道远意外，既定的方针立刻失效，原先所有的设想一下子全推翻了，一时间，他想不明白这究竟是怎么回事，反复研究和琢磨她的号码，一次次再拨过去，终于确信无疑，苏珊肯定是停机了，她显然是不想再与他联系。这突然的一停机，苏珊就仿佛是断了线的风筝，立刻消失在无边无际的天空中，杨道远居然不知道该到哪里去找她。由于没有留下号码，过去也没有仔细询问，杨道远甚至都不知道她干活的那家广告公司在什么地方，自己虽然和女老板通过一次电话，可是号码早已忘记了，他连她的名字都想不起来。所能记住的只是那个伫立在街头的 IC 电话机号码，过去的很多天，他天天都是拨打这个号码，对那几个数字早就烂熟于心，可惜现在这个太熟悉的号码已没任何意义。

杨道远现在有点抓瞎了，没想到最后的结果会是这样，会是这样不明不白的。他也说不清这是好事还是坏事，如果能当做好事的话，也用不着悬崖勒马了，也用不着快刀斩乱麻，自己曾经有过的那份担心，苏珊可能会另有所图的那些疑问，因为一时狂欢而可能会遭遇的骗局，都已经彻底不复存在。如果要是坏事的话，那么杨道远很可能是永远失去了她，幸福刚刚开始就已经结束了，所谓艳遇不过是昙花一现，一个美丽的肥皂泡说破就破。他说好第二天会给她打电话，第二天她肯定是在死等他的电话，连续三天没有消息，苏珊肯定对他已失去了信心。她肯定把他当做了一个不讲信义的男人，当做一个好色和玩弄女性的男人，她肯定对他很失望。

此后的多少天，杨道远都是若有所失。他回想起那天晚上的分手，两个人在车里吻别，苏珊高高兴兴地下车，她笑着做鬼脸，然后扬长而去，又在手机上给他发了那封很长的信，热情洋溢，用了很多滚烫的字眼。他很后悔自己当时加重的冷淡，就干巴巴的几个字，“到家，明天电话联系”。其实在吻别的时候，他的表现就已经不够热烈，就已经是有些敷衍，苏珊一定是已经感觉到了，女人的心总是细的，苏珊一定是多心了，加上以后又没有打电话给她，她一定是看出了他的想法，看出了他的小心眼，看出了他的顾虑，看出了他是个没有情调的男人，看出他这人并不值得信赖。杨道远开始感到深深后悔，每一次电话铃声响起，无论是手机，还是座机，他都会产生一丝希望，一阵兴奋，然后立刻失望，立刻沮丧，没有一次是苏珊，没有一次。杨道远努力回想那家广告公司女老板的名字，只能记得姓金，后面的那两个字，无论如何都想不起来。他知道就算是想起来也未必有什么用，在这么一个大城市里，仅仅凭一个简单的人名，要想找到一个女老板，找到那家广告公司，基本上就是大海里捞针。

若有所失的杨道远仿佛热锅上的蚂蚁，不知道怎么才能再次联系上苏珊，现在，他实在是无能为力，除了痴痴徒劳的等待，还是痴痴徒劳的等待。

一个月以后，杨道远有理由相信，苏珊绝不会再与自己联系了。她选择了与他彻底决裂，不拖泥带水，不留一点点痕迹。杨道远不得不接受这个现实，他知道不管自己是愿意，还是不愿意，这件事都真的是结束了。

这期间，小艾去医院做了腋臭手术治疗。刚做手术的那几天，不能使劲干重活，有些事只能让杨道远来做。这是个很小的手术，背后的含义却是十分丰富。既然杨道远对狐臭那么反感，这次手术显然是为了男主人才做的。小艾似乎也很乐意去做这个手术，因为她知道很多人都不喜欢这个味道，有一次送张慰芳去医院治疗，天气热，小艾流了很多汗，在电梯里，一个男人大声地喊着“我操，这味道也太夸张了吧”，引得一电梯的人都对她看，弄得小艾十分难堪。走出电梯以后，到了没人的地方，张慰芳有些忍不住，说小艾你可能不知道，那个味道真的很厉害，你以后是不是可以用点什么药水。

手术以后的小艾变得沉默多了，张慰芳时不时让她掀开纱布，凑过去闻闻，然后十分肯定地说，确实已经闻不到那个味道了。她还让杨道远也过去闻一下，他有些犹豫，可是小艾的膀子还高高地举在那里，她根本就不在乎他去看，这时候他要扭扭捏捏，反而会弄得大家都很难堪。于是杨道远假装很认真地看了一眼，剃了腋毛的夹肢窝让人有一种很奇怪的感觉，剃了还在长，仿佛一粒粒黑的芝麻，张慰芳说小艾你的腋毛真浓，难怪你会有那个味道。杨道远立刻又联想到别的体毛，果然张慰芳又笑着对他说，小艾的汗毛就像外国人，你看她膀子上的汗毛。一时间，大家都不说话了，心里似乎都明白，张慰芳所说的，绝不会仅仅是指膀子上的汗毛，小艾脸红成了猪肝色，将高举的胳膊放了下来。

杨道远觉得应该对小艾说些什么，便问：“你还疼吗？”

小艾说：“有一点，不过没关系。”

张慰芳说：“乡下长大的女孩就是吃疼，换了城里娇滴滴的女孩，早就吃不消了，那夹肢窝里的肉多嫩呀。”

杨道远于是便联想到了苏珊，他记得自己也曾经注意过她的腋下，当然是在不经意间偷窥的，趁苏珊举起胳膊的那一瞬间，和现如今时髦的女孩一样，她那里的腋毛是剃干净的，或许汗毛本来就不重，或许是刚刚剃过，苏珊的夹肢窝显得非常光滑，就像是个天真的小孩子。杨道远并不觉得女人没有腋毛就好看，他不希望像小艾那样，是太浓密的一大片，又黑又粗又硬，如果一个很白净的女人，腋下有些稀疏的汗毛，黑白相间，还是很让人向往的。

小艾似乎已做好了嫁给杨道远的准备，她的大大咧咧开始有所收敛，有时甚至还会有一点点矜持，杨道远并不知道张慰芳对她说过些什么，然而从小艾对自己的态度上，可以明显地感到她已经默认此事。她与张慰芳之间变得越来越像姐妹，她们越来越亲密，小艾平时的表现，不完全像个妹妹，更像一个随时随地要保护姐姐的小兄弟，张慰芳就仿佛女孩容易向男孩发嗲一样，动不动就叫小艾这样那样。小艾对张慰芳总是呵护有加，她们显得很和谐，在一起真是天作之合。

转眼间，新的一年又开始了，仍然没有苏珊的消息。集团投资盖的最后一批福利房，经过两年拖沓的工程期，正式开始分发钥匙。因为是最后一批，大家考虑得就比较周到，首先是居住面积，只要自己愿意拿出钱来，就可以在规定的面积上，再增加一些，有了这个优惠政策，集团老总这个级别的干部，面积都已经接近两百平方。杨道远作为单位的第一把手，毫无意外地分了一套最好的房子。拿到钥匙那天，杨道远带着张慰芳和小艾去看房子，同样是小高层，同样是电梯，但是档次看上去已经完全不一样了。坐电梯上去的时候，张慰芳坐在轮椅上，有些感慨地对小艾说：

“我们上次搬家的时候，觉得有电梯就很好了，没想到又要搬新房子了。”

他们最初住的是老式公房，住在三楼，因为没有电梯，上上下下还是很不方便。后来换了有电梯的房子，当时已经很满足，总以为不会再搬家。现在的这套新房子很大，客厅宽大明亮，房间多，有三个卫生间，小艾推着张慰芳一间间挨个参观，前阳台后阳台一一看到。杨道远在一旁看着，作为这个家的男主人，毕竟也是由于他的原因，才会获得如此漂亮的一套房子，他不禁有些得意，问张慰芳感觉怎么样。

张慰芳说：“这才像人住的房子。”

小艾笑了，说：“小婶的意思，我们现在住的房子，就不是人住的了？”

“别跟我死抠字眼，”张慰芳白了她一眼，说，“我的意思，当然是想说这房子很好，你觉得怎么样，小艾？”

小艾傻乎乎地不说话，过了一会，嘀咕了一句：“我觉得原来的房子也挺好。”

“那好，以后你就住在原来的房子里。”

“住就住，我才不在乎呢。”

张慰芳笑着对杨道远说：“你别说小艾这丫头没心眼，她明知道我跟她不能分开，就故意这么说。”

张慰芳又一次很认真地与杨道远讨论离婚问题，她觉得长痛不如短痛，伸头是一刀，缩头也是一刀，反正事情已经到了这一步，不如索性做个好人，索性尽快成全他们，要离就快离，赶快把婚约解除了拉倒。杨道远说你干吗要这么着急，你急什么呢。张慰芳说我不是着急，是怕你会着急。杨道远笑了，说你看我像着急的样子吗。杨道远告诉张慰芳，即使他们真准备离婚，真准备解除那一纸婚约，也要等新居的房产证办下来，等房产证上写上张慰芳的名字也不迟。杨道远只是随口一说，毕竟他还没有下定决心要和她离婚，张慰芳却很往心上去，觉得他果然是在体贴自己。根据有关法律规定，结婚后的所得都是夫妻公共财产，如果现在就离婚，让杨道远和小艾结婚，张慰芳便成了局外人，岂不是让小艾这丫头白白占了一个太大的便宜。

不过从另一个角度推算，这也可以看成是杨道远终于默认了这件事，现在他提出暂时不离婚，这意味着最后的离婚终将避免不了。一想到这个，张慰芳心里就有些不好受，就有些酸楚，虽然这件事自始至终就是自己提出来的。她知道这个怨不得杨道远，也怨不得小艾，要怪只能怪自己命不好，怪自己不该出那场倒霉的车祸。但是张慰芳的心里总是很矛盾，一方面，她不断地要为杨道远与小艾的未来着想；另一方面，她又觉得自己很愚蠢很可笑，仿佛是在给自己掘坟墓，自己被出卖了还屁颠颠地在为别人数钱。

一拿到新房子的钥匙，下一步就是装修，张慰芳整天都在研究图纸，杨道远太忙了，根本就不想过问此事，谈工程方案谈价格，所有这一切都是张慰芳一手操办。装修公司的老板因为是杨总的房子，岂能不尽心尽力，不管张慰芳提什么样的要求，都是尽可能的一口答应，而且给予最优惠的条件。接下来，张慰芳沉浸在对未来的设计之中，买什么样的地板，铺什么样的地砖，购置什么样的家具，配什么样的家电，房间如何分配，卫生间如何安排，如果杨道远和小艾将来有了孩子又该怎么样，是不是还要再留一个保姆房。小艾只能是名义上的正妻，财政大权自然是应该牢牢地控制在她张慰芳手上，未来有着太多的想象空间，有着太多的不确定，张慰芳时不时会询问杨道远，想听听他的意见，想探探他的口风，可是杨道远总是心不在焉，他总是以自己太忙为借口，对张慰芳提出的任何方案都不置可否。

张慰芳恨不能天天都到新房子里去看上一眼，恰好这两个地方离得也不是太远，小艾推着轮椅用不了多少时间就能到达。看着正在装修的房子一天一个模样，张慰芳不由得百感交集，既有莫名其妙的兴奋，又有五味杂陈的茫然。对于她来说，尽管可以有很多承诺，尽管可以精心地作一些防患未然的准备，她的生活很可能并没有什么太大的改变，然而她知道，改变终究是免不了的，改变是迟早的事，一旦住进这新房子，就意味着一种全新的生活即将开始。

6

杨道远意识到自己唯一有可能再见到苏珊的地方，就是他送她下车的小区门口，这样做有些冒险，这样做有些疯狂，这样做全然不是他的处事风格，然而有一天杨道远忽然想明白了，自己为什么不能试一试呢，为什么不能去那里守株待兔。既然他是那么念念不忘，既然他是那么依依不舍，为什么他不能去那个地方等她，向她解释，求她宽恕。这个想法早就有了，但是杨道远并没有立刻付诸行动，还是有些犹豫，还是吃不准该不该这么做。他知道这么做无疑是玩火，是引火上身，弄不好就是湿手抓了干面粉，很可能会弄得一塌糊涂。

连续三天，杨道远都是在下班后去蹲点守候，坐在汽车里，远远地注视着小区门口。有一小段距离，他觉得这样进可攻退可守，自己能看到苏珊，她却不一定能看到他。苏珊绝不会想到他坐在汽车里，绝不会想到他是在等她，她绝不会想到他会走这么一步险棋。有一天似黑非黑，他看到一个人影很像苏珊，差不多的身高，差不多的发型，就连那件衣服也有些相似，从小区里走了出来，正对着他走过来，杨道远心里一阵激动，走近一看才发现不是。公务繁忙的杨道远谢绝了很多应酬，甚至逃避了一场不应该缺席的会议，结果却让人失望，他一次也没到遇苏珊。每天都是这样，天渐渐地黑下来，越来越黑，小区进出的人也由多到少，杨道远终于意识到了错误，他等候的时间很可能不对，应该理智地放弃，放弃这种毫无意义的守候，不要再继续犯傻。

就在杨道远准备放弃的时候，奇迹出现了，苏珊并没有像他所设想的那样，在小区的门口出现，却冷不防从天而降，站在了他的车门口。杨道远非常绝望地注视着前面，满脸沮丧，一肚子不自在，突然有人轻轻地敲着车窗玻璃，他转过头来，发现竟然是朝思暮想的苏珊。她先是看到了他的车子，很奇怪他会在这里，不明白他干吗要干坐在车里，很显然，她发现他已经有一会了，也许一开始并不想和他打招呼，可是最后她还是改变了主意。

杨道远喜出望外，连忙按下车窗玻璃，说想见她一面真不容易。

苏珊不屑地说："杨总真的还想见我？"

杨道远百感交集地说："不想见你，我也不会天天来这里等你。"

苏珊不是很相信地看着他。

杨道远说："我已经在这等了三天。"

"哼，谁相信呢？"

"我绝对没有说谎，绝对是三天。"

说完了这话，杨道远也觉得好笑，不要说在这没头没脑地等了三天，就是等了再多的日子也与苏珊无关。

苏珊想不明白地问："你找我有什么事？"

杨道远质问："你的手机干吗要停机？"

"不可以吗，为什么不可以停机？"苏珊一本正经地说着，杨道远希望能看到自己所熟悉的那种微笑，然而她的脸部表情很严肃，"你到底有什么事？"

杨道远笑了，说："没什么事，我就是想找你。"

苏珊似乎还是有些不高兴，然而到这时候，杨道远已顾不上她高兴不高兴，内心充满了一种失而复得的兴奋。他很热情地邀请苏珊一起去下馆子，立刻就遭到了她的拒绝，苏珊说自己已经吃过饭了。杨道远说吃过有什么关系，吃过也可以去陪他坐一会，他现在的肚子可是有些饿了，他可是一直饿着肚子在这傻等。外面很冷，他让苏珊赶快上车，不要再站在露天受冻了。苏珊确实感到有点冷，拉开车门，一屁股坐在副驾驶座上。

杨道远很高兴地说："你说吧，我们去哪里吃饭？"

苏珊冷冷地说："对不起，已经跟你说了，我吃过了。"

"我们随便找个地方坐坐？"

"我哪儿都不想去。"

"你生我的气了，我知道你生气了，"杨道远这时候的心情很好，他知道自己只要能见到苏珊，所有的误会都会立刻消失，"你能不能听我解释——你可不可以给我一个解释的机会，我知道你是有理由生气，可是你总得给我一个解释的机会，我有这个权利，对不对？"

苏珊最后还是作出了让步，既然杨道远还没吃饭，不停地说自己肚子饿，她最多愿意陪他到离此地不远的麦当劳去坐一会。很快两人进了麦当劳，苏珊只要了一杯可乐，杨道远要了一份汉堡，又要了薯条和鸡翅，狼吞虎咽地吃起来。时间也只是八点多钟，也许是冬天的缘故，感觉已经很晚了，周围也没有什么人。苏珊与杨道远对面而坐，看他吃得那么香，自己忍不住先笑了，她一笑，杨道远心旷神怡，说她笑起来很好看，说他就喜欢她笑的模样。

苏珊的脸又沉了下来，不过立刻又有了笑意。

杨道远抱歉自己第二天没有打电话给苏珊，解释说自己当时太忙了，说完立刻觉得不妥，再次抱歉是自己不对，他再忙也不应该不打电话。苏珊不说话，慢腾腾地喝着可乐，时不时看他一眼，那股不快活劲似乎已经过去了。

杨道远说："我也不想多说，我确实是错了，可是你为什么不给我打电话。"

苏珊微笑着说："我干吗要给你电话！"

杨道远做出很认真的样子，说："你不打电话可以，不打电话我不怪你，可是你不应该让手机停机，你这一停机，我就没办法了，就抓瞎了，你说我到哪儿去找你。你知道，为了找你，你可真是害死我了——"

苏珊十分开心地笑了起来，起身又去柜台，要了一份圆筒冰淇淋，然后小心翼翼捧在手上，很认真地一口一口吃着。杨道远觉得她吃冰淇淋的样子非常可爱，就像一个不折不扣的小女孩，显然她对他的不满已不复存在，一边专注地吃着冰淇淋，一边心不在焉地听着。这时候，最好的办法就是以攻为守，杨道远要让苏珊知道，不联系的过错其实并不完全在自己身上，他如果表现得越着急，越迫不及待，苏珊才会越高兴。果然苏珊越来越开心了，云开雾散，就仿佛什么也没发生似的，时不时地瞪大眼睛听他说话，完全是一个没心没肺的女孩子。在接下来的时间里，杨道远有几分夸张地描述自己的所作所为，如何一遍遍打电话，如何去寻找她工作的那家广告公司，如何想找到那女老板的名字，总之一句话，他努力了，他尽心了，他已经做了自己该做的一切事情。

到最后，苏珊似乎有些被他感动，恨恨地说："你活该，谁让你第二天不给人家打电话，我一直都在等你的电话！"

"第二天我是真的有事。"

"第二天的第二天呢？哼，就会想你在等电话，为什么不想想我呢，为什么不想想人家会怎么想？"

杨道远无话可说，就强词夺理："反正你不应该把手机停机，一停机，你再有理，都没理了。"

苏珊说："我就停机，我高兴！"

从麦当劳出来，杨道远意犹未尽，还想再去别的地方。苏珊也彻底消气了，但是坚决不答应再去别处，执意要他送自己回去。她告诉杨道远，自己已经不在原来的那家广告公司上班了，现在正跟着一位年轻的纪录片导演在拍电视。杨道远便跟她要新的手机号码，苏珊说她暂时不想用手机，也不想跟别人联系。杨道远酸酸地说，她恐怕不是不想跟别人联系，是不想和他联系。苏珊听他这么说，有些无奈，有些心软，说那好吧，我就把自己原来的手机卡重新开通好了。杨道远又继续追问那位年轻导演的情况，问那是个什么样的人。苏珊似乎不太愿意提到他，说这人我一时也说不清楚，以后再跟你细说吧，总之一句话，人不怎么样，够差劲的。

送到小区门口，杨道远还想再有个告别仪式，像以往那样亲她，可是苏珊心神不定，开了门就走了，弄得他很有些狼狈，想不明白她刚才还好好的，怎么突然又不高兴了。

他把头伸到车窗外，大声对她说："喂，打电话，别忘了给我打电话！"

苏珊头也不回地往前走，缩着脖子，显然外面的气温很低，她穿得也不多，只是一件看上去很薄的棉袄。到家停放汽车的时候，杨道远的手机响了，是苏珊打来的。杨道远有些意外，说你怎么会现在给我打电话，苏珊一听他的口气，立刻说你要是觉得现在不合适，那就算了。杨道远连声说没事，他只是感到意外，不管什么时候，只要是她能来电话，自己都会高兴的。苏珊便问他是不是已到家了，杨道远说还没有，他现在正在停车。苏珊说那就好，她说你放心好了，你真要是到家了，我绝对不会往你家里打电话。

接下来，两个人在电话里又说了半天，这一次话多的是苏珊，她一口气说了半天。苏珊说她知道杨道远当时为什么不打电话，他不主动与她联系，是害怕她会缠上他，会破坏他的家庭。杨道远试图作些解释，可是他刚开口，苏珊就让他不要打断她的话，让她一口气说下去，让她把该说的话先说完。苏珊说她很后悔与他发生那样的事，真的是很后悔，因为自己太轻易了，太轻易了反而会让他看轻自己，会让他觉得她很轻浮，太容易与男人上床。一想到自己与他有一个草率的开始，她就感到心痛，感到痛不欲生。一个好的爱情故事不应该是这么开始，他们应该一步步地慢慢来，她发现自己已经爱上他了，因为爱，她特别后悔他们如此草率。

苏珊十分心痛地诉说着，声音开始哽咽。杨道远有些感动，从来没有一个女孩子这样对他诉说过，让苏珊说到了“爱”这个字眼的时候，杨道远有一种前所未有的震动，从内心深处感到一阵阵暖意。他们的开始确实有些草率，进展也过于神速，缺少了必要的过渡，但是经苏珊这么一提醒，他开始感到了爱情的魔力。苏珊继续说着，她的声音颤抖，不时地吸着鼻子，她告诉他此时自己正站在街头打电话，外边冷极了，路上也没什么行人，周围黑糊糊地让人感到害怕。她说有些话本来可以在麦当劳里跟他说，可是她觉得像现在这样，电话里说也许更好，更容易说出口。

杨道远十分温柔地对苏珊说：“你站在那儿别动，告诉我你在哪儿，我开车来找你，我们一起找个地方，我们可以好好地说一会话。”

苏珊说：“你别过来，别过来。”

“不，我一定要过来！”

“你过来干什么呢，我的话都已经说完了。”

“我已经上路了，告诉我，你在哪里？”

苏珊大致说了个方位，杨道远立刻开车往那个方向赶，很快就到了目的地，苏珊正站在路边等候，她身后是一个 IC 电话机亭。汽车慢慢地停稳了，苏珊拉开车门钻了进来，很显然她是冻得够戗，杨道远伸手去抓她的手，冷得像块冰一样。他赶紧将她搂在怀里，说你这样会冻坏的，我帮你好好地焐一下。苏珊很乖巧地依偎在他身上，说一个人非得先痛痛快快地冻一冻，才会突然感到什么才是真正的温暖。

苏珊感慨说：“唉，你这车里真是暖和，真的暖和！”

接下来，两个人就这么依偎在一起，汽车就歇在大马路上，就在来接苏珊的那个原地没动弹。苏珊不时地用餐巾纸擤着鼻涕，很快就把那一小包纸给用完了，幸好车上还有一大盒没开封过的。杨道远提议找个地方，说可以去茶馆，也可以去宾馆，但是苏珊执意要在汽车里待着。苏珊说今天我们什么地方也不去，就这么待在汽车里，就这样就很好。杨道远只得依从她，不想太违背她的意愿，免得她多心自己会有别的什么想法。苏珊说其实你根本不用过来，你来了也没有什么用，我的话都已经说完了。杨道远又提议干脆坐到后排去，毕竟后面宽畅一些，苏珊说不，她说她喜欢坐在前排，她喜欢像现在这样。两个人说着说着，又热烈地亲吻起来，亲着亲着，便有些疯狂，杨道远的手又有些不安分。

苏珊说：“今天我们只许亲吻，不许干别的事。”

杨道远立刻变老实了，两个手隔着衣服，按在她的乳房上不动弹。

苏珊提议说：“我们好好地说说话怎么样？”

杨道远笑了，说：“不是你的话已经说完了吗？”

“我的话是说完了，”苏珊娇嗔地说，“可是你的话，还没有开始说呢。”

“你要我说什么？”

“说什么都可以。”

“好吧，让我想想，让我好好想想。”杨道远一本正经地说着，其实他根本就不在想，用手将苏珊的头拨了过来，又一次长时间地吻她，在她的脸上到处乱亲。

苏珊痴痴地问他："你真的喜欢我吗？"

"当然是真的。"

"不许骗人！"

"我干吗要骗你。"

"那好，你告诉我，你究竟喜欢我什么？说，快说。"

"我也说不清楚，"杨道远只能说老实话，这时候，说老实话最有力，最容易让人相信，"我真的是不清楚，反正我是喜欢，真的很喜欢。"

"不骗人？"

"你看我像个会骗人的人吗？"

"我不知道，我也看不出来，"苏珊柔情似水，借着外面射进来的路灯光，她小鸟依人地看着杨道远，"好吧，就算你是骗人，我也认了，我不管你喜欢不喜欢我，不管你是不是骗人，反正我是喜欢你，我不管，我就喜欢你。"

两个人就这样卿卿我我，甜甜蜜蜜如痴如醉，在汽车里一坐就是大半夜，一聊就没个完。他们的汽车始终都没有挪过地方，就停在马路边上，就在那个IC电话亭前面。谁也没想到这么待在汽车里是很危险的，当时根本就一点没有这样的安全意识，根本就没想到。好在苏珊在一开始就感到有些喘不过气，她让杨道远开点窗，放一点外面的冷空气进来，他们没有因为一氧化碳中毒实属侥幸。最后，已经是半夜三更，一辆巡逻的警车正好路过，闪着警灯停在了他们的汽车旁边，一名年轻的警察下车，用电筒对车里面照了照，看见杨道远和苏珊规规矩矩地坐在那，便敲了敲玻璃窗，示意他们把车窗玻璃摇下去。杨道远以为是要检查证件，没想到那年轻的警察只是提醒他们注意，一定要保持车内通风，前几日一家停车场里刚出过事，一对偷情男女死在了汽车里，半裸露着身体十分狼狈。

第六章

张慰芳永远是一面镜子，在这面镶着金边的镜子里，杨道远所能看见的只是过去，这过去就像一幅幅黑白照片，永远是历史记忆，是贫穷，是屈辱，是巨大的绝望，是与张慰芳的出身所形成的强烈反差。

1

杨道远出生那一年，是 20 世纪的 60 年代初，正好是最困难的年头。村上很多人饿死了，能活下来的都是人精。对于自己的童年和少年，杨道远更愿意处于一种失忆状态，他很少去回忆过去，最烦别人跟他谈起故乡，自从大学毕业，他就再也没有回过老家。杨道远的身世永远就是个谜，他母亲是个过路的女乞丐，跟着别人一路逃荒要饭，最后就流落到了父亲所在的那个村上，或许是当时病倒了，当然更可能只是因为饥饿，反正就在当地留了下来。具体的真相杨道远始终没有弄明白过，有一种说法，是父亲收留了这个怀孕的女人，他反正没有老婆。还有一种说法，是父亲用两块大饼向另一个男人换来的，这个可怜女人并不愿意留下来，然而父亲还是娶了她，并把她的肚子给弄大了。杨道远母亲在生下儿子的几个月后便死了，她本想抱着他一起跳水库，可是到了最后关头，却把儿子留在了河岸上。有人发现她跳了水库，大声喊人过来抢救，小杨道远却在河岸边的树荫下呼呼大睡。

杨道远父亲也是一名形迹可疑的流浪者，他的个人历史同样模糊不清，谁也说不清楚他的来历，他自己的讲述也永远不一样。能肯定的只有他的军人出身，什么样的军队似乎都干过，打过日本人，在共产党的队伍里待过，在国民党的部队也待过，还当过伪军。很长时间里，他头上一直戴着坏分子的帽子，是无产阶级专政的管制对象，在杨道远印象中，父亲的境遇始终很糟糕，他是村上最没有地位的男人，永远在受别人的欺负。怎么都看不出身上有丝毫军人的气质，他永远低声下气唯唯诺诺。

杨道远有两件事永远都不能原谅父亲，一是他总是故意夸大儿子的尿床，嚷得全世界都知道他那时候有多丢人，在七岁之前，杨道远一直为自己的尿床感到苦恼，村上的人都会因为这件事嘲笑他，当然也包括他的父亲。一直到上大学，杨道远家就只有一条棉被，穷并不让他感到羞辱，他永远也忘不了的是，父亲向别人讲述儿子尿床时的那种得意，也许儿子是自己唯一可以欺负的对象，杨道远父亲从来不考虑儿子感受。另一件让杨道远耿耿于怀的事，是父亲竟然与村上一个名声最坏的女人有染，那女人长得很丑，又高又大，有男人有一大堆孩子。全村都把这当做笑话讲，他们在生产队的牛棚里苟合，大家便集中在一起捉奸，然后押着奸夫淫妇在村里游街。

小时候，杨道远最喜欢做的事，便是在水库的大堤上跑步。大堤很长，一开始只是出于对水的恐惧，他知道自己母亲就淹死在这里面，一种无名的恐惧促使他拼命奔跑，渐渐地他就喜欢上了跑步。跑步时会产生的一种孤独感，能让人忘掉很多不愉快的东西。学校里上体育课，班主任发现他跑得很快，轻而易举地就拿到了全校的第一名。这以后，县里不知怎么知道了，来了两个搞体育的人，带他到大堤上去跑了几个来回，立刻认定他是练习中长跑的材料。从那以后，杨道远天天一大早爬起来练习跑步，班主任是个复员军人，见识过外面的世界，他告诉杨道远如果想离开农村，离开这个不想待的地方，唯一的可能就是好好训练，好好地练习跑步，争取在省里的重大比赛中拿到好名次。

结果从来也没有在重大比赛中拿过名次，在他最出成绩的那些年头，根本就没有什么重大比赛。好在他最后考上了师范学院，那时候高考刚恢复，他因为体育成绩突出，可以适当的加分被破格录取。大学彻底改变了杨道远的生活轨迹，当时的大学门槛很高，可是一旦进入大学门，个人的所有问题，国家基本上能帮你解决了，上师范有生活费，有城市户口，毕业了还包工作分配。

刚上大学时，杨道远还有些自卑，总觉得自己是个偏僻之地的乡下人，别人会看不起他。渐渐地，杨道远开始摆脱了自卑，变得越来越自信，越来越有主见。他开始完全像变了一个人，变得连自己看起来都有些陌生。大学二年级的时候，杨道远突然接到电报，父亲得了一场并不严重的病，说死就死了。他并没有感到太悲伤，恰恰相反，父亲的死反倒给了他一个彻底与家乡告别的理由，在草草地了结后事以后，杨道远最后一次走过了水库的大堤，从此就再也没有回去过。

作为高考恢复后的第一届大学生，这一代人没有理由不成为时代的宠儿，然而真正让杨道远获得自信，并且让他彻底摆脱自卑的却是爱情上的成功。对张慰芳的追逐，完全改变了杨道远的命运，对于他来说，这是一场豪赌，不成功便成仁。自从在电影院门口见到张慰芳，杨道远便开始念念不忘，他一眼看上了这个比自己大了将近两岁的女人，立刻就觉得高不可攀遥不能及。那时候的姚牧早就是情场老手，是他给了杨道远不妨一试的勇气。姚牧的名言是追不到女人不丢人，不敢追才丢人，在姚牧的唆使下，杨道远开始有些笨拙地向张慰芳发动进攻，他先是非常传统地请姚牧为自己做媒，向张慰芳表达自己的爱慕之心，然后买了电影票去张慰芳的学校，请她看电影。当时请看电影还不能只请一位女生，他一下子给了张慰芳四张票，请她和她的同学一起去观看。

这样的场面有些滑稽，他孤零零地坐在一边，四个女生肆无忌惮地有说有笑，一边看电影，一边偷眼看杨道远。结果从电影院出来，杨道远与她们分手告别，四个女生除了张慰芳，对杨道远印象竟然都不错。她们一致认为，杨道远并不像个从农村出来的孩子，为人正派相貌堂堂，大学里歪瓜裂枣的男生太多了，他的谈吐虽然弱了一些，可是当时毕竟是四比一，就只有他一个男生，寡不敌众，害羞总是难免的。再说了，男生太油腔滑调也没什么好，能对张慰芳这么痴情，能有勇气这么约会女孩子，就已经很不错了，就已经很难为他了。

很快杨道远便大学毕业，在一家中学当老师，张慰芳也分配去了公安局，他常常跑到公安局门口去等她。相当长的一段时间内，他们一直保持着那种若即若离的关系，杨道远痴心不改，张慰芳无动于衷。她一次次地警告他，让他不要再追她了，她是不可能跟他的，但是他的回答很干脆，永远就是那斩钉截铁的一句话："只要你还没有和别人结婚，我就有权利追你。"

"要是我跟别人结了婚呢？"

杨道远无话可说，他不愿意去想这件事，现在张慰芳既然已经这么说了，不由得黯然神伤，不由得情绪低落。张慰芳看得出他是真的难受，倒有些不忍心再拒绝他了。公安局的同事很快都知道她有个一根筋的追求者，经常傻乎乎地在门口徘徊等候，最后连站岗的守卫都知道他这个人。

杨道远对张慰芳的苦苦追求持续好了多年，仿佛是在家乡的水库大堤上练习跑步，枯燥单调孤立无援，每天只是简单地重复。渐渐地，他不仅习惯了这种追求，而且感到很充实，觉得自己的生活有一个实实在在的目标。人生不能没有追求，有追求的人生才会幸福。随着时间一年年过去，光阴荏苒，张慰芳始终还是那个态度，她也习惯了杨道远的追求，一直不肯最后松口，也从来就不曾断然拒绝。她永远是含含糊糊拖泥带水，告诉他不要抱太大希望，让他不要再追求她了，可是这种告诉更像是一种暗示，更像是在考察杨道远的耐心，更像是在测试他的忠诚。

很快，杨道远就成了学校里的骨干，几位校领导都很看重他，觉得他的学问和人品都不错。人事处长非常热心地要为他做媒，女方是副校长的一位没考上大学的千金。杨道远一口就回绝了，他告诉人事处长自己已有了意中人，并把这件事带点得意地向张慰芳汇报。张慰芳乐不可支，说这样的好事干吗还要拒绝呢，你这不是傻吗，换了别人，校领导的女儿看中自己，也许还巴不得呢。

张慰芳问杨道远："那女孩子漂亮不漂亮？"

杨道远说："应该很漂亮。"

"你见过？"

"没有见过。"

"没见过怎么知道漂亮？"

杨道远告诉张慰芳自己得出这结论的理由，说他们学校的副校长就长得很漂亮，五官好身材也好，龙生龙凤生凤，她的女儿自然也就应该漂亮。

"这么说你们的那位副校长，也是个女的了？"

张慰芳似乎到这时候，才突然听明白，酸酸地问着，同时又忍不住要挖苦几句，说她是不是也很喜欢你，我就觉得奇怪了，为什么不是她自己跟你说呢。为什么不直截了当地说，我有个很漂亮的女儿，想嫁给你，这多好，这多有意思。杨道远无话可说，不过他很喜欢张慰芳有些发急的样子，这说明她心里已经开始有自己了。张慰芳还不愿意放过他，继续追问副校长到底多大年纪，又究竟是如何的好看。杨道远说女人长得好看，本来也就是说说而已，一下子怎么说得清楚。张慰芳却有点来劲，说你为什么不肯直截了当地回答，说你们那位漂亮的女副校长到底是怎么回事，她到底是有多喜欢你。由于张慰芳比杨道远大两岁，他们的谈话有时候更像一对姐弟，她总是有点居高临下，常常会有以势压人的教训口吻。杨道远被她逼急了，说在我眼里，最漂亮的女人就是你，我最喜欢的人也是你，没有人比你漂亮，我也不会喜欢别的女人。

杨道远赤裸裸的表白并没有让张慰芳满心欢喜，她也说不出为什么，好像永远是在等待一个白马王子的出现，可是意中人却仿佛藏在某个角落里，迟迟不肯现出真身。那时候，张慰芳并不知道，杨道远就是她生命中的白马王子。杨道远的一番表白有些落空，也许她只是觉得杨道远还不够优秀，当时也确实看不出他有多出色，看不出他今后会有很好的发展。也许是因为母亲极力反对，虽然张慰芳并不太在乎他的家庭出身，可是她母亲很在乎这个，她们身边有那么多现成的干部子女，为什么女儿好端端地非要嫁一个农村子弟。杨道远的深情让张慰芳有些困惑，没有感到太多的高兴，而是陷入了淡淡的迷惘之中，她找不出自己要接受杨道远的充分理由，更没有拒绝他的十足借口，只能违心地劝杨道远："这对你可是个好机会，你们副校长那么喜欢你，你以后的前途，就不会成问题，况且人家女儿还长得很漂亮！"

2

现如今的杨道远是个非常幸福的人，回忆自己的人生，他一直觉得有两步路最为关键，首先要感谢高考，没有高考，杨道远的一生都可能是黑暗，他将永远是一个穷乡僻壤的野孩子，永远背负着坏分子子女的阴影。高考获得成功是他人生最重要的一块基础，是摩天大楼最坚实的地基。其次就是对张慰芳的追求，这件事的意义几乎不亚于又一次高考，参加高考还有些朦胧，基本上是一帆风顺，杨道远并不知道它的意义有多大，而对张慰芳的追求，却更像是一次有着远大理想的攀登，是一场艰苦卓绝的征战，拿下了张慰芳，就意味着国共决战完成了渡江之役，百万雄师已过了大江，杨道远的前程从此一路阳光灿烂。

杨道远的人生充满了传奇，在上大学之前，他有太多的事不知道，有太多的事不曾经历。他第一次坐上汽车，第一次坐火车，第一次走进真正意义的城市，第一次用上自来水，第一次去电影院看电影，第一次疯狂地爱上一个女人。这以后，太多太多的神奇，不断地走进他的生活，太多的连想都不敢想的好事，全都在不知不觉中变成了现实。张慰芳是一块磨刀石，杨道远这把好刀在她身上越磨越亮，张慰芳是一块试金石，它终于试出了杨道远的含金量。

杨道远时常会对苏珊提起自己的过去，当年追求张慰芳的时候，他最不愿意涉及的就是自己的往事，最害怕的就是她问起自己的故乡。现在情况完全不一样，作为一名货真价实的成功男人，杨道远已经没有必要与苏珊说自己的当下，一切都已经是明摆着的，他没有必要再去强调，也没有必要再去炫耀。对苏珊说说过去，回忆回忆当年的艰难岁月，有点像老红军缅怀爬雪山过草地，这种感觉真的非常好。苏珊终于让杨道远有勇气坦然地面对自己的过去，因为苏珊，原本是很不好的往昔，不堪重温的往事，也突然变得美好起来。

过去有很多往事可以提起，在年轻单纯的苏珊面前，杨道远终于意识到自己确实已经是个老男人了，充满了一种历史的沧桑感。人生总是用来感慨的，只有面对纯真无邪的苏珊，杨道远才实实在在地感受到了事业的成功，他告诉她自己的少年时代，讲述他如何在漫长的水库大堤上练习跑步，向她描述当时内心的孤独。他对苏珊说起了从未见过面的母亲，用很平静的语调说着母亲的投河，一边说，一边看着苏珊眼中涌现出的泪花。他第一次有机会与别人一起分享对母亲的怀念，这是一种与张慰芳在一起时完全不一样的感受，同样的话题，最初是杨道远不愿意跟张慰芳说，后来他愿意说了，张慰芳却又不愿意听。张慰芳永远是一面镜子，在这面镶着金边的镜子里，杨道远所能看见的只是过去，这过去就像一幅幅黑白照片，永远是历史记忆，是贫穷，是屈辱，是巨大的绝望，是与张慰芳的出身所形成的强烈反差。

天真的苏珊不一样，什么样的话题对她来说都是新鲜的，什么样的话题她都可以听得津津有味。与苏珊在一起，杨道远根本就没有那种障碍，他栩栩如生地描述自己的婚姻故事，谈起了他与张慰芳的爱情马拉松，涉世不深的苏珊很轻易地就成为了他的猎物，完全被他的传奇故事所打动。在杨道远的叙述中，张慰芳是完美无缺的，苏珊因此对从未见过面的她充满了一种浪漫的向往，非常渴望能与张慰芳见上一面。她相信这肯定是一位非常出色的女人，要不然杨道远绝不可能对她表现得如此执著。当然她更感动的是杨道远对张慰芳的不离不弃，这时候，苏珊完全忘记了自己的第三者身份。

苏珊成了杨道远的秘密情人，他的许多担心和顾虑，都没有成为现实。她绝对不是人们所想象的那种坏女人，从来没有因为这种关系要挟过他，对他也没有任何不合理的要求。苏珊似乎很心甘情愿地处在地下状态，联通公司送给集团老总副老总每人一部 CDMA 手机，内有五千元钱的话费，说是供大家试用，其实就是合法的贿赂。别的老总的话费早就用得差不多了，杨道远因为不需要，一直把这部手机扔在办公室抽屉里，有一天他突然想到可以送给苏珊。

有一段时间，这部手机成为苏珊与他联系的重要通信工具，由于号码只有杨道远一个人知道，基本上就成了专线电话，以至于苏珊戏称它是一根拴在狗脖子上的项链，他需要她的时候，只要一拉绳子，她就会乖乖地跑到他面前。那段时间真的是很甜蜜，苏珊远比想象中得还要乖巧，这样的女孩子真是太适合作为情人了，既能让杨道远着迷，又一点不会成为负担。很快他发现苏珊远比自己更爱对方，更愿意作出牺牲，因为爱，无论杨道远怎么做，无论他怎么安排，她都不是很在乎。

很快苏珊就不再跟在那位纪录片导演后面拍片，他们的性格根本合不来，而且那个导演还喜欢吃女人豆腐，人长得十分猥琐，一碰就动手动脚。有一次，他竟然在别的女人面前吹嘘，说自己与苏珊有过一腿，气得她当堂跟他对质，弄得他很下不了台。这是个喜欢意淫的家伙，不仅编造了与苏珊的风流韵事，几乎所有和他打过交道的女性，都有可能被他栽赃陷害。事实是，他的性能力基本上早就丧失了，据说是因为少年时手淫，那玩意被一只母猫的爪子抓了一下，从此就有了严重的勃起障碍。有一次在洗头房按摩被公安逮住，他正是凭着医生的一纸诊断，不但证明了自己的清白，同时也洗刷了自己的冤屈。

集团的影视基地计划终于通过了，有一天，杨道远与姚牧商量，希望由他来具体负责这项工作。姚牧有些意外，一来这差事并不是什么肥缺，征地谈判安置当地农民，每一桩事都吃力不讨好。二来与盖集团大楼项目一样，杨道远当初既然会担心姚牧分管基建有可能会出事，如何又不担心他在负责影视基地的时候闯祸，早知今日，何必当初，于是姚牧想不明白地问杨道远："为什么这事由我来分管，才会比较合适，你总得给我一个理由吧？"

杨道远说："没有理由，就是觉得你合适，非常合适。"

"凭我们俩的关系，你真要我干，我当然不会拒绝，"姚牧心头仍然疑惑不解，很想能得到进一步的解释，"不过凡事都得讲究一个明白，我真是不愿意糊里糊涂就接了这差事，你这葫芦里卖的到底是什么药？"

结果姚牧还是糊里糊涂地接下了这个差事，既然杨道远看中了他，非要让他干，就不可能不给他这个面子。姚牧知道杨道远轻易绝不会求人，现在如此迫切地央求他干，说明一定是有他的道理，一定有他的什么想法。恭敬不如从命，现在杨道远既然早已是他的上级领导，姚牧也没有必要违背他的意志。好在姚牧属于那种能做好实事的干部，有着很强的工作能力，说干就能干，而且一定会把工作干好，拉赞助商，找投资人，看地，圈地，签合同，陪当地领导喝酒，跟各式各样的刁民吵架，忙得不亦乐乎。很快就有了雏形，影视基地几乎立刻初具规模，杨道远前去视察工作，姚牧不无得意，领着他到处参观游览，很有些沾沾自喜。杨道远对他的成绩给予了充分肯定，当众大加表扬，然后在私下里却与他密谈协商，问能不能安排苏珊在他的手下工作。

姚牧一口拒绝，说这样的女人绝对不能要。

姚牧说："你不会是开玩笑吧！"

苏珊最后还是成了影视基地的工作人员，刚开始，所谓基地其实就是个大工地，办公和住宿的条件很艰苦，都是临时搭建起来的工棚。苏珊一点都谈不上喜欢这份工作，但是想到能经常见杨道远，想到这是他的安排，也就无条件地接受了。杨道远十天半月会过来一次，一方面是看看工程的进展，另一方面也是为了与苏珊相会。姚牧终于明白了杨道远的心思，为了安排苏珊，居然跟他兜了那么大的一个圈子，真所谓用心良苦机关算尽。他也没办法反对，明知道这事有点不妥，却只能成人之美，只能硬着头皮接受下来，不过在内心深处很不赞成杨道远的所作所为。这样的人事安排显然过于笨拙，基本上是属于犯了大忌，要玩婚外情绝对不应该是这个玩法。凭他们两个的私交，姚牧不得不对杨道远提出一番忠告，可是他根本就不像能听进去的样子。

“我不是那种随随便便的人，”杨道远很认真地对姚牧说，“说老实话，我绝不是在玩弄苏珊的感情，我们是多年的老朋友了，这个你应该了解我。”

“我当然了解。”

“了解就好。”

正是因为了解，姚牧觉得杨道远这么做很不值得，完全是在不按牌理出牌。他有些奇怪这两个人怎么就会走到一起，如果说杨道远不是在玩弄苏珊的感情，谁又知道苏珊是不是在玩弄他的感情。姚牧自忖很了解杨道远，知道他是个十分理智的男人，做事一向谨慎，可是这一次的头脑发热，这一次所表现出来的热情冲动，却远远超出了人们的预料。红颜祸水，自从洪副省长出事以后，苏珊可以说是声名狼藉，一般的男人对她都是避之不及，即使是贪图她的美色，也应该速战速决，一经沾手就得赶快扔掉。像杨道远这样冒失轻率，竟然要将相好的女人养在自己单位，已经严重不符合游戏规则，更何况还是苏珊这样的厉害角色，弄不好就得出事，出大事。

姚牧很担心杨道远被苏珊所控制，很担心最后的结果会不可收拾。有女人喜欢杨道远并不奇怪，他从来就是个很有女人缘的男人，他的英俊相貌和贫寒出身，往往是打动女人的利器，很轻易地便能让女人产生爱怜之意。正如张慰芳母亲所说的那样，杨道远这辈子注定要靠女人扶助才能发达，他所以会有今天，能够仕途得意，首先是与张慰芳的帮夫运分不开，与张家的官场经营能力分不开。无论是女上司还是女下级，对杨道远的印象都会很好，说他天生就是个吃软饭的小白脸有些过分，不过心高气傲的姚牧从来就不觉得杨道远有多大能耐，他的工作能力其实很平庸，不过是运气好一些，脾气好一些，讨女上司喜欢一些，在官场的江湖上，运气和脾气有时候远比能力重要，姚牧恰恰是在这两方面差了一点点。

然而姚牧毕竟还是那种为了朋友可以两肋插刀的人，为了方便杨道远与苏珊幽会，他不得不临时调整规划，将原来应该是二期动工的度假村，移到了一期工程中来做。打乱原定计划是件很麻烦的事情，首先是资金的调配，不挪用几乎是不可能的，要挪用就一定会违规。杨道远根本也就没有细想，姚牧将报告送上来，他扫了几眼，就在上面签了字。度假村的规格也顺便提高了一个档次，姚牧这人办事一向好大喜功，而且也难免有干部子弟的习气，对“豪华”二字总是情有独钟，反正集团有的是钱。当时无论是姚牧，还是杨道远，都没有想到度假村最后会出问题，都没有想到它将来会捅娄子。姚牧只想到要把度假村建得漂亮一些，建得有特色一些，既然是由他经手操办，就要盖成国内第一流的度假村。

杨道远想得更简单，以后有了度假村，他与苏珊的相会就会变得更方便。

3

欢快的时间总是过得很快，转眼又是一年时间过去了，张慰芳一直沉浸在新房的装修中，有太多的事情需要她去操心过问，人生往往就是这样，越讲究越讲究，越认真越不能将就马虎。因为中途又请了一个很有名的设计师，这个人的风格是精益求精，他把原来的方案全部推翻了，一切都要从头再来，不仅要搞出一个精品工程，而且还一定要搞出一个纯粹的艺术品，要打造成一个可供人参观的样板房。结果新房的每一样设计，每一样东西的配置，都要经过主人和设计师的反复讨论。张慰芳乐此不疲，满脑了设计方案，整天想入非非，丝毫也没意识到杨道远恰恰是在这段时间出了轨。

漫长的装修终于到了尾声，这一段时间，甚至连没心没肺的小艾，也出现了一些意想不到的状况。张慰芳做梦也不会想到，和自己几乎是形影不离的小艾，竟然也会在她的眼皮底下，成了小区门卫小杜的追逐对象。小杜是小艾的同乡，所谓大同乡，也就是来自同一个地区，是相邻的两个县城，聊天时可以套套近乎，口音有些接近。这小伙子个子不高，有点黑有点胖，一张典型的娃娃脸，是个能说会道的家伙，巧舌如簧，动不动就天花乱坠，他原是有老婆有孩子的，为了哄小艾高兴，硬说自己没结过婚，也没谈过恋爱。小杜告诉小艾，他出来打工是因为村长的女儿看中他了，村长的女儿太丑，太没有吸引力，于是他不得不逃婚跑出来。

当然这也和装修新房有关，否则不可能会有那么多的接触机会，好事坏事常常是凑在一块的。张慰芳与小艾去市场看材料，有时候买回来要先放在这边的旧房子里，张慰芳便让干门卫工作的小杜做帮手，与小艾一起抬上来。小杜本来是个热心人，动不动喜欢用话骚扰小艾，逮着机会就打情骂俏，一来二去有些忘乎所以，很快弄假成真。因为从来没人主动追求过，她与男人打交道毫无实战经验，受电视里肥皂剧的影响，对男女关系都是一些不切实际的想法，而且常常会表现出莫名其妙的浪漫。很显然，小艾并不是真心喜欢小杜，但是闲着也闲着，好花堪折直须折，有一个男人时不时地挑逗你一下，向你表示好感，把你当做求欢对象，也真的挺有意思。

有一天，小杜又捞着一次机会，可以与小艾单独在一起。小艾与张慰芳在新房里看工人装窗帘，突然发现有一盒钩子还在旧房子里，便让小艾回去取。小杜看见小艾一个人回来，便陪她上楼，进了房间，小杜说我平时都是帮你们家做事，都是到了门口就走了，今天你们家主人不在，正好让我参观参观。小艾也没多想，主人不在，她就是地道的主人。小杜东张西望，说这房子不错，你们干吗还要搬家。小艾笑他没见识，说这个还叫不错，你是没看见我们家新房子，比这个要大一倍，有三个卫生间。小杜说要他妈那么多卫生间干什么，人不就是一个屁眼吗，总不能拉屎拉到一半，再换一个厕所吧。

先到了小艾和张慰芳的房间，小杜看着那两张床，不相信小艾天天是和张慰芳睡在一起，然后又去了杨道远的房间，看着那张大床，说小艾你肯定是跟男主人睡过了。小艾便破口骂他不是东西，说你以为天下男人都像你一样流氓。小杜说我怎么流氓了，我又没把你怎么样，要是我把你给强奸了，你这么说我，我也认了。小艾说你还说自己不流氓，看看你说的这个话。小杜说你就不要跟我装天真了，难道你现在还是个处女不成，难道你混到今天，还真没有跟男人搞过。小艾被他说得有点发急，说你再这样我跟你翻脸了。小杜却继续挑逗她，说现在城里人还是中学生就在一起乱搞了，这都是什么时代了，你肯定是在跟我玩天真，我才不相信呢，连鬼都不会相信，我猜呢，其实早就不是那么回事了，你说你真没跟男人搞过，没人会相信，谁相信呀。

小艾这次是真火了，白了他一眼，说："你又算老几，我干吗要你相信，没有就是没有！"

"真没有？"

“当然没有。”

小杜不怀好意地笑了，说：“你要让我试试，我就知道是真的没有，还是假的没有。”

小艾说：“小杜我跟你把话说清楚，你要是再耍流氓，我就抽你嘴巴子，你信不信？”

小杜看她真急了，涎着脸说：“我信，我信，这回我是真的相信了。”

就在这时候，电话铃响了，小艾连忙去接，是张慰芳打过来的，问她怎么还没拿到东西，在磨蹭什么呢。小艾说我这正准备下楼，东西已经拿到了，张慰芳便说你快过来，随便再从家里带几瓶矿泉水过来。小艾接电话的时候，小杜冷不丁从后面伸手，从她的夹肢窝下绕过去，轻轻地捏了捏小艾的乳房，小艾被他吓了一大跳，幸好已经是在挂电话，话已经说完，要不然她的强烈反应，张慰芳肯定能感觉得到。小艾挂了电话，狠狠地推了一把小杜，说我想不到你这人真会这么不要脸。

然后便是气鼓鼓地拿着东西下楼，小杜怏怏地跟在后面，想帮点忙，小艾不但不答理他，连看都不看他一眼。

张慰芳时常听杨道远说起在建的影视基地，说那里的环境如何独特，风景如何优美，空气如何新鲜，当地的农家菜又如何好吃，不由得也动了想去看看的念头。耳听为虚，眼见为实，张慰芳很想看个究竟，想弄明白究竟是什么东西把丈夫给吸引住了，害得他每隔一段日子，就跟被勾了魂似的，一定要去住上几个晚上。

杨道远本来也就是随口说说，张慰芳一当了真，非要过去参观，还真有些措手不及。在一开始，引火上身的他能采取的办法就是拖，拖了一日是一日，躲过一次算一次，杨道远不断地想出各种借口，编了无数理由，反正就是不希望她去。物极必反欲盖弥彰，杨道远越是不让她去，张慰芳越是要起疑心，越有疑心越是要去。毕竟大学毕业后在公安局待过好多年，张慰芳就算是没吃过猪肉，也看见过猪跑，知道应该怎么跟杨道远斗，知道如何才能发现蛛丝马迹。她不动声色地弄到了杨道远集团的花名册，还弄到了一份工资单，一眼就看到了工资单上的苏珊。

然后便是出其不意地随口一问，在饭桌上，吃到一半，张慰芳看着杨道远，突然发难："那个叫苏珊的女人，调到你们单位了？"

"哪个苏珊？"

"就那个与洪省长有一腿的女人。"

杨道远吃了一惊，说："你怎么知道？"

张慰芳仍然不动声色："我也就是随便问问，是不是？"

杨道远的眉头皱了起来，他在琢磨应该如何应付。

张慰芳说："我觉得这事好像不太可能吧？"

杨道远还是不吭声。

张慰芳有些憋不住了，似笑非笑地说："喂，你怎么不说话了？"

杨道远说："我得想一想。"

"想一想，这有什么好想的？"

"集团里有那么多人，我怎么会都知道呢？"

"你不知道？"

"不知道。"

杨道远的矢口否认，把原来很简单地就能对付过去的事，反而弄得更加复杂了，甚至有些不可收拾。虽然已经露出了十分明显的破绽，虽然杨道远的表现有些狼狈，张慰芳并没有穷追猛打，她若无其事地与小艾聊起来，跟她大谈苏珊，大谈关于这个女人的种种八卦。小艾听了一脸不屑，翻着白眼说这个女人怎么会这么不要脸。张慰芳说小艾你太年轻，很多事都不知道，男人有时候就是会喜欢不要脸的女人，俗话是怎么说的，女人不坏，男人不爱，这个你难道还不知道。小艾反驳说，不是都讲男人不坏，女人不爱吗，怎么又改了。张慰芳没想到小艾会这么认死理，说道理差不多，男人也好，女人也罢，都是越坏越有人喜欢，越坏越招人疼，不相信你问你杨叔，他一定知道，他心里其实全有数。

眼见着就要搬新家了，张慰芳坚持要在搬家前，先去看看集团的度假村。杨道远似乎再也找不着拒绝的理由，张慰芳软中有硬，说你既然是那么忙，永远都是没有空，干脆这事也不用麻烦你了，我直接给姚牧打个电话，让他派个车子来接我和小艾。这几乎就是最后通牒，基本上就是摊牌了，杨道远已经被逼到了墙角，再也无路可退。于是只好打电话给苏珊，与她商量对策。

苏珊傻乎乎地说："她能来也很好呀，我正好想看看她是什么样的一个人。"

"你真是糊涂，竟然还想见她！"

"为什么不能见？"

"为什么，你难道就不能好好地用脑子想一想？"

"怎么没有用脑子想了，"苏珊觉得有点委屈，"我知道你不想让她知道我们的关系，我不说就是了，我要是不说，她又不会知道，她怎么会知道呢。"

杨道远只能叹气："你以为她和你一样糊涂！"

"她不会已经知道了我们的事吧？"

"谁知道呢，我一直都在拦着，不想让她来，可是实在是拦不住，根本就拦不住，她肯定是已经起了疑心。"

"她——"

"我告诉你，这次她可是来者不善！"

苏珊也开始感到有些害怕，从电话里，她能感觉到杨道远的担心，他情不自禁流露出来的那种担心，那种紧张和不安，突然深深地影响了她的情绪。事实上，苏珊对真实的张慰芳毫无了解，在杨道远理想化的描述中，苏珊只知道张慰芳是一个很完美的女人，很漂亮，出身好，气质高贵，因为出了车祸，成为一个高位截瘫的病人。张慰芳到底是一个什么样的人，苏珊心里其实一点都不清楚。杨道远的紧张和不安让苏珊想到了自己的身份，她第一次非常认真地考虑起这个问题，因为她知道杨道远此时正在担心什么，他担心她会破坏他的家庭。这时候，杨道远常会流露出来的那份成熟已不复存在，他的情绪变得很坏，在电话那头不时地唉声叹气。

苏珊也跟着有些担心了，小心翼翼地问："那我该怎么办呢？"

"我也不知道。"

杨道远确实也不知道该怎么办，他想了许多对策，似乎没一样靠谱。苏珊说你既然这么担心，我干脆就逃避，到张慰芳要来的那一天，我可以请假躲起来，躲着不见就行了。这一招杨道远也反复想过，可是他知道越是躲，张慰芳的疑心也就越大，而且躲得了初一，躲不过十五，消极躲避显然不是个好办法。苏珊还有一招就是索性光明正大，见面就见面，谈话就谈话，干脆打开天窗说亮话，她可以把自己的底牌亮给张慰芳，她可以让张慰芳放一百二十个心。既然杨道远与张慰芳的婚姻已经名存实亡，既然他们维持的只是一种名义上的夫妻关系，那么苏珊可以向张慰芳保证，她并不反对维持现状。也就是说，苏珊根本就不想改变什么，她绝不会逼杨道远和张慰芳离婚。

杨道远觉得苏珊的想法只是在添乱，只会让事情变得更复杂，变得更加难以收拾，电话里有许多话一时又说不清，时间又太紧了，便让苏珊不要自作主张，不要胡乱出牌。他决定再和姚牧商量一下，听听他有什么好主意。苏珊听他这么一说，在电话那头只好不做声。

杨道远说："这事看来只能是你作些让步，受点委屈。"

苏珊说："我可以作出让步，我也可以受点委屈，可是你总得说清楚，我怎么让步，怎么委屈？"

"这个我也说不好，反正事情就这样，反正——"

苏珊有些急了："你不能老是反正反正，我现在都已经被你越说越糊涂了，你到底要我怎么样？"

杨道远忽然灵机一动："对了，你跟姚牧商量商量。"

“跟姚总商量，我？”

“对对对，这还真是个办法，”杨道远仿佛捞到了一根救命稳草，兴高采烈地说，“姚牧这家伙鬼点子多，你直接跟他商量。我告诉你，张慰芳跟姚牧是小学同学，他们熟得很，到时候，她肯定还会盘问他。”

苏珊有些犹豫，很为难：“我怎么跟姚总商量？”

“你就直截了当地跟他说好了，没关系，我跟姚牧的关系铁得很。”

苏珊想了想，说：“不行，这话我说不出口。”

杨道远说：“那好，我先跟他打个招呼，让他来找你，你们好好地商量一下，我马上就打电话给他。”

4

张慰芳去影视基地是个阳光灿烂的好日子，由司机小丁开车，车在高速路上飞速行驶着，张慰芳看着坐在副驾驶位置的杨道远，很认真地关照他以后要尽量坐在后排，一定要系安全带。杨道远说小丁是专职司机，驾驶技术非常好，她根本就用不着担心。张慰芳解释说她不是不相信小丁的技术，而是自己吃过车祸的苦头，凡事还是预防万一为好。

这话本来也就是随口说说，可是张慰芳无意中竟然提到了车祸，而且还是以自己为例，不愉快的往事立刻涌到杨道远的心头，时间突然定格在了当年不堪回首的画面上。他的脸色顿时不太好看，张慰芳意识到自己失言，可是话已出口，不该说的已经说了，想收回也来不及。本来此次去基地，她是有备而来，大有兴师问罪的意思，杨道远因为有些心虚，不断地赔着笑脸，张慰芳气势汹汹，在心理上占足了优势，现在这么一来，形势发生了微妙的改变，杨道远终于找到了一个可以让自己不开心的理由，他此时再也用不着找话敷衍，便以沉默来掩饰自己的真实心情，张慰芳拿他一点办法都没有。

张慰芳只能与小艾说话，看了看外边的风景，说还是农村的风景好，空气新鲜，说真要是能在农村待着也很好，为什么大家非要都挤到城里去呢。小艾说小婶你这话就跟没说一样，农村真要是好，也就不会一起都挤到城里来了，站着说话不觉得腰疼，你又没有在农村待过，不知道农村有多糟糕。张慰芳被她说得哑口无言，偏偏小艾是得理不饶人，又继续以杨道远为例子，说杨叔就在农村待过，不相信的话，你可以问问他。张慰芳不吭声，小艾便追着杨道远问，说杨叔你快给评个理，是不是我的这个道理。

心不在焉的杨道远立刻表示赞同，回过头来说了一句："小艾这话说得一点都不错，城里人是什么人，就是那些嘴上说农村好，自己又不愿意待在农村的人。"

小艾因为杨道远的赞同十分得意，笑出声来，张慰芳也笑了起来，说你们两个就是现成的例子，她的意思是想说你们原来都是农村人，可是现在都待在城里不肯走了，结果上半句说了出来，下半句赶紧缩了回去。小艾是没心没肺，杨道远却是个自尊心极强的人，她知道他这会心里正不痛快，说他是农村人无异于雪上添霜，会更加的不高兴，于是把要说的话转移方向，转移到影视基地上。

张慰芳冷笑着说："你们干吗还要搞什么影视基地，搞什么度假村，那就太太平平地待在城里多好。"

一直不吭声埋头开车的小丁开始插嘴了，他说我们集团的基地跟农村可是两回事，那个什么度假村绝对牛B，讲是讲三星标准，实际上连四星都够了。正说着，已到了下高速的路口，小丁让汽车减速，开进匝道，然后就往山区开，沿着一条新修的乡间道路一直向前。车外的景色越来越好，不远处有一个湖，湖上有一群野鸭。还有一片很大的槐树林，正好是槐花开放的季节，汽车驶近了，槐花的芳香扑鼻而来。

小丁的话闸一旦打开，拦也拦不住，一边开车，一边向张慰芳介绍，说这条新路也是他们集团投资修的，花了很多钱。张慰芳听了很吃惊，说你们集团竟然这么有钱。杨道远听了连忙纠正，说他们只是拿出了一部分资金，事实上还是好几家联合投资。小丁又继续介绍还在修建的度假村，说他们的那个度假村，即使是放在国外也是第一流的，集团的另一位副总李巍峙刚从国外回来，他见到的几个度假村其实都差得很，根本就没办法与他们的这个度假村相比。

张慰芳说："怎么，你们李总又出国了。"

小丁不当回事地说："这年头，老总出国还有什么稀奇。"

"那也不一定，我们家杨道远好像就不怎么出国，对了，杨道远，你是不是也好几年没有出国了？"

小艾说："谁说没有，上次不是去了那个什么地方吗？"

张慰芳说："那都是什么时候的事了，还是前年吧，不，是大前年，那时候，他还不是正职呢。小丁，我记得你们李总去年刚出过国，怎么去年出过国了，今年又出国了？"

杨道远只能纠正她："小丁说的就是去年的出国，李总今年又没有出国。"

"唉，这年头当领导多好，"张慰芳听出了杨道远语气中的不满，似乎是不愿意她过问他单位的事情，但是她还是忍不住有些羡慕，感叹地说，"当了领导，就等着轮流出国，就等着公费旅游，这多好。"

说话间，已到了目的地，翻过一个小高坡，眼前豁然开朗，是一片青山绿水的大山洼。姚牧等知道他们要来，已经在等候了，一看张慰芳，还没有等她下车，姚牧便兴高采烈地对她高喊起来："欢迎老同学视察工作，热烈欢迎。"

张慰芳注视着这里的每一个女孩子，只要是有些姿色的，她都会忍不住看上好几眼。这里的女孩子并不多，但是确实有几个很漂亮，眉清目秀十分招人喜爱。杨道远找了个借口消失了，姚牧陪着张慰芳到处参观，一边不停地作介绍。张慰芳坐在轮椅上东张西望，不时表扬一两句，称赞姚牧干得不错，很有成绩。姚牧说谢谢领导夸奖，你能这么充分肯定我的成绩，我真的很高兴。张慰芳说我怎么成了你的领导，你可是堂堂的姚总，我怎么敢领导你。姚牧说你是杨道远的领导，杨道远又是我的领导，领导的领导还能不是领导。

张慰芳看看四周没什么人，便很认真地问姚牧："你这话我听着怎么有些酸酸的，姚牧，我们可是老同学，你给我说实话，过去一直是你排在杨道远前面，都是你照应他，现在他跑到你前面去了，你就——"

"正因为是老同学，张慰芳你最后还要这么说，就没意思了，"姚牧不让她再往下说，脸上有些不太高兴，"我跟杨道远的关系，你又不是不知道，我跟你张慰芳是老同学，跟杨道远难道不是？"

"我知道你们的关系，要不然我怎么会这么说呢？"

姚牧先是苦笑，然后叹气说："张慰芳，你的话让我寒心呀，让我很不爽。不瞒你说，我这肚子里，对你们家杨道远正憋着一大包气，我对他可真是一肚子意见。"

"怎么了，你说出来，我帮你，我站在你一边。"

"好吧，你说这个杨道远，既然跟我也是老同学，他这是给我派了一个什么差事，你看看这一切，这还是现在，我刚来的时候，这里什么都没有，真的是什么都没有，就一个穷乡僻壤。我跟杨道远说过，你这哪是重用我，根本就是发配！"

张慰芳笑了，说："好了，你就不要再摆功了，我跟你说，杨道远可是一直在我面前表扬你，说你这一阵很不容易。"

"当然是不容易，他倒好，十天半个月才来一次，我呢，差不多天天都得在这。"

张慰芳听出姚牧的话外之音，这是趁机在为杨道远辩护，他们肯定事先已经串通好了。毫无疑问，姚牧会站在杨道远一边，男人总是帮着男人。碍着身边还有其他人，有些话一时不方便问，张慰芳后悔没有先打电话与姚牧沟通，她只想到最好的办法是当面问个明白，可是真正当面又谈何容易。首先因为她行动不方便，周围很可能还会有别的人，能说悄悄话的机会并不多。其次电话里不肯说的话，当面自然还是不肯说，因此所谓见面也是枉然。再次，退一万步说，就算是问明白了，就算是抓到了杨道远的确凿把柄，事情果然就像她设想的那样，张慰芳又能怎么办，她又能作出什么样的反应。有时候就是那么一层窗户纸，真把这层纸给捅破了，未必就是什么好事。从杨道远的态度中，从姚牧的眼神里，张慰芳其实早已经看出了端倪，他们显然都已经做好了充分的准备。

这时候就提问似乎并不合适，然而张慰芳还是忍不住，她的心里放不下那件事，半开玩笑半认真地说："对了，我听说那个叫苏珊的女人，也在你这里？"

姚牧有些装腔作势："谁？"

张慰芳说："你别装了，你知道我说的是谁。"

姚牧笑了，是不怀好意的笑："你怎么知道？"

"别管人家是怎么知道，是，还是不是，你给一句话。"

"当然是'是'。"

"这么说，这个女人真的是在你这里了？"

"确实是在这里，怎么样？"

"不怎么样，我就是随便问问。"

姚牧继续坏笑，是很暧昧的坏笑，含意十分丰富，用心非常明显，让张慰芳产生了一种不祥的预感。看样子，姚牧好像已经准备摊牌了，他根本就不在乎，他完全是胸有成竹，他或许就是在等她的提问。事到临头，张慰芳突然感到一阵恐惧，一方面她太想知道事情的真相；另一方面，她又太害怕事情的真相。因为害怕和紧张，结果刚展开的话题反倒又中断了，她不知道说什么好，干脆自己把话题岔开了。

接下来还是参观，姚牧领着路，小艾推着轮椅，一路看过去，有的地方轮椅不能去，只能是远远地看看。张慰芳心里惦记着苏珊，七上八下，姚牧说什么她并没有往心上去。然后便是要吃饭了，姚牧主动问张慰芳想不想见见苏珊，如果想，他可以叫她一起过来吃个饭。

张慰芳心慌意乱，说：“我见她干吗？”

姚牧说：“我知道你对她有兴趣，没关系的，喊过来一起吃个饭，又能怎么样？”

张慰芳很想亲眼看一看苏珊长什么模样，如果看不到她，今天也就白来了，可是姚牧居然要喊她过来一起吃饭，大家坐在一张桌子上，这个就有些很出人意外。不过，既然已经到了这一步，张慰芳觉得自己也不必要再害怕了，也没必要再回避了，她回头看了看周围，招呼姚牧走近一点。姚牧走了过去，低下头来，张慰芳凑在他耳朵根问了一句：“姚牧，你跟我说老实话，不许打哈哈——杨道远跟这个女人，到底是怎么回事？”

姚牧一本正经地：“你是说这个苏珊？”

“我说的就是她。”

“这个，这个你让我怎么说呢？”

张慰芳严肃地：“该怎么说，就怎么说。”

“我想你怕是有些误会了。”

“什么误会？”

“杨道远跟苏珊怎么样，我说不清，”姚牧做出很为难的样子，突然出人意外地说，“不过，你既然是要追着问，非要打破沙锅问到底，我也可以实话告诉你，这个苏珊，现在跟我的关系倒很不错，你明白我的意思？”

张慰芳一下子并不明白，不过，很快就明白了，她有些不相信自己的耳朵：

“你们关系不错，你是说你们——什么叫关系不错？”

“喂，张慰芳，大家都是老同学，这就有点没意思了。你总不能非要把那点意思，硬是弄得不好意思。这样吧，我跟她是什么关系，随你怎么想，你爱怎么想就怎么想，我反正和你们家杨道远不一样，我反正是名声不好，我这人的性格你也知道，我可是敢做敢当。”

姚牧这么直截了当地说出来，等于承认他与苏珊是情人关系。张慰芳做梦也没想到会是这么一个结果，以至于最后到了餐厅里，大家都已经在一张大圆桌前坐了下来，苏珊很拘谨地就坐在对面，她还是有点摸不着头脑。杨道远一脸的不高兴，是那种掩饰不住的不痛快，姚牧谈笑风生，一个劲地跟苏珊打情骂俏。苏珊被姚牧弄得很不好意思，但是很明显，她的一举一动，似乎都证实她与姚牧的关系确实非同一般。整个吃饭的过程中，苏珊甚至都没有看过杨道远一眼，她对张慰芳的态度十分和善，总是很主动地想要照顾她，席间张慰芳要去卫生间，苏珊立刻起身陪同，与小艾抢着要推轮椅。

5

一起吃饭的还有基地办公室的主任古丽雅，而杨道远当时不高兴，是因为古丽雅工作上的一件事情没有处理好，与当地政府的一名官员发生了冲突。杨道远为了这件事，此前已狠狠地批评了古丽雅，一直到了吃饭的时候，还是不肯放过她，对她工作能力很不满意。古丽雅被教训得眼睛都有些红了，也知道杨道远不完全是针对自己，对姚牧和苏珊的表演都看在眼里，但是既然已经到了这个节骨眼上，明知道自己没有什么大过错，在这时候也只能挺身认罪，一个劲地向杨道远道歉，保证把这件事情处理好。

离开基地的时候，姚牧带着苏珊等过来送行，苏珊仍然是十分坦然，眼睛仍然是不看杨道远，微笑着挥手作别，向张慰芳挥手，甚至向小艾挥手。张慰芳想在众人面前展示一下他们的夫妻恩爱，上车前招呼杨道远抱她，让小艾收拾轮椅，然而杨道远就当什么也没有听见一样，跟古丽雅又说起了什么话，一说就是没完，结果只能是小艾将她抱上车，再回过头来收拾轮椅，苏珊过来帮着一起折叠。因为杨道远只顾跟古丽雅说话，车子一时不能开，姚牧只好走过来与张慰芳继续说笑，不过此时的姚牧似乎也有点情绪不太好，说话心不在焉。

回去路上大家都是无话可说，张慰芳意犹未尽，想继续说说苏珊，杨道远根本不接茬，她立刻明白这话现在要议论不太合适。然而不说话车子里就有些沉闷，很快杨道远闭眼睛打起瞌睡来，他把脑袋歪在了椅背上，一动不动仿佛已经睡着了。这样一来变得更加沉闷，张慰芳原本还想跟小丁聊聊天，也只好一声不吭。

快到家的时候，小艾突然打破了沉闷，说今天一起吃饭的苏珊，与张慰芳年轻时长得很像，尤其是那一对眼睛，看起人来的样子特别像，还有她们的皮肤，都是那么白，那么细腻光滑。张慰芳说自己一点都没觉得像，现在让她这么一提醒，仔细想想也还是不觉得像。小艾说你自己当然不会知道，这种事你得问别人，不相信的话，我们可以问杨叔。坐在前面的杨道远只当没听见，张慰芳知道他是装的，便追着他问："喂，杨道远，小艾在问你呢，你说我跟那个苏珊是不是有点像？"

杨道远将张慰芳送到家，借口单位里有事，火急火燎地就离开了。然后在半道上打发了小丁，自己开车直奔基地，在高速公路上，他给苏珊打了一个电话，告诉她自己正在赶过去，让她在时间差不多的时候，到老地方去等他，他急着要见她。苏珊很吃惊，不明白是怎么回事，说你怎么到了半路又回头了。杨道远说不是半路，是已经到过家了。苏珊还是不太明白，说你既然已经到家了，干吗还又要赶过来。杨道远不想与她多说什么，他告诉她自己这会正在高速公路上，要集中精力开车，有话待会见了面再说吧。

苏珊果然就在路口等着，这是他们约会的老办法，时间差不多了，苏珊就往那走，翻过一个小山坡，那里有一片小树林，苏珊常常坐在树林边上等候杨道远。远远地看见汽车过来了，苏珊并不知道车子里的情况，等到汽车开近，看到车上就杨道远一个人，立刻很高兴地奔过去。

拉开车门，杨道远的脸色却不是很好看，苏珊不知道他为什么不高兴，自己脸仍然带着微笑，怯怯地问："你怎么又来了，怎么了？"

杨道远看着她，态度有些生硬，反问说："怎么，不欢迎我来？"

"我招你惹你了，"苏珊感到很委屈，小嘴一撅，"你干吗要这样，干吗要生气？"

杨道远将汽车掉了头，朝来的方向开，苏珊还是不太明白他为什么不高兴，也不知道他要去哪。汽车开出去一大段路，一直不说话的杨道远突然将车离开公路，径直开过了一片空地，将车子停在一个小土坡上。然后就一伸手搂住了苏珊，很用力地将她往自己身上拉，动作很野蛮，目的很明显。苏珊有些吃惊，毕竟是大白天，光天化日之下，她也不知道附近有没有人。杨道远却是很急迫的样子，好像赶了那么大老远的路，就是专门为了来干这个。苏珊不愿意冒冒失失地就做，一边和他热烈亲吻，一边抬起头来往四处看。四周确实是没人，即使有人，因为他们是在汽车里，只要不走过来，不走近汽车，也看不见他们。

苏珊还是不太愿意，她不愿意两人这么见了面，一句话也不说，仿佛是在跟谁赌气一样，又好像两个喜欢打架的孩子，碰到一起说干就干。苏珊知道杨道远心里肯定是有什么委屈，是想发泄什么不满，说到委屈和不满，难道她就没有，她或许要比他更严重。但是杨道远的态度似乎非常坚决，不仅迫不及待，而且有些专横。在汽车里要做这事并不是很容易，虽然杨道远的车是辆好车，空间已经足够宽大，只要苏珊不积极配合，要想把事情办成功也不容易。毫无疑问，他们曾有过非常成功的经验，譬如他们的第一次就非常值得回味，可是那一天苏珊穿的是一条长裙，那一天她的心情与今天完全不一样。

杨道远十分固执地要求苏珊，他让她脱去紧身的长裤，再脱去三角裤。这样的感觉非常不好，苏珊很担心会有人突然走过来，一旦出现这样的状况，她将连一点遮挡都没有。这时候，苏珊一闪而过地想到了裙子的好处，宽大的裙摆太适合用来偷情了。今天的情形显然有些滑稽，自从他们交往以来，杨道远从来就没有像现在这么粗鲁过，也从来没有像现在这么不讲道理，他根本就不考虑苏珊的担心，他根本就不在乎她会怎么想。至于她可能会面临的出丑，来不及穿衣服的尴尬，在他眼里似乎都算不了什么。恰恰相反，苏珊的磨磨蹭蹭让他变得不耐烦，她的忸怩作态让他变得更加蛮横，变得更加坚决，结果她只能乖乖地按照他的意思去做。

从表面上看，只是在重温他们浪漫的第一次，然而结局却是完全不一样。这一次没有浪漫，没有温馨，没有水乳交融，甚至没有多少热情。尽管她想尽量地顺从，还是显得非常的笨拙，显得非常的不情愿。坐椅和椅背都已调到了最佳位置，他们的身体终于接触在了一起，杨道远终于有些艰难地抵达了目的地，苏珊紧紧地搂住了他的脖子，大家都做出了很激动的样子，但是两个人仍然有些心猿意马。终于，杨道远发话了，他的语调有些怪异，有种莫名其妙的平静，全然不是苏珊所熟悉的声音，他说苏珊你还能记得吗，你还能记得我们的第一次吗，我们的第一次就是这样，你就是这样坐在我的身上，你告诉我，你说，你是不是就喜欢这样。

苏珊感到无语，此时此刻，此情此景，她不知道该说什么，不知道。

杨道远近乎赌气地问："你干吗不说话，干吗不说话？"

苏珊苦笑："让我说什么呢？"

"说什么都可以。"

苏珊还是无语，只能无语。

杨道远又说了一句，开始不再平静，开始喘粗气，手在苏珊的身上到处摸索："你说呀，说什么都可以。"

于是苏珊就很温柔地问他："今天你怎么了？"

这时候，又轮到杨道远不说话了。这时候，他又突然变得平静起来，呼吸又开始变得均匀。杨道远并不准备回答苏珊的问题，他显然是有什么心思，只是不想说出来，不想在此时此刻破坏情绪，但是苏珊不打算放过他。

“不行，你必须老老实实回答我的问题，”苏珊停止了运动，她停了下来，决定追问到底，“你今天是怎么了，怪怪的，这究竟是怎么一回事？”

杨道远欲言又止，想说又不敢说，或者是不愿意说。

苏珊执拗地：“我一定要你说。”

杨道远说：“我说了，你不许生气。”

“都到了这时候，我还会生气吗？”

杨道远不由得头脑一发热，把憋在心里的话说了出来：“好吧，你告诉我，你和姚牧到底怎么回事？”

“我，和姚牧？”

“你们的戏演得也太像了一些！”

“太过分了吧，你知道这是在说什么，你也不想想，我们为什么要演这个戏？”

“演戏可以，我就担心你们会假戏真做——”

苏珊勃然大怒，她感到非常愤怒，不可遏止地想大喊大叫。杨道远知道不应该在这时候说这事，他选择的时机显然不对，造成的后果可能非常严重，但是他绝对没有想到，她会作出那么强烈的反应。苏珊突然从他的身上爬了起来，推开车门，赤裸着下身就跳到了车外。她近乎疯狂的举动吓了他一大跳，杨道远连声喊着对不起，也已经来不及了。苏珊站在外边，眼泪汪汪地看着他，脸涨得通红。这时候，惊慌失措的是杨道远，他连忙往四处看，幸好附近没有人，不远处的公路上，有一辆汽车正在驶近。

杨道远非常诚恳地道歉：“对不起，是我错了，是我说错了，你赶快到车上来吧。”

“不，我不可能再来了，不可能。”

“快上车，你在外面干什么？”

苏珊歇斯底里地把上身衣服往上撩，近乎疯狂地喊着："我高兴，我高兴就这么在外面站着，我高兴。"

"当心让别人看见。"

"看见就看见，谁爱看谁看！"

这时候，苏珊也看到了公路上的汽车，嘴上尽管是这么说着，别人也不可能看到她，她还是有些慌张，毕竟自己是赤裸着下身，连忙去拿汽车里的衣服，十分慌乱地穿上。杨道远继续赔礼道歉，说他真的是错了，他没想到她会生这么大的气，他一点都没想伤害她。

苏珊一边很费劲地套裤子，一边冲他嚷嚷："你已经伤害到我了，你已经严重地伤害到我了。"

穿好了衣服，苏珊意犹未尽，仍然是恨得咬牙切齿，站在汽车外面不肯进来。公路上的汽车已经开过去了，杨道远一个劲地用好话哄她，连声说对不起，让她赶快上车，别在外面傻站着了，有什么话可以到车里说，现在这样太荒唐了，他们今天的行为实在是太可笑了，好端端的事，做到一半就停下来，这算什么呀。苏珊说你走吧，我今天算是认识你了，我不想再见到你，你赶快走吧，有多远滚多远，我自己会走回去的。

杨道远知道她是真的生气，理了理自己的衣服，跳下车，走到她面前，态度十分诚恳地说："我没想到你会生这么大的气，我真的没想到。"

"你没想到？"

杨道远试图上前搂抱她，苏珊一把将他伸过去的手打开。杨道远没想到她会生这么大的气，干脆抓住了她的手，将她往自己怀里拉。暴怒的苏珊忽然又有些歇斯底里，她抓起了他的胳膊，像啃甘蔗一样，恶狠狠地咬了一口，立刻有了两个深深的牙印。

杨道远哎哟一声，没想到她会这么疯狂。

苏珊气鼓鼓地还要离开，杨道远拦着不让她走，继续道歉："我错了。"

"你错了？"

"我真的错了。"

“你一点都没错！你根本就不会错。”

“对不起，不要生气了，好不好？”

“我为什么不生气？”

“好吧，你生气，生气，”杨道远一个劲地说好话，“你尽管生气，想怎么生，就怎么生，只要不伤到自己就好。”

“我高兴，我愿意，你管得着吗。”

杨道远花了很大力气，才像哄小孩子一样将她哄上了车。他知道只要苏珊上了车，只要她肯上车，事情就会好办。苏珊仍然不肯原谅他，上了车，又闹着叫他送自己回基地。杨道远十分温情地吻着她，知道她心里还有怨气，小心翼翼地在她脸上一处处亲过来，亲到了泪痕处，一时间产生了太多的爱怜，用手轻轻地帮她抹着，一边继续道歉。苏珊没有任何反应，眼睛看着车窗外面，也开始渐渐变得平静下来。

最后苏珊说：“今天你太过分了，你太过分！”

6

杨道远将汽车开到附近的一个县城，去了那家熟悉的酒店，他们经常在这幽会，早已是熟门熟路。一路无语心照不宣，大家都不想说话，都懒得用言辞来表达自己的真实想法。苏珊还在生气，气鼓鼓地抿着小嘴，杨道远神情严肃，俨然是犯了错误，既想老实承认又不太甘心。在前台办好手续，两人一前一后地进了房间，杨道远大大咧咧地走在前面，走在后面的苏珊随手关门，然后走过去突然发力，一下子把杨道远推倒在床上，捞过一个枕头，装模作样地在他身上打了几记。杨道远似乎就在等待她的这种发作，连声说打得好，打得好，只要她觉得解气，那就狠狠地再多打几下。

苏珊恨恨地说：“我倒是想，只是还有些舍不得。”

“我今天我真的该打，你打吧，再来几下。”

苏珊于是又抡起枕头，装模作样地打了几下，忽然想到刚才咬了他，便关心地要看伤口，问他疼不疼，有没有咬出血来。杨道远知道苏珊已经不再生气了，让她看胳膊上的牙印，说怎么会不疼，说疼也是活该，说自己是罪有应得。接着又继续用好话哄她，一边骂自己，一边开始为自己辩护，说今天他纵然有一千个不对，有一万个过错，她也不应该在那个关键时候戛然而止，不应该在那个关键时候让他感到走投无路。男人在这时候出现这样的尴尬，很可能会出现大问题，后果将不堪设想，有的男人因此就会废了，这样的惨剧真的就发生过。

苏珊又开始微笑了，说：“正因为这样，人家今天才会跟你过来，要不然，我才不可能饶过你呢！”

“你还在生气吗？”

“我当然还在生气。”

“真生气？”

“当然真生气。”

这时候的生气其实也只是嘴上说说，接下来，苏珊便表现得十分主动，她将杨道远的衣服一件件地脱去，再慢吞吞地脱自己的衣服。然后便是相互亲吻，她希望杨道远不要太着急，慢慢来，两人多调会儿情，兴致勃勃地再说会儿话，可是他还是有些迫不及待，突然翻过身来，也不管三七二十一，就很猛烈地动作起来，而且很快缴械投降。因为太快了，他不得不向苏珊表示歉意，苏珊自然是心有不甘，说你傻不傻呀，人家陪你过来，就是让你尽兴的，你尽兴了就好，要不以后出了什么问题，有了什么后果，你会恨我的。杨道远到这时候才想起自己的心急和粗鲁，才想到应该要多花点时间调情，说我现在已经不恨你了，真的，我已经不恨了，我现在是想恨也恨不起来。

两人在床上躺了一会，天已经黑了，便爬起来各自穿衣服，一起去外面街上吃晚饭。他们找了一家看上去干净一些的馆子，点了几样家常菜，又要了一个小火锅，吃得很快活。苏珊一边有滋有味地吃，一边忍不住要后悔，说按照今天这个吃法，恐怕又要胖了。杨道远说你一点都不胖，干吗也要害怕自己会发胖了。苏珊说你不懂，现在的女孩子都怕胖，现在的男人都不喜欢女人胖。杨道远说这个也未必，萝卜青菜各有所爱，他就不喜欢太瘦的女孩子，女人太瘦了，只剩一身骨头有什么好的。苏珊说那你肯定是喜欢肥胖的女孩了，我以后就多吃一些，多长些肉好让你喜欢。

吃完了，两人就在县城的街头闲逛，杨道远突然掏出了手机，漫不经心地看着，苏珊有些奇怪，问他要给谁打电话。杨道远说不是要打电话，只是准备把手机关了，不想让别人再打扰他们。这个举动让苏珊感到很高兴，与杨道远在一起的时候，她最不愿意遇到的事情，就是他突然接到一个电话，一说就是半天，最后又把原来安排好的事情都给推翻了。今天，杨道远显然是准备跟她好好地度过这个奇妙的夜晚，没有人打扰，就他们两个人。

这是一个比较落后的小县城，街上也没有什么可看，商业气氛不是很浓厚，很多店铺早就关门了。苏珊有一点喜欢这种小城市里的宁静，随口问杨道远，如果是让他们就生活在这个小城市里，他愿意不愿意。杨道远想了想，说这破地方有什么好的，不过话说回来，如果要是能和她在一起，他可能还是愿意的，只要她能耐得住这个城市的寂寞，他也就无所谓了。苏珊听了，心里暖洋洋，觉得杨道远的话很有道理，她知道自己也只是嘴上随便说说，心里这么想想而已，杨道远是不是真不在乎她不知道，反正她不可想在这样的小县城长住。这里的落后不由得让她想起了童年的上海郊县，受母亲的影响，苏珊从小就不喜欢县城的气氛，她印象中，身边凡是有点志向的人，都希望有那么一天，自己能从小县城里走出去，然后永远也不要再回来。

回到酒店的房间，除了看电视，似乎也没有别的事可做。苏珊说现在睡觉还太早，你就陪我看会电视吧，我平时根本就不看电视，也不知道今天有没有什么可看的内容。杨道远说我跟你一样，平时也从来不看电视，工作那么忙，哪有闲工夫看这玩意。于是就胡乱地换频道，有一眼没一眼地瞎打发时间。他们津津有味地看了一档纪实节目，说的是人的一生，从最初的受孕开始，胚胎如何逐渐地在母体中发育，然后是生产，然后从婴儿一直到老死。让杨道远感到震惊的是，竟然会有真实的生孩子场面，就看着婴儿的脑袋从女人那玩意里慢慢地滑落出来，非常正面的一个镜头，一点都未做马赛克处理。虽然是外国的科教片，可是就这么赤裸裸地展现在观众面前，也只有县城的小电视台才敢这么猖狂。从生到死作为一个流程，在短短的几十分钟里，用电视的手段做了简明扼要的交代，说的是大家可能都已经知道的事，然而角度非常新颖，手法尤其独特，每一个镜头都很讲究，每一段解说都很精彩，有很高的专业制作水准，其中有关爱情的章节别具特色，人们的相爱被形容成为化学反应，异性间的互相吸引以及性行为表现，用化学的符号来解释，用卡通的形式来演绎，不仅生动，而且有趣。

看完电视，苏珊便去浴室放了一缸热水，然后出来对杨道远说，我们来玩个小游戏，谁输了，谁就当仆人帮对方洗澡。杨道远听了十分高兴，说这个想法不错，也别玩什么游戏了，我先认输了行不行。结果两个人很快就都坐在了浴缸里，将水溢了一地，杨道远又跃跃欲试，苏珊说你今天已经那个过了，不可以再有不好的想法，给我老实一些，我们就好好地说说话，聊聊天。杨道远问她想谈什么，有什么天可以聊，有什么话题可以进行探讨。苏珊说我们就谈谈姚牧吧，杨道远的脸色顿时有些挂不住，刷的一下就白了，说我们干吗要谈他，能不能换个话题。很显然，杨道远此时并不想谈这个话题，这时候说这个太杀风景。

苏珊娇嗔地说：“不，我就是要谈，别忘了，这个话题最初可是你引起的。”

杨道远说：“你又不喜欢这个话题，我们干吗非要谈呢？”

“谁说我不喜欢，说不定我很喜欢呢。”

杨道远的脸色现在变得更加难看了。

苏珊看着他，审视着他脸上的表情，微笑着说：“只是你今天提起这话题的时间不对，你不该在那个时候提出来。”

杨道远悻悻地说：“难道现在这个时间就对了？”

“我觉得这时候来谈这个话题，也许正合适。”

苏珊根本就不在乎杨道远此时的情绪，根本就没去考虑他会怎么想，她用合起的双手托住了自己湿漉漉的下巴，陷入了沉思和迷惘。苏珊的微笑渐渐地变得僵硬，变得不可捉摸，完全沉浸在自己的思绪中。突然，她的情绪变得十分忧伤。

杨道远看着她，不知道她为什么忧伤。

杨道远略有些不安，问着：“你怎么了？”

苏珊眼圈红了：“我心里有些难过。”

“到底是怎么了？跟你说别谈，别谈，你非要说。”

杨道远心里似乎也不痛快，好端端的一个美好气氛，眼见着就要被破坏了。他不明白苏珊这时候为什么会这么固执，为什么非要在这个时候，提起让人容易不高兴的事。苏珊的眼泪开始流了下来，虽然她浑身湿漉漉的，脸上全是汗水，从头发上不时地有水珠子掉下来，但还是能看到泪水正哗哗地往外涌。苏珊突然泪流满面，突然悲恸欲绝。他们坐在浴缸里，互相看着对方，杨道远看着她，她看着杨道远。

突然，苏珊很悲哀，她哽咽着说：“我心里真的很难过，你竟然会那么想，你明知道这根本就是不可能的事情，可是你偏要那么想。我知道是怎么一回事，我知道为什么，你就是觉得我贱，你就是故意看轻我，觉得我跟什么男人都可以的。”

杨道远感到委屈：“我不是这个意思。”

“你就是这个意思！”

“不是这意思。”

“就是，你是从内心深处看不上我，你不信任我。杨道远你知道不知道，你要是这么看我，你真要是这么想人家，我们之间的关系，还有什么必要再持续下去，还有什么必要，那我们干脆分手好了。唉，一想到这个，我不骗你，我觉得自己活着都没有什么意思！”

杨道远说：“我怎么可能会那样呢。”

“你要是那样想人家的话，我真的是连死的心都有。”

“我发誓好不好，我向你发誓，绝没有那个意思，绝对没有。”杨道远将苏珊往自己怀里拉，本来他们是相对而坐，现在他开始搂着她了，往她身上泼水，轻轻地揉捏她微微发硬的乳头，又将手探了下去，放在她那个毛茸茸的部位上，很柔情地说，“傻丫头，我怎么会那么看你呢，你想想，我喜欢你都来不及，我还会那么想吗？我这是嫉妒了，真的，我是嫉妒了。”

“骗人！”

“不是骗人。”

“真的？”

“真的，骗你就不是人。”

苏珊不说话了，掉过头来，十分痴情地看着杨道远。看得出来，他说的这句话，让她的忧伤减去了许多。

杨道远说：“难道你看不出我是真喜欢你吗？”

“你真的嫉妒了？”

“真嫉妒了。”

“你要是光嫉妒就好了，”苏珊破涕而笑，开始感到快活，“这至少说明，你还在乎我，你很在乎我。”

“傻丫头，我当然在乎你。”

“你真的在乎我吗？”

“当然在乎。”

“真的？”

“绝对是真的。”

“那好，我要听你说一遍——”

“说什么？”

“说我爱你。”

“我当然爱你。”

“再说一遍。”

“我爱你！”

“再说一遍。”

“我爱你！”

“再说——”

“你真是傻，说这个有什么难的。苏珊，我真的是爱，一想到别的男人，我就嫉妒死了，真的，我不允许你再有别的男人，绝对不允许！”

“你才傻呢，有了你，永远再也不会有别的男人了。”

“真的？”

“当然是真的！”

“永远不会再有别的男人了？”

“当然不会。”

接下来的这一晚上都很缠绵，充满了诗情，充满了画意。得成比目何辞死，愿作鸳鸯不羡仙。杨道远精神出奇的好，体力也是令人难以置信的充足，表现更是不可思议的出色，不仅春风得意梅开二度，有大战几百回合之英勇，有摧枯拉朽攻城略地之势，到天快亮的时候，竟然试图东山再起，准备再接再厉，还想玩一回乘胜追击，还想再一次直捣龙门。然而苏珊已经精疲力竭，已经欲仙欲死了好几回，她果断地阻止了他的冒进，坚决不同意他的过分要求。身体是革命的本钱，理智是成功的要素，他们已经足够疯狂了，他们已经非常浪漫了，他们还必须细水长流，必须要想到美好的未来，好日子得留着慢慢地过。

杨道远打算彻底向张慰芳摊牌，打算直截了当地向她坦白交代，打算把自己与苏珊的关系和盘托出。天要落雨娘要嫁人，继续隐瞒真相也没什么意义，他打算干脆开门见山，索性把那层窗户纸捅破，索性把天窗打开。杨道远希望这两个女人都能够宽容一点，能够坦诚相待，能够宽宏大量地接纳对方。他希望张慰芳能够接受苏珊，苏珊也能够接受张慰芳。这种想法在他脑子里盘桓已久，反复考虑再三酝酿，在这次疯狂遭遇一个月以后，杨道远终于对苏珊说出了自己的打算，他告诉她自己准备与张慰芳离婚，然后再跟她结婚。令杨道远十分意外的却是，当他说出自己的想法时，苏珊不仅没有高兴，没有喜极而泣，没有感恩戴德，反而坚决不同意。

第七章

姚牧在电话里悻悻地嘀咕，她死就死吧，人要死，谁也拦不住，干吗非要在临死前，还要坑我一下，竟然在电视上说跟我有一腿。

杨道远突然想明白了。

姚牧说，我凭什么要被你们两个冤枉。

杨道远这时候是真的想明白了。

但是这时候才想明白，已经晚了，杨道远感到心口很疼，感到那里一阵剧烈的疼痛。

1

苏珊常常不明白什么才是自己的理想状态，有时候，她希望能成为一名浪迹天涯的侠女，想象中的自己非常勇敢和另类，勇敢地冲破了世俗的牢笼，嫉恶如仇视名誉如粪土，要爱就爱要恨就恨，为了相爱的人可以不顾一切。然而这只是一方面，有时候，她更希望自己是一个乖乖女，是一个等待着白马王子的灰姑娘，希望有比她强得多的男人站出来呵护，为她抵挡住来自世俗的所有指责，为了她可以不顾一切。苏珊甚至弄不明白哪一个才是真实的自己，两个都是，两个又都不是。

杨道远打算与张慰芳离婚，再跟苏珊结婚，这个消息一点也没有让她感到兴奋。在内心深处，仿佛有两个苏珊总是在打架，一个她盼着能与杨道远修成正果，盼着成为法律认可的正式夫妻，另一个她却对这种世俗念头嗤之以鼻，把它看做是对人身自由的一种约束。早在与第一位男友分手以后，苏珊就对人生进行了重新规划，她觉得自己并不适合婚姻生活，未来有许多种可能，可能会遇到很多中意的男人，人生是美好的，她愿意为其中一位相爱的男人生个孩子，然后过上一种惬意的单身母亲生活。

苏珊也说不清为什么会有这样的念头，也许与她的母亲有关，印象中，苏珊母亲就过着一种婚姻中的单身母亲生活。在苏珊的童年时代，父亲长年累月地在乡下，母亲总是在抱怨，父亲总是一声不吭。婚姻成了不能分开的理由，他们的心似乎永远也没有在一起过。苏珊有个喜欢寻找隐私的姐姐，有一天在私下谈话中，姐姐告诉比自己小三岁的妹妹，她偷偷数过母亲床头柜中的避孕套，父亲回来休假十天，避孕套数量竟然一枚也没有少。经过这一次秘密的谈话，情窦初开的苏珊第一次开始关注父母的私生活，想不明白他们的问题究竟出在什么地方。苏珊母亲常常在饭桌上说别的男人如何好，然而也许就是因为婚姻的约束，她从来也没有出轨过。

苏珊不想成为像自己母亲那样的女人，永远只敢在思想上出轨，在幻觉中浪漫，在懊悔和抱怨中度日。由于跟洪省长的纠葛，她们已不只是母女，而且还是剑拔弩张的情敌，一想到的母亲气急败坏，她就忍不住想笑。尽管母女俩从来没有正面冲突过，从来没有把那层纸捅破，可是在背后，在内心深处，已经激烈斗过无数次嘴了。苏珊也不想跟自己的姐姐一样，没成家前三心二意，一天到晚想着浪漫的事，结了婚，嫁了个事业有成的老公，立刻成了安分守己的家庭主妇。苏珊本来就不是个有所忌惮的女人，她希望自己能够尽可能地活得自由自在，要敢想而且还要敢做。杨道远的婚姻许诺，突然让她感到了左右为难，是一种双重的若有所失，无论他是否出自真心，都会让苏珊无所适从。很多男人都喜欢用这种拙劣的手段来哄骗女孩子，通常只是在嘴上说说，所谓结婚往往只是一个巨大的肥皂泡，是一张永远不会兑现的空头支票，但是她既然不打算走进婚姻的殿堂，即使杨道远是真心和真意，对苏珊来说也已全然没有任何意义。

苏珊常常梦到自己一个人在路上走，是一条很漫长的道路，有时崎岖有时平坦，有时是山顶，是悬崖峭壁，有时是大海，是风平浪静，白天还是黑夜也说不清楚，反正是独自一个人，画面是黑白的，没有声音，周围一会是山一会是水，有高大的树木，有成片的草原。因为是独自一个人，苏珊只能自己跟自己说话，一个苏珊问另一个苏珊。这个苏珊说，喂，你难道不害怕吗？那个苏珊就说，我为什么要害怕，为什么？这个苏珊又说，你觉得一个人很好吗？那个苏珊就说，为什么一个人不好，我觉得挺好。两个苏珊的声音交织在了一起，重复着，没有一点意义。

杨道远经过了非常慎重的考虑，才向苏珊表明自己的想法。苏珊的反应让他非常失落，她并不激动，一点都不激动，虽然有点意外，虽然有点吃惊，但是基本上可以用“平静”两个字来形容。这就好比他当年练习跑步，站在大堤上往水库里扔小石头，咚的一声，水面上泛起了一圈圈波纹，然后一切就结束了，一切都恢复了平静。又好比现实生活中送给女人一条非常贵重的钻石项链，你希望她能发出惊叹的声音，情不自禁地说一声谢谢，可是对方不过是报以微微的一笑。你觉得自己一诺千金，已把最珍贵的东西付了出去，对方却并不当回事。杨道远越想越觉得沮丧，越想越觉得窝囊，他百思不解地问苏珊：“既然我们是真的相爱，你又是真的喜欢我，为什么又不愿意和我结婚呢？”

苏珊很无力地为自己辩护：“我没说不愿意。”

“可是你也没说愿意。”

“我只是觉得结婚并不重要。”

杨道远真的有些想不明白，通常都是已婚男人玩弄女人的感情时，才会用这样的话来搪塞，现在的情况却完全颠倒过来，仿佛是他在追着她要结婚。

“相爱不一定要结婚，结婚也不一定就代表相爱，”苏珊继续为自己辩护，她的表白很无力，自己都不能说服自己，“你知道，刚到基地上班的时候，我一个人都不认识，感到很孤独，真的很孤独，那时候我天天盼望能看到你，那时候我一直想，我要是你正式的妻子多好——”

杨道远看着苏珊，不太明白她的意思。

苏珊一时找不到更准确的话来表达自己的想法，脑子里的头绪有些乱，只能顺着正在说的话一路讲下去。她告诉杨道远，自己刚到基地去上班的时候，感觉非常不好。她觉得自己很蠢，为什么要到这种地方来上班呢，为什么要在这里丢人现眼。她能够明显地意识到，不只是姚牧知道她与杨道远的关系，很显然，有些员工也知道，说不定所有的员工都知道，这种事照例瞒不过别人的。大家对她都很客气，甚至有些照顾，但是这种客气和照顾让她感觉很不爽。

“别人都知道你是谁，你的一举一动，别人都会用一种异样的目光在注视。那时候我就想，既然别人都知道我们的关系，既然他们都知道我只是你的情妇，都在想这人是个第三者，是你包养的那什么二奶，我就根本不用在乎他们会怎么想了，他们爱怎么想，就怎么想，我真的不在乎，一点都不在乎。”

杨道远觉得正因为如此，他们最终能够走到一起，也算是给苏珊一个好的交代。可是苏珊为什么要拒绝自己呢，为什么过去还愿意，现在又不愿意了。当然他的这种想法很可能就是一相情愿，完全违背了偷情的游戏规则。杨道远的想法总是太傻了，先是把她安排在自己的单位，现在又想跟她结婚。好花堪折只须折，莫待无花空折枝，他和苏珊在一起，本来也就是玩玩，既然是玩玩的事，谁当真谁就会变得可笑，谁当真谁就会陷入被动。事实上，杨道远真是不太明白苏珊的内心世界究竟怎么想，她的很多行为让他根本无法理解，得出什么样的结果都不为过。譬如在一开始，她总是小心翼翼地避免让自己怀孕，对于这一件事，每次都是很认真，就怕一不小心出了差错，但是渐渐地，她不仅变得马虎了，而且不止一次暗示，要为他生一个孩子。

“你不觉得我为你生个孩子，这才是最好的礼物吗？”一方面，苏珊对未来的婚姻保持着根本无所谓的态度；另一方面，她又十分向往他们能有一个孩子，“只要你愿意，我会给你生一个非常漂亮的孩子，你信不信？”

“我们当然应该有个孩子，不过我觉得，这个似乎应该是我们结了婚以后再考虑。”

苏珊根本就不愿意谈论结婚，在讨论未来的时候，苏珊更愿意谈论孩子，谈论他们可能会有的孩子。对苏珊表示要当未婚母亲的幼稚想法，杨道远坚决不同意，根本就不能接受，觉得这对孩子来说很不公平。他以自己为例子，向苏珊说明单亲孩子的种种不好，无论母爱还是父爱，缺少哪一个都不好，缺少哪一个都会带来这样那样的问题。

“小时候，我一直在想，我的母亲她为什么要投河呢，”杨道远只要一想到往事，心情就会变得十分沉重，他不愿意自己童年的阴影，再次出现在他的孩子身上，“这对我来说，永远都是一个谜。她为什么会扔下我不管呢，为什么？她把我扔在了大堤边上，扔在了树底下，苏珊你知道，在我成长的岁月里，每当我遇到过不去的事情，我就会想，母亲当时为什么不带着我一起投河呢，为什么不？”

古丽雅是杨道远安插的间谍，他经常通过她，了解基地的一些情况。尽管有姚牧负责，杨道远用人不疑，基本上不去干涉基地的工程进展，但是作为集团的一把手，有些事还是必须知道，不能让自己被完全蒙在鼓里。此外通过古丽雅，他也可以从侧面及时了解苏珊在那边的情况。

每隔一段日子，古丽雅便会利用回集团的机会，向杨道远汇报一次工作。外面流传过古丽雅的绯闻，说她对姚牧曾经一度有心，但是姚牧对她却根本无意，基本上是属于那种单相思。杨道远对这个传闻并不怀疑，也知道姚牧绝不会看上她，这并不是古丽雅长得不够漂亮，年龄也不小了，有丈夫有小孩，而是姚牧这人虽然生性风流，原则性很强，玩游戏很遵守规则，不太愿意与自己身边的人发生关系。也许是因爱生恨，古丽雅渐渐地成了姚牧的冤家对头，她常常在背后挑他的不是，把姚牧的一举一动都告诉杨道远。

这一天又有了这样的机会，古丽雅开门见山，告状说姚牧在资金运作方面，可能会有重大问题。

“现在的资金调配，完全是他姚牧一个人说了算，分管财会根本就弄不明白是怎么一回事，”古丽雅对杨道远说出了自己的担心，“我觉得这事有点危险，要么不出事，一出事，就不会小，就是大事。”

杨道远说：“你觉得会出什么大事呢？”

“人家财会说了，经常都是大笔的钱划进划出，账目很不清楚，流程很不规范。我听财会人员说，到目前为止，早已经是大大地超支了。”

杨道远知道姚牧的性格，他改不了那种纨绔子弟的坏毛病，花起钱来永远大手大脚。像影视基地和度假村这样的大项目，超支几乎不用怀疑，因此古丽雅虽然告了姚牧一状，杨道远并不太往心里去。事实证明他的判断严重失误，如果能够及时听取古丽雅的意见，立刻对财务进行审核，对资金被大量挪用的行为进行阻止，把该补的漏洞赶紧补上，冒冒失失的姚牧便不会在经济上犯那么大的错误，弄得不可收拾。杨道远做事一向谨慎，偏偏在这件事情上大意失了荆州，一方面，他对姚牧还是太信任了；另一方面，由于古丽雅对姚牧有意见，这两个人有矛盾，他对她的告状只是半信半疑。

杨道远不介意地说：“超支是免不了的，反正集团已经做了预算，准备再追加一些钱给你们。”

古丽雅说：“超支是可以，可是总不能是个无底洞吧？”

“好吧，这事我放在心上，你反映的这个情况很重要，什么时候我与姚牧沟通一下，问问他到底是怎么回事，”杨道远知道对这样的下属要很好地给予鼓励，“姚牧这人做事，有时候确实不太稳重，你们该把关的地方，要好好地把把关。对了，其他方面还有什么问题呢？”

古丽雅不说话，看着杨道远。

杨道远知道她还有话，鼓励她说出来：“有什么事，尽管说好了。”

“也没什么事。”

“苏珊最近怎么样？”既然古丽雅不愿意说，杨道远干脆直截了当地问她。

“她嘛，怎么说呢——”

杨道远听出来话里有话，等着下文。

古丽雅很为难的样子，说：“杨总这是因为信任我，才会想到问我，有些事，我要是不说呢，对不住杨总，真要是说出来，又——算了，还是不说吧。”

杨道远说：“是不是大家有些议论？”

“议论当然是有。”

“有什么样的议论呢？”

“这个，怎么说呢，”古丽雅欲言又止，似乎这件事说出去会很严重，然而还是脱口而出，显然她今天是有备而来，明摆着也是准备赌一把，“大家都觉得苏珊这人，和姚牧的关系也非同一般。”

杨道远的脸色立刻变得很不好看。

杨道远铁青着脸说：“怎么个也非同一般？”

“这就不好说了，”古丽雅仍然话里有话，她看着杨道远，知道自己已击中了他的要害，嘴角故意露出了几分不屑，继续煽风点火，“当然，大家不过就是这样议论吧，反正谁也没有什么证据。”

“你是说他们——”

“大家都是在一个单位，这样真没有什么意思。”

古丽雅的话已经很明显，已经不能再明显，但是杨道远最初的反应，还是认定这根本不可能，绝对不可能。他想这中间一定存在着什么误会，也许古丽雅并不知道自己和苏珊的关系，毕竟他从来就没有跟她说破过。也许那天是因为张慰芳要去，姚牧的戏演得有些太过火了，连杨道远都因此产生过嫉妒，古丽雅也可能就信以为真了。

“这个怕是不大可能，”杨道远自言自语地说着，一边替姚牧开脱，一边掩饰自己的慌张情绪，此时他内心深处的嫉妒，已经开始冒烟，随时可能窜出火苗，“姚牧这个人我知道，经常喜欢跟女人开开玩笑——”

“要只是开开玩笑就好了。”古丽雅满脸不以为然。

“那还能怎么样？”

2

在搬进新居的几个月里，张慰芳的幸福生活接连遭受了两次打击。首先是杨道远向她坦白交代了与苏珊的关系，他满怀愧疚，用一种非常平静的语气，说出了事情的来龙去脉。很显然，他完全可以将这件事隐瞒，完全可以做到滴水不漏，做到人不知鬼不觉，但是他不愿意继续欺骗下去，不愿意让张慰芳一直蒙在鼓里。欺骗是一件令人难以接受的事情，尽管张慰芳宁愿被欺骗，宁愿杨道远欺骗她一辈子。

张慰芳心潮澎湃，张慰芳浮想联翩，她的心情很复杂。既然杨道远平心静气地谈这件事，她知道自己最好的办法，也是尽可能地保持住平心静气。沉着和冷静是必需的，她苦笑着看着杨道远，说从一开始自己就看出了苗头，从一开始她就看出了这是怎么回事。

“女人的直觉往往是最准确的”张慰芳眼圈有些红，漫不经心地说着，“可是光一个准确又有什么用呢，有些事你是拦不住的，尤其是像我这样一个废人，我还能说什么呢？”

杨道远说：“我只是不想再骗你。”

“为什么？”

“这样做，对你不公平。”

“说出来难道就公平了，就没事了？”

“你过去跟我说过，我无论做什么事，都不应该瞒着你，”杨道远搬出以往说过的话，用来解释自己今天的行为，“你说过，如果在外面有了什么情况，我必须要告诉你，我必须要老实跟你交代。我应该遵守诺言，不是吗？”

张慰芳无话可说：“可是你也已经瞒了很久了！”

“这正是我感到对不住你的地方。”

张慰芳听到这句话，终于忍无可忍，开始发作了：

“原来你只是为了没告诉我，才觉得对不住我，这就是你的真实想法，你可真会说话，真会大事化小，小事化了。杨道远，你知道不知道，这个就是你为人的厉害之处。外面有个女人算什么呀，原来你觉得你的过错，只是隐瞒了这件事，因为隐瞒，所以你错了。现在，你不再隐瞒了，所以也就没有过错了。”

“我当然不是这个意思。”

“那你是什么意思呢？难道你还有别的什么意思？真是冠冕堂皇，真是理直气壮，大大咧咧地通知我一声，就这么简单，就这么避重就轻，就这么——你让我说什么呢，我无话可说，我一个废人，还有什么好说呢，你还不是想怎么打发我，就怎么打发我。我知道你心里怎么想的，你觉得自己在外面有个女人，根本就不算什么事。”

杨道远说：“我知道你会不高兴，可是事情已经发生了。”

张慰芳说：“这样的事情，迟早都会发生。”

张慰芳又说：“我早知道会这样。”

最后，张慰芳叹着气，说：“这一天终于来了。”

这天晚上，张慰芳在轮椅上坐了一夜，整整一夜，杨道远和小艾轮流劝她，劝她到床上去躺着，劝她稍稍吃点东西，喝一口水，横竖都是不听。她就这么痴痴地坐在那，脸上毫无表情。到半夜的时候，张慰芳赶杨道远去自己房间，说你别在这耗着了，时间已经不早，你赶快去睡一会，明天还要上班。杨道远不放心她，心里七上八下，张慰芳说你有什么可担心的，不是有小艾陪着我吗，你先去睡觉，我一会想睡了，自然会让小艾弄我上床。

第二天天亮，杨道远发现张慰芳还在轮椅上坐着。

让张慰芳深感痛心的第二件事，是小艾竟然与门卫小杜搞上了，事情发生得同样很突然，等到她意识到不太对劲的时候，两个人早把不该做的事全做了。眼睛一眨，老母鸡顿时变成了鸭，张慰芳无论如何也想不明白，小艾与自己几乎是形影不离，她怎么就莫名其妙地落入了小杜的圈套。在张慰芳的再三追问下，小艾开始吞吞吐吐，说出了事情真相。原来早在搬新居的那几天，小杜便通过花言巧语，迫使没心没肺的小艾乖乖地就范了。还真不能说小杜太狡猾，怪只怪小艾太天真，太容易上钩，一拍即合唾手可得。由于新家配置的全是新家具，原来的老房子便成了寻欢作乐的场所，小艾每次回去拿东西，都成了他们偷鸡摸狗的天赐良机。有一次，几乎是在张慰芳眼皮底下，两个人还匆匆地快活了一把。

那天是去袁婉约医生处做治疗，回来的时候，张慰芳突然想到可以去旧居拿点东西，便与小艾直奔原来居住的地方。到了传达室，正好是小杜在值班，张慰芳让小艾上去取东西，自己就在传达室里等着，小艾去了好半天不来，正在值班的小杜也突然不见了，隔了很长时间，小艾才从楼上下来，脸上涨得红红的。问她是怎么回事，小艾借口说肚子不舒服，拉肚子了，张慰芳当时也就没有多想，后来终于想明白小艾是在干什么，他们可真会抓紧时间。

为这事感到最着急的是张慰芳母亲，毕竟小艾不到十八岁就来到他们家干活，好端端一个大闺女，不明不白地就失了贞操，总得有个合理的说法。她连忙把小艾的父母从乡下找来，一起商量对策。事已如此，生米都已煮成熟饭，当然只能成全那个小杜，没想到这时候小杜开始说起实话，说自己家里有老婆有小孩，所谓村长女儿逼嫁，完全是胡说八道，不过是为了哄小艾高兴。男人不坏，女人不爱，小杜一点也不觉得自己有什么太大过错，怪就怪小艾太天真，太容易相信别人。对于小艾是不是会怀孕，小杜更是一点都不担心，他老婆生了两个女儿，因为违反计划生育国策，已被逼做了结扎手术，小艾要是为他生个儿子，那真是天大的好事。

张慰芳被小杜的一番话气得要报警，她母亲大骂小杜是畜生，跳上跳下地要扇他耳光，说你想得倒臭美，给你生个儿子，要是又生一个女儿呢。小杜说到时候可以去医院做个检查，是儿子他就要，是女儿就干脆打掉好了。小艾父母都是老实巴交的乡下人，又没见过什么世面，原以为小艾是跟定东家了，以后将过上吃香喝辣的好日子，他们两位老的也可以跟着沾些光。没想到半路上遭劫，又闹出了这种丑事来，还是一个大姑娘，就让歹人给不明不白地睡了，身价一时不知道要跌掉多少。由于小杜穿着一身门卫的保安制服，说话理直气壮，一头一脸的无赖样，小艾父母总觉得这家伙跟警察也差不多，还真不太敢跟他闹，现在听小杜说出这样混账的话，只能反反复复地责骂自己女儿。

偏偏小艾又是个死心眼，让人家白占了便宜不说，还一门心思地要跟着小杜。既然小杜是有老婆的，她后悔已来不及，便指望他会跟老婆离婚，然后再与她来个明媒正娶。张慰芳母女怎么劝也没用，她父母如何骂都是白搭，反正是一根筋地要跟定小杜，生是他的人，死是他的鬼。她打定了主意，准备一条道走到黑，别人只能是无可奈何。于是小艾的父母怏怏而去，小艾继续先前的日子，一边照料服侍张慰芳，一边死心塌地等待小杜离婚。张慰芳父母一眼就看出小杜不可能离婚，既然说服不了小艾，也只能静观变化，他们只能一个劲地警告小艾，在小杜还没有离婚之前，千万不能怀孕。

于是张慰芳母女在私下里谈话，讨论杨道远为什么始终看不上小艾。张慰芳母亲怪女儿思想工作没有做好，怪她平时太要强，肯定是看得太紧了，不给女婿一点机会。张慰芳哭笑不得，说还要怎么给他们机会，难道还要我把他们硬撵到床上去。张慰芳母亲心有不甘，又摇头又叹气，说小艾也不能算太难看，男人哪有不馋嘴的，我这女婿胆子也实在是太胆小了，真是没用，不过这样也好，嘴边现成的肥肉都不敢碰，想来也不敢在外面玩出什么太大的花头来。

张慰芳说："你怎么知道他在外面没有花头？"

"难道是真有什么事了？"张慰芳母亲听女儿话里有话，连忙追问，"小芳，他不会有什么事吧？"

"有什么事？"

"我怎么知道，我这是在问你。"

张慰芳不想说出真相，害怕母亲一旦知道了苏珊的事，会做出一连串令人意想不到的举动。老太太在这方面可不是个好说话的主，既能吵又能闹，随时都会撕下脸来，她才不会轻易放过杨道远。果然在接下来，一向看不上女婿的张慰芳母亲又把杨道远数落了一通，又教了女儿一大套驭夫之术，关照她如何如何，真遇到了事应该怎么怎么。张慰芳满肚子的委屈说不出来，只能跟母亲随口敷衍。最后张慰芳母亲不放心地去了，临走又特别叮嘱女儿，说小艾的事还是暂时不让杨道远知道为好，瞒一天是一天。

张慰芳说："他知道不知道，又有什么区别？"

张慰芳母亲很认真地说："傻闺女，这当然有区别。"

张慰芳心平气和地提出要与苏珊见上一面，杨道远为此感到有些为难。他不知道苏珊会怎么想，虽然她嘴上一直说想见见张慰芳，也不知道张慰芳究竟会对她说什么，虽然她一再保证不吵不闹。杨道远的心里并没有底，明知道有些事回避不了，躲也不是办法，毕竟拖过一天是一天，赖了一日是一日，便借口最近工作太忙，有很多急事要处理，等过了这一阵再说。就这样拖来拖去，张慰芳终于不耐烦了，开始跟杨道远摊牌，说你是不是不想让我见苏珊。杨道远一口否定，张慰芳又说，那就是苏珊不想见我了，杨道远连忙说也不是，说苏珊其实也还是愿意见她的。他确实曾跟苏珊提过这事，与张慰芳一样，苏珊也在等待这次见面。

"既然这样，还要磨蹭什么呢，"张慰芳有些想不明白，不知道自己是应该相信，还是不相信，"你也愿意，她也愿意，为什么还是迟迟不见面呢？”

杨道远又一次无话可说。

“杨道远你就实话实说，不管是你，还是她，真要是不想跟我见面，我绝不会勉强你们。我不会强迫你们，你们也用不着跟我玩什么花样，这件事其实很简单，不就是见个面吗，不就是说好了要见一面。我这要求过分吗，不过分，我看一点都不过分——杨道远，你对我说个老实话，你不许说谎，你一定要说老实话，你心里在乎我吗，你心里还有没有我？”

杨道远有些木然，说：“这还用问吗，我怎么可能会心里没有你？”

有了他这句话，张慰芳不由得有些悲伤，说：“既然是这样，你以后打算怎么安置我呢？”

“我从来没想到要与你分开，不管我是跟谁在一起，不跟你分开，这个都是最起码的条件。”

杨道远非常诚挚地说着，他确实没有想到过要与张慰芳分开，他曾对她很庄重地发过誓，说要对她负责到底。杨道远向来是个说话算话的男人，绝不会说了话不认账。张慰芳招呼杨道远走到自己面前，她此时正蜷缩在沙发里，背后垫着厚厚的枕头，完全是一副非常无助的样子。她伸出手，示意杨道远低下头来，用冰凉的手指抚摸着他的脸，感慨地说：

“你真是这么想？”

“我永远都会和你在一起。”

“永远？”

“永远。”

“要是苏珊不愿意呢？”

“她不会不愿意。”

“为什么？就算她愿意，要是我不愿意呢？”

“你也不会不愿意。”

“为什么？”

张慰芳和苏珊的见面非常平静，平静得不可思议。见面地点就在新居，到约定时间，门铃响了，苏珊由杨道远领着，准时出现在了门口。小艾跑过去开门，苏珊手上拎着一个大水果篮，满脸通红地站在杨道远身边，看上去就像个带些怯意的女大学生。好在尴尬的场面很快被打破，两个女人脸上几乎同时现出了微笑，有些拘束地相互问好，然后苏珊就跟在杨道远后面走进来，然后有问有答，然后说东道西，然后她们开始聊起了家常，然后就变成了熟人。

站在一旁的杨道远始终有些尴尬，心里忐忑不安，不知道接下来会发生什么事，发生什么样的事都不奇怪。结果却是什么事也没有发生，除了京巴狗“小杨”有点敌意，冲着苏珊狂吠了几声，其他一切都很正常，正常得完全出乎杨道远的意料。张慰芳若无其事地关照小艾去泡茶，又问苏珊爱喝什么样的茶，或者是否喝杯咖啡。苏珊选择了喝咖啡，张慰芳笑着说太好了，她告诉苏珊自己家里有很好的咖啡，可惜一直没人愿意喝。她们东扯西拉地聊了一会，张慰芳便领着苏珊挨个房间参观，她坐在轮椅上，行动尽管不便，可是热情不减，让小艾在后面推着自己，向苏珊介绍装修设计的种种意图，为什么要这样，为什么要那样。

在巡视房间的时候，杨道远突然接到下属打来的电话，要跟他谈工作，因为说话的声音太大，张慰芳挥手示意他到阳台上去接电话，他正好得以解脱，趁机与她们暂时分开一会。一个漫长的电话接过以后，两个女人关系似乎得到了进一步改善，已经没有任何拘束，又有说又有笑，和谐程度让杨道远感到震惊。杨道远并不知道双方的葫芦里究竟卖的都是什么药，心里依然七上八下，终于熬到了要告辞的时候，张慰芳还想留苏珊多说会话，留不住，便非常大方地让杨道远送她下楼。张慰芳和苏珊的这次见面，都给对方留下了不错的印象，苏珊觉得张慰芳和蔼可亲，很有些大家闺秀的风范，张慰芳觉得苏珊行事乖巧，很懂得如何讨人喜欢。

苏珊私下对杨道远说：“现在我终于知道了，知道你当初为什么会那么喜欢她。”

张慰芳也私下对杨道远说："这样的女孩，你们男人不喜欢才怪呢，换了我也会喜欢的。"

3

两个女人的战争还没有打响，杨道远与姚牧的关系却出现了严重裂痕，在公私两个方面都显得不太对劲。先说私，古丽雅的一番话显然起了作用，杨道远对苏珊和姚牧的关系开始疑窦丛生，而且愈演愈烈。让他感到不能释怀的是苏珊的态度，每次提到姚牧，她或多或少地都会有些兴奋，姚牧这样，姚牧那样，她总是有意无意地要提起他。姚牧几乎无处不在，他们一起下馆子，遇到好吃的东西，苏珊会情不自禁，说要是姚牧在就好了，我们天天一起吃饭的时候，他老抱怨食堂的菜不好吃。杨道远听了很不痛快，心想他们为什么总是会在一起，总是在一起吃饭。在一起这样，在一起那样。由于基地太远，交通不方便，在这里上班的人大都是一周才回家一次，想到他们成天吃住一起，很容易日久生情，杨道远心里醋意大生。

甚至做那件事也会提到姚牧，有一天在半道上，正准备入港，杨道远随口说苏珊的头发绾起来很好看，看上去显得更加成熟，说女人有时候成熟一些，自有成熟的味道。苏珊说我知道你这话什么意思，你肯定是觉得我这么打扮老气了不少，姚牧也这么说，他说我把头发这么一绾，就像一个嫁了人的小媳妇，你说我现在这样子，是不是特别像个小媳妇。杨道远很不乐意在这时候提到姚牧，便立刻怪罪，立刻生气，苏珊很委屈，说这怎么能怨我呢，是你先提起来的，结果两个人心里都不痛快，一场好事便这么不欢而散。

渐渐地，终于明白了这绝不是一般的嫉妒，苏珊本来只是挑逗挑逗，想激发一下男人的斗志，可是杨道远的反应异常激烈，于是她不得不开始改变策略，尽可能小心翼翼避免涉及。没想到这么做又引起了多心，变成了是做贼心虚，杨道远更加妒火中烧，更加不肯放过她，一来二去，苏珊没办法再忍，不免恼羞成怒，索性撕开了脸皮跟他吵架，说姚牧与自己都是单身，大家都是孤男寡女，真要是擦枪走火，真闹出一些意外来，也不是什么大不了的事。

杨道远被她蛮不讲理地一番抢白，一时倒也无言以对。苏珊说得很对，她和姚牧都没有婚姻的束缚，他们的身体都是自由的，他们想怎么样就可以怎么样。杨道远只能强压怒火，一阵阵冷笑，最后阴沉着脸说：

“只要你高兴，高兴就好。你说得对，这事本来就没什么大不了。”

“你明白就好。”

“我当然明白，很明白。”

苏珊并不想让杨道远感到不愉快，她总是很矛盾，既希望他能有那么点嫉妒，这说明这个男人还是很在乎自己，又害怕他反应过度，因为那样一来，说明他内心深处还是有些阴暗，还是把她看成一个很随便的女孩。一想到这个，苏珊便忍不住要沮丧，忍不住要发作，如果换成以往，苏珊很可能立马就会与眼前的这个男人分手，可是现在她却有些依依不舍，宁愿忍受他的嫉妒，这也说明自己心里确实很在乎杨道远，心里虽然很在乎，嘴上还是不肯服输。她本不是个会吵架的人，更不擅长讲道理，内心不想刺激杨道远，又忍不住要引他发急。

苏珊悻悻地说：“我毕竟不是你太太，因此，就算我有什么事，也不能算是给你戴绿帽子。”

杨道远脸刷的一下白了：“这话也是姚牧告诉你的？”

“为什么要他来告诉我？”

“因为我确实戴着绿帽子。”

“你神经病，”苏珊并没有去深究这句话的确切含义，结果又进一步地激怒了杨道远，“好端端的，为什么总是要想到自己戴了绿帽子！我就是给你戴了，又怎么样！”

苏珊后来才知道张慰芳的出轨，这大大出乎她的意外，印象中，杨道远习惯于把张慰芳塑造成一个非常完美的女人，完美到苏珊只要一想起自己的经历，就难免自惭形秽。她不明白为什么要这样，为什么杨道远在自己面前，从来就不肯说一声张慰芳的不是。在杨道远的描述中，张慰芳总是非常通情达理，是女人如何贤惠的榜样，总是在努力寻找别的女人来替代自己。他把她说得太好了，以至于苏珊都没办法开口，向他证实张慰芳的浪漫史，一个这么好的女人怎么可能会出轨，怎么可能还有别的男人。为了解除杨道远的心病，苏珊决定换个工作环境，既然他的疑心那么重，干脆还是与姚牧分开算了。杨道远知道她的打算，立刻一口答应。于是她便向姚牧辞职，姚牧不明就里，笑着问是不是杨道远已为她找到了更好的去处。等到姚牧知道了事情真相以后，感到非常郁闷，他不相信一个多年的老同学，竟然会为了苏珊生出这种莫名其妙的隔阂，竟然会吃那种毫不相干的醋。

杨道远约姚牧一起吃饭，当着苏珊的面，两个从未真正红过脸的朋友，一言不合，差一点动起手来。姚牧说我做梦也没想到你会这么小心眼，你还是个男人吗，你还讲点道理吗。杨道远也完全失控，说我的确不是什么男人，又说你姚牧要是个男人，你要是有种，我们就打一架好了。姚牧忍无可忍，说你真是小看我了，我在机关大院是出了名的调皮蛋，从小到大没少打过架，你若想试试拳脚，我完全可以奉陪，你吓唬谁呢。杨道远便往门外走，一边走，一边卷袖子，他是真准备要打这一架了。苏珊连忙拦着姚牧，让他千万不要跟杨道远一样发疯。姚牧哭笑不得，他知道杨道远此时已经完全没有理智，完全变成了一个不熟悉的陌生人。男人真要是嫉妒起来，就像疯狗一样，姚牧突然明白自己根本就用不着跟他一样犯傻，杨道远显然是有备而来，显然做好了打这场架的准备，脚下是一双便于运动的旅游鞋，这时候看那疯狂的架势，如果他在身上揣着一把小刀也不奇怪。

“这家伙看来是真的喜欢你，”姚牧非常感慨，事后他给苏珊打了一个电话，在电话里叹着气说，“我跟他交往这么多年，从没见他这样混账过。”

苏珊说：“我也不明白他为什么会这样。”

“他竟然还想跟我打架！”

苏珊想告诉姚牧，杨道远为了这次见面，已经准备了一段日子，他确实做好了打一架的准备，可是这话刚到嘴边，又缩了回去。杨道远一直在锻炼身体，在健身房里，他不止一次向教练请教搏击技巧。他甚至与苏珊商量，打算利用她练习瑜伽的时间，去报名学习柔道。苏珊觉得把这些事说出来有些荒唐，说了别人也不太相信。

姚牧随后又给杨道远打了一个电话，在电话里，他再一次表明自己的清白，同时也对他的疯狂行为表示出不能理解和遗憾，毕竟是这么多年的友谊，为一个毫不相干的女人，为一些完全不存在的事情，说翻脸就翻脸太不值得。杨道远也清醒了许多，不过他仍然耿耿于怀，说过去的事就算了，自己也不想再追究，只是希望姚牧以后不要再和苏珊见面。姚牧说自己不与苏珊见面完全可以，可是他这么说得有鼻子有眼，好像已经证据确凿，好像是真抓住了把柄。什么叫过去的事就算了，过去有他妈什么屁事，姚牧在电话里又跟他争了起来。杨道远还是钻在牛角尖里，近乎武断地说，不管你们有没有事，反正是不要再见面了。

这件事让两个好友从此心存芥蒂，形同陌生人，更让姚牧感到不痛快的是，此后不久，纪委又突然约他谈话，在还没有明白过来怎么回事的时候，他已经被双规了。姚牧的双规在集团内部引起了巨大反响，一时间谣言四起，凡有点牵连的人都胆战心惊。杨道远显然是脱不了干系，一方面，大家都知道这两个人已经闹翻了，再也不是什么铁哥们，不排除两个人会有狗咬狗的可能。另一方面，杨道远毕竟负有直接的领导责任，也陷在旋涡之中，他要是把姚牧推出去送死，自己也没什么好果子吃。各种说法都有，有一段日子，杨道远不时地被喊去问话，要讲清楚，集团的工作几乎处于瘫痪状态。

姚牧把过错都揽到了自己身上，办案人员约谈了很多人，也拜访了集团前任领导老邢。老邢的话让前去办案的同志大吃一惊，说她早就预料到姚牧会出事，而且是大事，又说杨道远为人太厚道，虽然身为一把手，根本不可能管得住姚牧。姚牧的出事与有人举报有关，举报的人当然是匿名，查来查去，直接的贪污受贿并没有确凿证据，可是违法挪用资金，违规使用土地，以及家中的巨额财产来路不明，他想没事已经不可能。杨道远遭遇到了进入官场后的第一场危机，在过去的岁月里他总是一帆风顺，可是这次风暴差点让他丢掉了乌纱帽。好在最后大事化小，上面也不想过多追究，姚牧最后只判一年缓一年，被开除了公职，杨道远则被通报批评，记大过一次。

苏珊知道姚牧出事的那天，正与杨道远在健身中心锻炼。那一阵，正是他最在乎体能锻炼的时候，不仅在跑步机上跑步，而且还要练习举重，杨道远身上的肌肉明显变硬朗了，给苏珊的感觉就是，为了她，他已做好了随时与人打一架的准备。人要是改变起来，真是拦都拦不住，刚开始，杨道远似乎还比较注意掩饰他的嫉妒心，有什么话都藏着掖着，渐渐地便有些肆无忌惮，显得非常的小心眼。他对苏珊总是不太放心，老觉得她随时随地都会出轨，看不惯这，看不惯那。苏珊买了一套高档的有氧健身衣，穿在身上很是性感，虽然健身房许多女孩都这么穿，但是他却感到不可忍受，觉得这样过于暴露，那天她做完了瑜伽，汗淋淋地过来看他练习举杠铃，杠铃还举在半空中，杨道远竟然虎着脸对苏珊说：

“下次你能不能不要再穿这身衣服。”

苏珊有些不解：“为什么？”

“不为什么，反正是不要再穿了。”

健身房的教练就在一旁站着，这是一个很帅气的小伙子，显然已听见他们在说什么。苏珊不想跟杨道远发生争执，看着他把杠铃放下，过去将擦汗的毛巾递给他。

杨道远一边擦汗，一边说："你身上的这衣服，看上去就跟没穿衣服一样。"

这话站在一旁的教练听得十分真切，嘴角不由得露出一丝不加掩饰的微笑。

杨道远又补充了一句："你这身衣服就像娱乐场所的小姐！"

苏珊的脸立刻就红了，她瞥了教练一眼，正准备发作，杨道远的手机突然响了起来。他的手机就放在搁杠铃的铁架上，杨道远不紧不慢地去拿手机接听，表情突然严肃起来，他大大地吃了一惊，明摆着是发生了非常严重的事情。接完电话，他的神色恍惚，愣在那半天不能说话，然后心事重重地告诉苏珊："姚牧被双轨了。"

4

苏珊自小就患有严重的失眠症，常常会整夜睡不着觉。睡眠对她既是个问题，又不是问题。失眠的人往往不需要任何理由，睡不着就是睡不着，漫漫长夜辗转反侧。通常情况下，她一晚上只要能睡着三四个小时就足够了，有时候睡多了，反而会觉得没精神。

直到上大学，苏珊都没有觉得自己这样有什么不正常。进了大学住宿舍，她第一次意识到别人都很能睡觉，才突然明白原来睡眠不足是一件对健康很不利的事情。睡下铺的一位胖女生，不高的个子，总是倒头就能睡着，一夜到天亮都在打呼噜。印象中，似乎还没有什么人的呼噜声能和这位女生相比，除了有一次在火车上，有个又瘦又高的男人，整整一夜都在打忽长忽短的呼噜，那声音怪怪的，害得其他人根本就没办法睡觉。同车厢的乘客不止一次提出抗议，可是他困意朦胧地醒过来，对大家说了声对不起，就又倒头呼呼大睡。

为了解决睡眠问题，在医生的建议下，苏珊开始服用安眠药，效果并不明显，可是一旦服用，要想再停下来便有些困难。好在也没什么副作用，习惯成为自然，她几乎是长年不断地服用舒乐安定，渐渐地，安定已基本不起作用，于是医生又建议她换了新药。又一次辞职以后，苏珊睡眠质量突然变得好起来，也许是不用上班的缘故，睡眠时间竟然比平时多了一倍。这让她感到很失落，虽然是多睡觉了，有时候甚至是嗜睡，精神却一点都不见好，往往是想睡觉的时候睡不着，不想睡偏要呼呼大睡。苏珊感到百无聊赖，有些吃不准该找一份什么样的工作，她不愿在杨道远的呵护下过日子，想自食其力，想凭借自己的能力出去打拼。

杨道远对她要干什么并没有任何建议，他似乎是不太愿意她出去工作，对她的所作所为总是有些不太放心，作为一个男人，杨道远的嫉妒心正在变得越来越大，越来越没有理智，大到了让人难以忍受的地步，他常常会因此做出一些非常出格的事来。其实苏珊也不乐意在家待着，她并不想过那种金丝鸟一样的生活。这并不是她所想要的生活方式，偏偏就在这时候，苏珊发现自己怀孕了。

怀孕让苏珊的心情变得很糟糕，她明白这件事的责任全在自己，是自己的疏忽大意。早在上大学的时候，她们的辅导员与女生聊天，就明白无误地讲过，女人不管什么原因怀孕，只要不是被强暴，那么责任就一定是在女方。男人只知道发泄欲望，只知道一时痛快，他们才不会考虑后果。这位失嫁的辅导员据说不止一次吃过男人的亏，而且还有严重的同性恋倾向，所以只要一提到男人，就立刻是很不屑的样子。

苏珊决定找张慰芳谈一次，她很想听听她的意见。为此，先打了一个电话去探口风，仅仅是凭直觉，苏珊就觉得张慰芳一定会接见自己，果然电话里的她显得非常热情，一口答应要与她见面，她仿佛早就料到会有这一天，既然上次没能好好地谈谈，大家重新坐在一起聊天也就势在必然。两人在电话里敷衍了一阵，在挂电话的时候，张慰芳特地问了一声，杨道远知道不知道她们要见面。

苏珊说："他当然不知道，我就是不想让他知道。"

"他真的不知道？"张慰芳似乎还不相信。

"真不知道。"苏珊十分肯定地说。

见面的气氛在一开始并不融洽，张慰芳突然显得很冷淡，这有些出乎苏珊意外。她完全不像电话里表现的那样热情，和上一次的见面也完全不一样，张慰芳面无表情坐在那里，冷冷地看着苏珊，就像对待一个陌生人那样等待她开口。小杨感觉到有生人来了，在晒台上不时地狂吠几声，小艾事先把它关在那了。接下来的场面让人感到尴尬，一时间，苏珊不知道如何开口，不知道该怎么对张慰芳说。她能感觉到对方流露出来的敌意，那种不友好的敌意让她想到了临阵退缩，让她感到有些后悔这次见面。

苏珊怯怯地说："也许我不应该来。"

"为什么？"

"我也说不清。"

"可你不是已经来了吗？"

"我并不想让你不高兴，"苏珊忐忑不安，很诚恳地表达了自己的歉意，"真的，我之所以会来，是觉得你是个很好的女人，你会通情达理的，我真不希望你会不高兴。"

张慰芳的脸上露出了一些笑容："不希望我不高兴，那么你一定是有什么让我高兴的事，打算要告诉我，那好，有什么好事，说给我听听。"

苏珊直截了当地告诉张慰芳自己怀孕了，她忧心忡忡，全然顾不上对方的反应。张慰芳很认真地听她说完，沉寂了一会，说你告诉我这件事的目的是什么，是不是想告诉我，因为你已经怀上了杨道远的孩子，我就应该知趣，把女主人的位子让给你，母以子贵，你今天跑来干什么呢，是不是专门过来通知一声，我应该立刻从这儿搬出去了，你才应该是这个房子的女主人，看来你还真是个有心计的女人。苏珊很吃惊她会这么说，没想到她说翻脸就翻脸，说爆发就爆发，连忙一个劲地摇手，说自己绝对没有这个意思，她肯定是误会了。她们的声音惊动了在隔壁偷听谈话的小艾，她怒不可遏地冲了过来，虎视眈眈地看着苏珊，完全是一副张慰芳的保护人架势。关在晒台上的小杨也跟着凑热闹，大声地吠起来，使得原来就有些紧张的气氛，变得更加紧张。

苏珊一下子完全蒙了，喃喃地说你误会了，说自己根本就不是这个意思，她从来就没有想过要代替张慰芳。这样的解释可能会很无力，根本就不会让人相信，但是苏珊还是要说，还是要作出解释。苏珊告诉张慰芳，自己只不过是有些苦闷，因为她根本就没准备要这个孩子，怀孕完全是个意外。

张慰芳说："那你告诉我的目的是什么呢？"

"我不知道，"苏珊满脸无辜和困惑，"我不知道还能跟谁说这件事，我也不知道该怎么办？"

"杨道远他是什么意思？"

"我根本就没有告诉他。"

"为什么？为什么不告诉他？"

"我不知道该不该告诉他，我不知道。"

杨道远从张慰芳那知道苏珊怀孕的消息，感到很不爽，心里很不痛快，更想不明白她为什么要先跟张慰芳说。苏珊也没想到他会为这事不高兴，会为了这事斤斤计较，两人一言不合，又闹起了别扭。杨道远说这么重要的事，为什么要背着我去找她，你这是什么意思，你到底想干什么。苏珊说我没有任何意思，也不想干什么，我只是觉得自己想找个人说说，我没人可以说话，于是就想到她了，于是就去找她了。苏珊本来也没什么太大的不高兴，叫杨道远这么一埋怨，无端地有些上火，说这有什么大不了，我就是找了她了，又怎么样，你干吗要这么不高兴呢。杨道远说这个不是高兴和不高兴的问题，是你做事太欠考虑，太自作主张。话越说越多，谁也说服不了谁，越说越伤感情，于是大家不约而同地停止了争论，沉默了一会，开始把焦点集中在了肚子里的胎儿上。

杨道远说："你到底是什么打算？"

苏珊说："你问我，我又该问谁？"

杨道远眉头紧皱，叹了一口气，说想不明白她怎么就怀孕了，不是已经吃了避孕药吗，不是已经采取措施了吗，而且大家说好的，他们暂时还不应该要孩子，要孩子的时机还不成熟。苏珊预料到杨道远会有些不高兴，可是没想到他会那么冷淡，没想到他会对孩子那么无动于衷，而且反应竟然是那么强烈，啰啰唆唆地要说一大堆话。她很想拉开脸来与他大吵一场，突然发现自己连吵架的兴致都没有了。

第二天，杨道远陪苏珊去医院做进一步的检查。走过住院大楼，苏珊十分感慨，说我们就是在这认识的，而且还是以一种十分特别的方式。经她这么一提醒，杨道远也想起了他们的初次见面，不由得也浮想联翩，心中爱意顿生，情不自禁地去拉了拉苏珊的手。很快就到了妇产科，一切还是那么熟悉，什么都没有改变，乱哄哄的到处是人，不时有挺着大肚子的女人像企鹅一样，迈着蹒跚的步伐从他们身边走过。又看到了那位曾经熟悉的护士小姐，她似乎也认出了他们，以一种很不友好的眼神看了杨道远一眼。

为苏珊做诊断的女医生年龄并不大，衣着很时髦，戴着金边眼镜，直截了当地问她是第几次怀孕。苏珊迟疑了一下，如实招来，医生又问她打算不打算要这个孩子。苏珊不说话，她看着医生，医生也看着她，两人都不说话。最后医生不耐烦了，说要不要这个孩子，检查方式是不一样的，你必须表明自己的态度。苏珊想了想，很坚决地说不要。医生便让苏珊脱裤子，让她躺到诊疗椅上，在她肚子上按来按去，然后为她做进一步的检查，然后做出结论："你的宫颈有些糜烂，最好再做个 B 超。"

苏珊拿着医生填写的单子出来，与在外等候的杨道远一起去缴费，再一起去做 B 超。到了那里，仍然是杨道远在外面等候，苏珊拿着单子进去，刚进去便又红着脸出来了，说里面只有一个男医生。杨道远大度地说这有什么，不就是做个 B 超吗，于是苏珊又羞答答地进去，进去不一会，苏珊又探出头来，招呼杨道远，说医生让他也进去。杨道远便进了 B 超室，苏珊看到有他在场，慌张的神色顿时少了许多。可是接下来的情形让人更加不安，苏珊和杨道远都以为所谓 B 超，只是用仪器在肚子上扫描，没想到却是要将探测棒套上薄膜，伸入到身体内部。

杨道远的脸色变得很难看，苏珊的脸色也很难看，大家都有些骑虎难下。如果半路叫停就好了，现在这样反而弄巧成拙，裤子也脱了，下身也裸了，只能一条路走到黑，任人宰割。苏珊觉得这样面对一个陌生的男人很难堪，当着杨道远的面更难堪，早知如此，还不如不让他进来。为了掩饰羞耻心和尴尬，苏珊和杨道远不约而同地都去看屏幕。屏幕上的图片基本上是黑色的，一张张地变化着，医生的手不停转动，一再嘱咐苏珊不要紧张，但是在身体里的那根探测棒每动一下，苏珊都会感到非常的不舒服，都有一种想吐的欲望。

医生终于将探测棒取了出来，屏幕上的图片定格了，一片黑糊糊的圈圈里，有一个白色小团，形状和大小都有些像个扁豆荚，小团中间有一个黑黑的点点。医生对着屏幕指点，告诉他们那个就是胚胎，说这时候的胎儿已经开始有运动了，小家伙会踢和伸直双腿，还能把手臂上下移动。说完，很认真地用圆珠笔写下了诊断书：

宫内早孕，约 70 天。

胚胎清晰可见，可见清晰麦芽原始跳动和血管跳动。

巢内无积水，无异样。

然后再回到门诊，让女医生看诊断书，和她约定具体的流产日期，就定在第二天上午。

从医院出来，苏珊提出要找家好馆子，为了明天的手术，她打算好好地吃一顿。这要求自然是应该满足的，杨道远便带她去一家新开张的鲍鱼馆，门面虽然不大，却是专做高档客生意的。由于没事先预约，到那儿已人满为患，早没有位子了。杨道远很不高兴，与大堂经理商量，能不能腾出一个两人座来。他在那里交涉，苏珊便微笑着站在一旁看菜单，看了一会，拉着杨道远就往外走，说这里既然满了就去别处吧，反正我已经看过菜单了，看过菜单就等于吃了，是不是真吃一顿倒已无所谓。于是又去了下一家馆子，两人坐下来，苏珊看菜单，一页页翻着，迟迟不说话。最后还是杨道远发话，说想吃什么，随便点。苏珊看了他一眼，苦笑起来，说什么都不想吃，她现在突然一点胃口也没有了。杨道远自作主张点了几样菜，很快菜上来了，苏珊一声不响吃着，心里一直在琢磨，如果他这时候提出来要留下孩子，她一定会很爽快地答应。事实上，如果苏珊坚持要这个孩子，杨道远或许也会作出让步，毕竟他年龄也不小了，毕竟他的内心深处也想要一个孩子，但是他们什么话也没有说。杨道远沉默不语，苏珊想显然他还是不准备要，显然他还不打算作出让步。杨道远心事重重，苏珊有些内疚，也有些无奈，便默默地跟肚里的胎儿说话，说宝宝你想吃什么，快告诉妈妈，我帮你吃，又说妈妈是个凶手，是个坏女人，是我杀死了你，你恨我吧，你诅咒我吧。

5

严重的失眠症又开始困扰苏珊，刚开始，也没有往心上去，反正是无事可做，睡不着就睡不着。漫漫长夜，她一直处于一种恍惚状态，似睡非睡似醒非醒，耳朵边常有火车开过的声音。苏珊现在居住的地方，离铁路其实很遥远，也许夜深人静的关系，她觉得自己又回到了小时候，她的家乡就在铁路边上，总是不断地有火车经过，火车经过的那一刻，床板便像摇篮一样晃动起来。苏珊的心情很不好，一种失落的情绪笼罩着她，以至于不得不跑去音像店，买了一大堆盗版碟回来看。音像店老板向她推荐了各种风格的喜剧片，还有最新编辑出版的搞笑小品，换在过去，看这些东西的时候，苏珊一定乐不可支，可是现在她老是笑不起来。偶尔她也会笑，要笑完全不是因为被所看的内容打动，而是笑自己为什么会不笑。苏珊发现自己的感情变得有些迟钝，反应严重落后，有时候，回想起已看过的情节，反倒忍不住嘿嘿地笑起来。

杨道远习惯周四来，他也觉察到苏珊的心情不太好，却弄不明白她为什么不快乐。工作上的压力让他感到身心疲惫，人事纠纷让他焦头烂额，每次与苏珊见面，杨道远都有一种倾诉的欲望，他想和她说说话，谈谈过去，畅想一下未来，然而无论说什么做什么，她都有些心不在焉，都有些无动于衷。苏珊总是迫不及待用那件事来打发他，就跟尽什么义务一样，好像他每次匆匆赶来，就是为了完成一项任务。

“我们之间肯定是出了些什么问题。”杨道远感到很郁闷，感到很别扭，感到很无趣和沮丧，开诚布公地说，“你是不是已经不喜欢我了？”

苏珊的神情依然恍惚，也说不清为什么，显然她也不想这样。曾经让她十分快乐和迷恋的寻欢作乐，现在却变得完全可有可无。她一度那么喜欢与他在床上缠绵，反反复复地陶醉，一次次地享受着死去活来，可是如今那些激情突然都无迹可循，仿佛电影碟片上的情爱镜头，虽然还历历在目，却已和自己没什么关系。

杨道远不依不饶，带着几分困惑，追着问：

“苏珊，你是不是已经不爱我了？”

苏珊陷入沉思，很认真地说：

“恰恰相反，你不是要知道我为什么不快乐吗，那好，我告诉你，因为我还爱你，因为我最爱的人，还是你。”

这样的状况持续了有几个月，小艾的母亲突然去世了，小艾不得不赶回去奔丧。情急中，杨道远打算去保姆市场找个人回来照顾张慰芳，苏珊闻讯，便说要么就让我来试试，看看我能不能照顾她。杨道远说这个恐怕不行，怎么能让你来做这种事呢，也太委屈你了。嘴上虽然这么说，并没有一个劲地反对，糊里糊涂地就算是默认了，不仅是默认，还就真把苏珊给带回去了。

张慰芳说：“这种事你起码得事先跟我商量商量，怎么能说领就把她给领回来！”

张慰芳又说：“万一我要是不愿意呢？”

生米已经煮成了熟饭，除非张慰芳真准备撕下脸来大闹一场。显然杨道远吃准了她不会闹，吃准了她不得不接受，吃准了她会顺水推舟。果然当着杨道远的面，张慰芳挂着的脸说变也就变了，突然又变得宽宏大量，尴尬的场面立刻不复存在。她先是叹了一阵气，然后笑了起来，说怎么能让她来照顾自己这么一个废人呢，这也太委屈苏珊了。

“杨道远这人实在是太自说自话，”张慰芳显得很近情理，显得很大度，“不过这样也好，可以一起多说说话，大家都进一步了解了解，我这人其实是很好相处的。”

接下来的几天，苏珊花了不少时间与小杨培养感情，搞好关系，这条被宠坏的京巴狗，似乎很不欢迎新来的客人，动不动就要对着苏珊吠上两声。一开始，杨道远将它关在了晒台上，不让它与苏珊见面，但是这样显然不是好办法，越是关它，它越来劲，叫得也越凶。最后只能将它放出来，一再安慰苏珊它不过看上去有些凶，其实是不会咬人的。苏珊从小就害怕狗，如今被逼到这一步，只好一个劲地讨好它。小杨这畜生也很有意思，一时还真摸不透它的脾气，亲切地招呼它，给它喂食，它十分傲气，坚决不领情，对苏珊始终是搭足了架子爱理不理。一旦对它凶一些，用杨道远的话说，就是对它嗓门大一些，像训小孩一样地骂骂它，像老师教育学生那样跟它说说道理，它反而会听你的话。

小杨是典型的欺软怕硬，苏珊试着用杨道远教的办法对付它，立刻就见成效。它气势汹汹地对苏珊吠，苏珊板起脸来一声呵斥，它顿时就老实了，立刻像犯了错误的小孩子一样不吭声。连吃东西都这样，有时候喂它，它做出根本就不在乎的样子，苏珊便提高了声调，很严厉地说小杨你必须要吃一些，必须要吃，结果它就真的吃了。

“小杨是一只崇拜权威的狗，”张慰芳十分无赖地对苏珊说，“你看，它太没出息了，谁对它凶，它就听谁的话。”

有一次来了一位养狼狗的客人，小杨见了他吠了一声，就趴在沙发上不动弹。那客人毫不客气地教训小杨，让它赶快从沙发上下来，平时这个位子是小杨的专座，不管来什么尊贵的客人，只要没把它关在晒台上，它就一定会占据这个位子，谁坐在这它都会狂吠。现在客人这么一吼，它便乖乖地夹着尾巴下来了，一声不敢吭。这客人就解释说，因为他养的是一条大狼狗，自己身上的气息足以让这条小京巴害怕，又讲了一通养狗的经验，其中最重要的一条就是不能太宠它们，否则非惯出一些臭毛病不可。他当场为张慰芳和小艾表演如何让狗听话，只见他对着小杨一番训斥，不停地挥手指指点点，小杨不仅不敢反抗，而且绝对顺从，最后客人起身，命令小杨跟着自己走，它仿佛着魔了一样，让它跟着走，就老老实实地跟着走，竟然跟着客人走出大门。

苏珊开始有些喜欢小杨，没有比狗更通人性的畜生了，它能看得出苏珊是真生气还是假生气，只要她乐意哄它玩，它立刻就有些人来疯。很显然，张慰芳和小艾平时很少逗小杨玩，她们都不是喜欢狗的人，这条京巴犬有很强烈的受虐倾向，最害怕别人不理睬它，越是骂它教训它，它越是喜欢你。最初的陌生感很快就消失，苏珊与小杨的关系得到了彻底改善，与她相比，小杨似乎更喜欢讨好苏珊，一有机会就跟她闹，咬着她的裤管不肯松开。

白天杨道远要去集团上班，对苏珊与张慰芳在一起会说些什么，他总是有些不放心。明知道这两个女人不可能和平共处，明知道她们内心深处充满了敌意。杨道远有些后悔，隐隐地总觉得会出什么事，会有什么意外。苏珊在白天照顾张慰芳，晚上的陪同便是杨道远的事。张慰芳让杨道远尽管去苏珊的房间去睡，说有什么事我会喊你，我这么把你霸占在这，她心里会不痛快。杨道远心里明白，真正会让苏珊感到不痛快，不是他睡在张慰芳这边，而是他们没完没了地说话。张慰芳总是会找出各种话题来喋喋不休，问这问那，处处都显得他们十分恩爱。杨道远有理由相信，他们絮絮叨叨的说话声，对苏珊才是个不小的刺激。果然有一天清早上班前，大家在一起用早餐，苏珊突然很随意地问：

“晚上在说什么呢，你们好像总是在说话？”

杨道远很无辜：“我们没说什么呀。”

苏珊并不在意他们说什么，他们爱说什么说什么，她只是想告诉他们，隔墙有耳，虽然听不清说话的内容，但是她知道他们在说话。

杨道远上班去了，苏珊收拾桌子，张慰芳察言观色，问苏珊是不是晚上没有睡好。苏珊说她睡得很好，刚说完，想到不久前说过的话，不由得有些脸红。她显然是在说谎，如果睡得很好，就不可能听见他们说话的声音。

张慰芳笑着说：“想不想知道我们昨天晚上说了什么？”

苏珊说：“我根本无所谓你们说什么。”

“我们在说你——”

“我，我有什么可说的。”

“真不想知道？”

“不想知道。”

苏珊无端地有些不高兴，觉得自己真是犯傻，竟然会自告奋勇地来侍候张慰芳，她开始为自己的冲动感到后悔。

“为什么不想知道我们在说什么？”张慰芳似乎存心要逗苏珊，一本正经问着，“如果你有兴趣，我可以把我们说过的话，统统都告诉你。”

苏珊微笑着说：“问题是，我一点兴趣都没有。”

“为什么？”

“没有什么为什么，就是没兴趣。”

苏珊与张慰芳在一起，大多数时间是在陪她看电视，无聊的电视剧总是那么漫长，没完没了。小杨则屁颠屁颠地跟前跟后，整天缠着苏珊，连晚上睡觉都不愿意与她分开。张慰芳躺在床上看电视，苏珊百无聊赖，就坐在另一张小床上，只要她往那一坐，小杨便立刻跳到床上，蜷伏在她身边。张慰芳不无妒意地说，小杨它会跟你这么要好，真是想不到，人家都说狗只对主人才忠诚，我们家小杨可是一点都不忠诚，它是标准的喜新厌旧。苏珊懒得与张慰芳对话，遇到不想谈的话题，她就装作在认真看电视。这时候，苏珊突然开始想念杨道远，想他晚上就在这张小床上睡觉。她立刻意识到床上很可能还留着他的气息，一想到这几日他对待自己的关注还不如小杨这畜生，苏珊便有些不高兴。

电视没什么可看，张慰芳看着看着，突然剧烈地咳嗽起来，她做着手势，让苏珊赶快从床头柜里给她拿止咳药，一拉开抽屉，首先映入苏珊眼帘的是一盒进口避孕套，已经拆过封了。虽然只是匆匆扫了一眼，产生的联想已经足够丰富，一来这个牌子苏珊是熟悉的，二来前一天她打开过这抽屉，当时并没有这玩意。张慰芳偷偷地注意着苏珊的反应，一边喝水，一边若无其事地吃止咳药，她显然知道苏珊看到了什么，知道她会产生什么样的联想。

吃完药，张慰芳别有用心地又扫了苏珊一眼，继续聚精会神看电视。她的一举一动都显得有点做作，苏珊顿时感到一种说不出的别扭。苏珊并不善于掩饰自己的情感，在为张慰芳换纸尿裤的时候，看着她早已变形的下半身，看着她没有任何弹性的肌肉，看着她干柴似的骨架，苏珊常有一种想呕吐的感觉。毫无疑问，现在的张慰芳正暗暗有些得意。苏珊想起杨道远曾经纠缠过自己，他不止一次跟她暗示，有些笨拙地向她求欢，而她则作出了明确回应，她绝不会在张慰芳的眼皮底下，跟他做那件事，这绝对不可能。苏珊说她害怕张慰芳会偷听，害怕她坐着轮椅悄无声息地来到门外，偷偷地通过门缝往里窥探，或者干脆突然硬闯进来，活生生地就出现在他们面前。苏珊完全有理由相信她会这么做，而且觉得杨道远根本就不在乎，说不定他们很愿意这样，既然大家都在同一个屋檐下，又生活在一套房子里，面对一个共同的男人，也许无论怎么撒野，都不能算太出格。

苏珊情不自禁地笑了起来。

苏珊的微笑让张慰芳感到莫名其妙。

6

小艾终于回来了，尽管这期间双方都在克制，都在忍受对方的毛病，苏珊与张慰芳虽然没有发生什么严重的冲突，可是双方都已经忍无可忍。现在既然小艾回来了，她便有了充分的理由可以离开，张慰芳还要挽留，苏珊微笑着说：

“这套房子里有三个女人，显然是太多了。”

张慰芳一怔，说：“只要你高兴，欢迎经常来。”

“不，我再也不会来了。”

“为什么？”

“我已决定与杨道远分手。”

这句话苏珊早就想说了，只是一直忍着没说，现在终于到了可以说的时候，终于可以摊开底牌了。

苏珊十分平静，坦然地说：

“我已经打定主意，我们的缘分已经到了尽头。”

张慰芳并不平静，说：

“开什么玩笑，怎么能是到头呢，我觉得才刚刚开始。”

张慰芳不明白苏珊为什么会突然这么说，刚从老家回来的小艾也很意外，她看看张慰芳，又看看苏珊，不知道她们之间发生了什么事。苏珊显得很平静，非常的心平气和，反倒是张慰芳有些气急败坏。

苏珊的脸上是一种很神秘的微笑。

苏珊一本正经地说：“可不是说着玩玩，我们真的结束了。”

“杨道远早晨去上班，一切还都是好好的，怎么突然会这样呢，”张慰芳完全被她弄糊涂了，“你们吵架了？这是怎么回事，怎么说分手就要分手？”

苏珊的脸上保持着微笑，事实上，她隐隐约约早已向张慰芳暗示过要分手。她们曾经有过这样的对话，表面上看似漫不经心，却有着非常丰富的内容。苏珊说自己迟早有一天会离开杨道远，张慰芳恳求她不要这么做，说如果她真的要走，最好也是能留下一个孩子。苏珊笑着说，如果他想要孩子，她也用不着堕胎了，再说了，像杨道远那么有权有势的成功男人，真要想找个女人生孩子，这也太容易了。张慰芳十分感慨，说苏珊你知道，我和他一直想要个健康的孩子，这一直是我们的一个心病。张慰芳又说，是啊，我也是一直在想，你们既然已经有了孩子，为什么还要堕胎呢，也许杨道远对你们那个孩子有什么疑问，他这人疑心病很重的，也许他还是不放心你和姚牧，苏珊，你和姚牧不会真有什么事吧。

苏珊说走就走了，小艾不太明白为什么，既不明白苏珊为什么会来，更不明白她为什么要走。张慰芳若无其事地问她乡下的情况，一说起这个，小艾不免有些悲伤，回到老家之后，她爹总是在抱怨，说她娘是被小艾活活气死的，因为她和小杜的关系。这小杜果然不是个东西，作为男人要什么没什么，却是个标准的薄情郎，不但没有跟自己老婆离婚，反倒被他老婆又是打又是闹，与小艾说了断就了断，拍拍屁股便走人。幸好事前听了张慰芳的话，她一直都注意避孕，总算还没让他把肚子给弄大。张慰芳与小艾心不在焉地聊了一会，便给杨道远打电话，告诉他苏珊的事。杨道远正在开会，正准备讲话作报告，他吃了一惊，压低了嗓子追问，说你们吵架了，你跟她说了什么。张慰芳立刻不高兴，说我什么也没说，我还能说什么，不信的话，你可以打电话去问她，反正她是一看到小艾，就跟见到救命恩人一样，赶紧要走了，你也不想想，她这样一个人，又年轻又漂亮，怎么肯一直侍候我呢。

杨道远在大会上讲完了话，离席给苏珊打电话，想问问究竟是怎么回事。打她的手机显示已经关机，打座机也没人接。他感到有些心烦意乱，只好继续回去开会。会议还没有结束，他的报告是作完了，下面还有不少议程要继续，集团的副总还有文件要宣读。作为集团一把手，他必须还得在主席台上端坐着。这时候，他也顾不上什么影响，干脆就在主席台上不停地按手机号码。苏珊总是联系不上，杨道远又打电话向张慰芳询问，张慰芳说联系不上她，跟我有什么关系，我不是告诉你了吗，我们好好的，什么事也没发生，她说走就走了。

接下来，苏珊就完全失踪了。手机永远是关机，去她住处敲门，没人。连续一个星期，杨道远都去她的住处外守候，显然没人在里面居住，因为灯光从来也不曾亮过。没有任何消息，杨道远不免有些着急，终于喊了开锁师傅上门，将锁撬开，发现里面已搬空了，苏珊已搬到别处去了，屋子里乱糟糟的，像遭窃了一样。杨道远不明白她为什么要这样做，也不知道她究竟躲到哪里去了，没有任何线索，没有任何征兆，好端端的一个大活人，说没有就没有了。由于苏珊很少跟他说起自己的家庭，杨道远虽然知道她父母生活在上海，却没有任何可联系的方式，苏珊仿佛一滴水珠消失在了茫茫人海当中。

杨道远再一次见到苏珊，竟然是在电视屏幕上，这件事显得不可思议，有着太多的戏剧性。有一天，苏珊突然打电话告诉张慰芳，让她注意晚上的某某频道，到时候她会出现在节目中。张慰芳感到奇怪，想进一步弄明白为什么，苏珊已经有些无礼地把电话挂了。到了晚上，张慰芳喊了杨道远和小艾一起观看，节目迟迟不来，终于熬到一长串的广告播完，苏珊果然在该频道的一档谈话节目上亮相了。这是一家外省的电视台，收视率非常高，话题是“我为什么要自杀”。节目在观众的掌声中开始，苏珊与主持人已经入座，她们合坐在了一张长沙发上，两人共同注视着镜头。主持人是一个很漂亮的女孩，笑容可掬，苏珊也经过了精心地修饰，美丽动人，只是稍稍显得有些紧张和拘谨。

“苏小姐，我们听说不久前，”主持人说完了开场白，直截了当地向苏珊询问，“你曾有过一次自杀未遂的行为，能告诉我们这是为什么吗？”

苏珊的脸上出现了那种让人熟悉的微笑，她说死亡对人来说，有时候是一种莫名其妙的诱惑，突然间你会觉得死亡很美丽，你突然会想，原来死亡也是很不错的。主持人表情困惑，花容顿时失色，说你怎么会产生这么一些奇怪的念头，为什么呢。苏珊容光焕发，说她也不知道为什么，不过她确实想到过种种结束生命的方式，她觉得每一种方式都很不错，都值得一试。主持人依然还在惊讶之中，不过她很快地就转移了话题，问苏珊知道不知道什么叫抑郁症，有没有想过自己是得了抑郁症。苏珊说她当然知道，现如今这是个很时髦的病，有的医生也说过她是得了抑郁症，不过她觉得自己不是。苏珊说就算是真得了抑郁症，她想她也已经好了，已经不治而愈。主持人问她是不是因为这次的自杀未遂，苏珊说也许是吧，人想死没有死成，可能就再也不想死了。

接下来还有很有很多对话，她们谈起了苏珊的童年，谈起了她不可爱的家乡，谈起了她的大学时代。聊了一阵以后，主持人说我们能不能谈谈爱情，苏珊说当然可以，爱情差不多是人生最重要的一件事，当然可以好好地谈谈。主持人便问苏珊喜欢什么样的男人，苏珊想了想，笑着说当然是喜欢自己喜欢的男人，不过要具体说到喜欢的男人是什么样子，他应该是怎么怎么，这可真有些说不好，反正就是你得喜欢他，你得爱上他，喜欢了，爱上了，就不再管他是什么样的男人，不管他有什么样的缺点，是不是有妇之夫，是不是小肚鸡肠，为了爱，你什么都可以做。主持人说你能不能具体地说说这个“他”呢，或者说你如果有机会，还有没有什么话想对那个“他”说。

苏珊说她没有什么话要对他说，她曾经爱过他，他曾经是她最爱的人，那是一个不可能改变的事实，爱就是爱，它是那么具体，它是那么实在，就像天空的太阳，就像夜晚的月亮，但是现在真的是太令人感到遗憾，太让人伤心了，爱已经不复存在了，爱已经成为往事。你知道我现在常常想的是什么，我一直在想，怎么才能让他还像过去一样爱我。苏珊十分深情地说，我真的很爱他，因为他，我的心里不可能再有别人了。

“苏小姐，我们在私下谈话时，”主持人显然想调动苏珊的情绪，希望这个话题能够展开，“你说过他曾经怀疑过你，你说过他是一个非常嫉妒的人，疑心很重，就像莎士比亚笔下的奥赛罗，你们之间有一个非常可怕的误会，现在你还愿意谈谈这个奥赛罗吗？”

苏珊说：“我不愿意，这个没什么可谈的。”

主持人说：“你说过你和他的朋友之间，其实什么事也没有发生过，可是他却疑心了，他无端地怀疑了你，这个让你很受伤，让你很不高兴——”

苏珊脸上的微笑凝固了，笑容依稀还在，可是她的话却有些生硬：“我不想谈这个话题。”

“为什么呢，为什么我们不能把疙瘩都解开呢？”

苏珊突然变得有些失态，她变得很不耐烦。

主持人咄咄逼人地又问了一句：“为什么？”

“有些疙瘩也许永远也解不开。”

苏珊转向镜头，直视着摄像机，微笑着。

主持人看着她："你为什么要笑？"

"笑了吗？你真的觉得我是在笑？"此时正好是苏珊的特写镜头，她看上去有些迷人，谜一样地微笑着，"因为？——因为什么呢，你是不是也不相信我说的话？那好，我可以明白无误地告诉你，你们不就是想知道这个吗，你们不就是对这个话题有兴趣吗，我可以在摄像机镜头前告诉你，我也可以明白无误地告诉他，也许我和他的那个朋友，真的是有点什么。你们不就是想知道这个吗，现在好了，我终于告诉他真相，他可以死心了。"

主持人连忙结束谈话，匆匆地问："那么苏小姐，最后你能否告诉我们未来的打算？"

苏珊没有作任何回答，用不着再回答了。她的脸上始终保持着意味深长的微笑，因为正对着摄像机，苏珊相信杨道远将会看到自己，相信他将永远会记住今天这个镜头。

一个星期以后，杨道远突然接到姚牧的电话，问他有没有看报纸，问他知道不知道苏珊的事情。杨道远没想到他会打电话来，冷冰冰地说自己既没看报纸，也不知道苏珊的什么事。姚牧立刻沉默了，过了一会，说看来你是真不知道，苏珊已经自杀了，这一次是真的自杀，是开煤气自杀，在一套出租的房子里。杨道远吃了一惊，说怎么会呢，她怎么会这样。姚牧冷笑说你问我，我又能问谁呢，你自己去看报吧。杨道远沉默了，不说话，不知道应该说什么。姚牧很严肃地说，杨道远，我早就不把你当朋友了，不过我还是要告诉你，苏珊的死，你是有责任的。

杨道远还在想，苏珊她为什么要自杀，为什么。

姚牧在电话里悻悻地嘀咕，她死就死吧，人要死，谁也拦不住，干吗非要在临死前，还要坑我一下，竟然在电视上说跟我有一腿。

杨道远突然想明白了。

姚牧说，我凭什么要被你们两个冤枉。

杨道远这时候是真的想明白了。

但是这时候才想明白，已经晚了，杨道远感到心口很疼，感到那里一阵剧烈的疼痛。

2009 年 5 月 16 日初稿南山

2009 年 11 月 5 日定稿河西

后　记

上世纪的八十年代，从大学出来，我到出版社当编辑，迫于工作需要，想找本能赚钱的书。朋友介绍了一位精神病医生，说正准备写本十分好看和好卖的报告文学，于是与那医生谈了几次，结果不了了之，他搭足了架子迟迟不肯动笔，我却有了想写的念头，打算自己动手，写一本叫《精神失常》的书。那时候还不打算当职业作家，想写并不意味真写，结果一拖再拖。后来开始写小说，糊里糊涂成了作家，想到要将积累的这些材料写部中篇，改名为《七种颜色的声音》，列了提纲，构思好故事情节，仍然还是没写。

从《精神失常》到《七种颜色的声音》，再到《苏珊的微笑》，是个漫长过程，有很多变化。写完《后羿》，正式开始写这本书，我很喜欢这样的状态，写完一部天马行空的浪漫小说，又老老实实地回到现实题材。写作总是很有趣，让人忘乎所以，当然也难免辛苦，上网搜索，早在前几年已有报道，说我正在埋头创作《苏珊的微笑》，这说明不仅准备时间很长，实际写作也不短。

终于完稿了，可以深深叹一口气。一部书稿完成，肯定很多原因，读者会问为什么要写这样一本书，到底又想说些什么。一时也说不清，我想告诉读者的只有两点。第一，希望大家能有耐心把这本新书读完，读完了，一切都会明白。第二，喜新莫厌旧，温故而知新，除了《花影》和《后羿》，因为版权期限，我其它的六部长篇都将在最近重新再版，这里先顺带做个广告。

一位书店老板很认真地对我说，你的小说并不好卖，所以我这没你的书。他是一位熟人，实话实说，我因此脸红，很惭愧。不好卖是个让人尴尬的事实，也是宿命，我无能为力，只能可笑地出此下策，在后记中为自己喊上一嗓子，希望读者能捧场，去书店或在网上购买我的书。

2009 年 11 月 30 日河西

图书在版编目（CIP）数据

苏珊的微笑 / 叶兆言著.—南京：江苏文艺出版社，2010.3
ISBN 978-7-5399-3532-4

Ⅰ.苏… Ⅱ.叶… Ⅲ.长篇小说—中国—当代 Ⅳ.I247.5

中国版本图书馆CIP数据核字（2009）第214031号

苏珊的微笑

著　　者： 叶兆言
责任编辑： 金　泉
特约编辑： 董晓磊
版式设计： 张丽娜
封面设计： 蒋宏工作室
出版发行： 凤凰出版传媒集团
江苏文艺出版社　http://www.jswenyi.com
集团网址： 凤凰出版传媒网　http://www.ppm.cn
印　　刷： 北京市天竺颖华印刷厂
经　　销： 新华书店
开　　本： 787×1092　1/16
字　　数： 200千字
印　　张： 17
版　　次： 2010年1月第1版第1次印刷
书　　号： ISBN 978-7-5399-3532-4
定　　价： 26.00元